모든 것을
제 자 리 에

모 든 것 을
제 자 리 에

최정화

소설

문학동네

차례

인터뷰

일기예보에서는 내일 새벽이나 되어야 비가 오기 시작할 거라고 했지만 옥상에는 테이블마다 파라솔이 펼쳐져 있었다. 펜션은 섬의 한가운데에 있어 옥상에서 섬 전체를 내려다볼 수 있었다. 북쪽에는 숙박업소와 카페촌이, 남쪽 해안에는 횟집들이 모여 있었다. 소나무숲이 선착장 쪽에 하나, 서쪽으로 그리 멀지 않은 해안 근처에 또하나 있었다. 앞치마를 두른 주인이 철통에 숯불을 담아 왔다.

석쇠 위에 돼지고기가 올라갔다. 그들은 숯불에 익어가는 돼지고기를, 가끔은 서로의 얼굴을 바라보며 고기가 익기를 기다렸다. 하늘에는 회색빛을 띤 구름이 묵직하게 내려앉아 있었고 얼굴에 닿은 공기는 기분좋을 정도로만 축축했다. 장인은 흐리고 습도가 높은 날씨에 어울리는 적갈색 알파카 스웨터를 입고 있었다. 아내는 다리를 꼬고 앉아 무릎에 숄을 두른 채 대꾸하기 귀찮아하는 듯한 장인에게 자꾸 말을 걸었다. 답변할 수 있는 폭이 그리 넓지 않은 이런저런 질문들에 장인은 짤막하게 대답했다. 둘이 대화를 나누는 사이 그는 잘 익은 비 곗살 위에 향이 좋은 허브를 뿌렸다. 버섯에 맑은 물이 고였다. 집게를 들고 고기를 뒤집자 석쇠 모양으로 갈색 선이 새겨져 있었다. 그는 고기를 집어 장인과 아내의 접시 위에 놓아주었다.

"다음주면 이이의 다섯번째 책이 나와요."

아내가 장인에게 말했다. 장인이 그를 바라봤다. 무얼 궁금해하는지 한눈에 알 수 있었다.

"두번째 책을 낸 이제이 쪽이랑 하게 되었습니다."

장인이 고개를 끄덕였다.

"그쪽에서 요즘 과학 분야 책들을 제대로 홍보하는 것 같던데. 마침 잘되었네."

장인은 그의 대학 시절 은사였다. 학창 시절부터 그를 총애했고, 가정 형편이 좋지 않은데도 망설임 없이 자신의 딸을 소개했다. 그가 바람을 피웠을 때도 화를 내지 않았고 어찌어찌 대처하면 좋겠다고 침착하게 조언했을 정도로 냉정한 사람이었다. 장인을 실망시킨 건 가난도, 절제력을 잃어버린 것도 아니라 그의 무능이었다.

그는 한순간의 실수로 삼 년이라는 긴 휴지기를 가져야 했고 그 공백을 메우기 위해 치열하게 재기를 준비했다. 그리고 이제 기회가 왔다. 그는 개가 원반을 잡아채듯 기회를 놓치지 않았다. 출간 날짜에 맞추어 강연이 세 타임 잡혔고 종합편성채널에 출연하기로 되어 있었다. 그 소식을 가족들에게 전하려고 준비한 자리였다. 그동안 고생한 아내를 위로하고 싶기도 했고 장인의 기분을 풀어주고도 싶었다.

그는 계획한 일을 몇 가지 더 얘기했다. 아내는 미소를 지으며 경청했다. 장인은 다른 생각에 잠긴 듯 시선을 멀리 두었지만 웃는 대신 인상을 찌푸리거나 가끔씩 고개를 끄덕이는 걸로 봐서 이야기에 집중하고 있다는 걸 알 수 있었다. 그는 이번에 출간하는 책에 대해 독일에서도 관심을 보여, 해외 출간을 하게 될지도 모른다고 말했다. 거리낄 내용이 전혀 없는 이야기를 나눈 것이 얼마 만인가. 그는 배에 힘을 주고 고기를 씹었다.

"강연 들어가기 전에 몸을 좀 만들어두는 게 좋겠지."

장인이 버섯을 접시에 옮기며 나지막하게 말했다.

"그렇잖아도 한 달 전부터 운동을 시작했습니다."

그가 대답했다. 장인이 천천히 고개를 끄덕였다.

"프로필 사진은 찍었어?"

아내가 끼어들었다.

"강연용은 모레 찍게 될 거야."

"당신은 정장이 잘 어울려. 알지?"

"요즘은 자유로운 분위기를 연출하는 게 유행인 거 같던데."

"그래도 난 정장이 좋다고 생각해."

"좀 귀찮아서 저번에 찍어둔 걸 그냥 쓸까 하는 생각도 있었는데 아무래도 새로 찍어야겠지."

"그게 낫겠지."

그들의 대화는 요철 없이 미끄러져내리는 도자기의 표면처럼 반들거렸다. 즐거운 소식과 함께 모처럼의 외식이 식욕을 돋웠다. 석쇠 위의 고기를 다 비우고 그들은 국수를 주문했다.

식사를 마친 뒤에는 인근 해안으로 나갔다. 지는 해를 바라보는 여유로운 상황 또한 오랜만이었다. 그는 이제 숨통이 트이는 것 같았다. 붉은 볕이 피부 안쪽으로 스며들며 몇 년간 움츠러들었던 마음을 천천히 녹였다. 찐득거리는 개펄 위로는 조그만 구멍들이 나 있었다. 가끔 그 위로 작은 거품이 올라왔다가 순식간에 터졌다. 손톱만한 게들이 구멍에서 기어올라와 옆으로 잰걸음을 걸었다. 주홍빛 노을 아래 어깨를 펴고 수평선 너머를 바라보는 장인의 얼굴이 밝았다. 아내도 모처럼 즐거워 보였다. 그는 머리카락을 쓸어올렸다. 바닷바람을 맞은 머리카락이 소금기 때문에 끈적거렸다. 그의 입에서 오랫동안 맴돌던 말이 툭 튀어나왔다.

"다들 그동안 힘들었다는 걸 압니다. 하지만 난,"

아내가 그를 향해 고개를 돌렸다. 지는 해의 은은하고 푸근한 기운 아래서 그녀의 눈빛은 평소보다 부드러워 보였다. 그러나 그를 향한 시선은 점차 또렷해졌다.

"그러니까 그 일은, 제가 저번에 말한 것처럼,"

장인이 의아해하는 눈으로 그를 바라봤다.

"여보."

아내가 입을 열었다. 그는 아내의 말문을 막고 말을 이었다.

"눈을 가격하려고 했던 게 아니라,"

아내가 그에게 다가왔다.

"이제 그 얘길 꺼낼 이유는 없어. 아무도 그 얘길 하지 않아. 모두가 그 일을 잊었어. 이미 다 지나간 일이라고."

하지만 그는 잊지 못했다. 그는 매일 그 꿈을 꿨다. 그 일에 대해서 스스로에게라도 설명이 필요했다.

"난 누구보다 당신이 나를 믿어줬으면 했고."

아내는 단호한 태도로 대답했다.

"믿어, 여보. 난 당신을 믿는다고."

"일부러 그런 게 아니라,"

"일부러 그랬다고 생각한 적 없어. 나도 그렇고 아버지도 마찬가지야."

아내가 그의 말을 막았다. 그는 아내의 눈을 쳐다보지 못하고 시선을 떨어뜨렸다.

아내는 그 사건 이후로 그를 단 한 번도 마주보지 않았다. 그저 가끔 한심한 눈으로 흘겨볼 뿐이었다. 안경을 쓴 여자의 얼굴을 향해 정면으로 카메라를 던지다니 비겁하고 졸렬하며 생각이란 게 없다고 속으로 치를 떨면서 말이다.

"우리가 아니면 누가 자네 말을 믿겠나? 그 얘긴 다신 꺼내지 말게."

장인이었다. 자기가 보는 앞에서 둘이 말다툼을 벌이는 것이 영 언짢다는 듯 헛기침을 했다. 아내는 어깨 위에 숄을 두르고 목을 움츠렸다. 바람이 점점 거세어졌다. 장인은 주차장 쪽으로 돌아서 걷기 시작했다. 아내가 장인을 따라 뛰어갔다.

일부러 그러지 않았어.

기자가 안경을 쓰고 있다는 생각을 할 겨를도 없었어.

말이 되지 못한 문장들이 그의 머릿속을 둥둥 떠다녔다.

슈퍼에서 생수를 사 차에 올라탔다. 아내는 어린 시절 얘길 떠들고 장인은 시큰둥한 얼굴로 듣고 있었다. 아내는 시트에 몸을 깊숙이 묻고 고개를 뒤로 돌린 채 표정에 변화가 없는 장인에게 계속 말을 걸었다.

푸른 벽돌로 지은 펜션이 보이기 시작하자 아내는 그에게 오늘 저녁이 정말 즐거웠다고 말했다.

"당신과 결혼하길 잘했어."

아내가 변속기를 쥔 그의 손 위에 자기 손을 얹었다. 그가 별 대꾸를 하지 않자 다시 핸드백 위에 손을 올려놓고 잠자코 있었다.

그는 아내가 그러는 게 장인어른이 보고 있기 때문이라고 생각했다. 최근 삼 년간 아내는 한 번도 그를 보고 웃지 않았다. 개념 없는 회사 후배나 이혼한 것을 무기로 늦은 밤 술에 취한 채 전화를 걸어 그녀를 짜증나게 하는 대학 동창, 서른이 넘었는데도 자리를 잡기는커녕 갓 스물을 넘긴 여자애랑 어울려 다니면서 문제를 일으키는 남동생에 대한 이야기들을 떠들어대며 인상을 썼다. 물론 아내는 정말 그들 때문에 스트레스를 받았을지도 모른다. 그래서 미간이 찌푸려지고 어깨에 힘이 들어가고 낯빛이 그토록 어두웠는지도. 그를 바라보는 시선에서 온기라고는 찾아볼 수 없었던 건지도. 그러나 그는 아내의 표정이 너무나 분명한 경계심을 드러내고 있고, 그건 그녀의 이야기에 등장하는 다른 이들의 무례함이나 자기중심적인 태도, 또는 방종한 삶 때문이 아니라고 생각했다. 그녀의 표정은 그에 대한 아주 본능적인 반응이라고 믿었다.

아내는 그를 믿지 않는다고.

식탁에서 그녀는 절대 그의 맞은편에 앉지 않았다. 그의 대각선 건너편에 떨어져 앉아서 마치 말이 끊기면 큰일이라도 날 듯 아들에게 계속해서 잔소리를 퍼부어댔다. 그는 아내가 자기와 말을 섞기 싫어서 일부러 그러는 거라고 생각했다. 그는 되도록 빨리 식사를 끝내려고 노력했다. 아내에게 말을 거는 것을 포기하자 그녀는 조금 안심한 것처럼 보였다. 하지만 어쩌다 아들이 자리를 비우고 둘이 마주봐야 했을 때 먼저 고개를 숙인 것은 그 자신이었다.

그도 아내도 분명 잘 지내보려고 노력했다. 하지만 그렇다고 이미 일어난 일이 사라지는 것은 아니었다. 그는 아내를 조심스럽게 대했고 아내는 그에게 전보다 더 친근하게 굴었지만 그건 어딘가 연기 같은 구석이 있어서, 그녀는 마치 감독에게 오케이 사인을 받기 위해 억지 미소를 짓는 여배우처럼 보였다.

장인을 방 앞까지 모셔다드리고 그들은 아래층으로 내려왔다. 아내는 방에 들어오자마자 침대에 누웠다가 욕실로 들어갔다. 아내가 샤워를 끝내고 나와 수건으로 머리를 말리고 있을 때 그는 각방을 쓰는 게 어떠냐고 제안했다. 아내는 대답 대신 울음을 터뜨렸다. 그녀의 눈물이 순전히 방 때문만은 아닐 거라고 그는 생각했다. 같은 방을 쓰는 걸 더 불편해하는 쪽은 아내였으니까. 다 울고 났을 때 아내는 너무 멀쩡해 보였고, 그는 산책을 하고 오겠다고 말하고 다시 점퍼를 입었다.

삼 년 전 그날도 날씨가 흐렸다. 일기예보에서는 비가 온다고 했지만 구름만 묵지근하게 내려앉아 있었다. 그는 오전에 강의를 하나 끝냈고 삼십 분 후에는 호텔 라운지의 커피숍에서 잡지사 기자와 인터뷰가 잡혀 있었다. 택시를 탔지만 도로 사정이 좋지 않아서 약속 시간에 늦을까봐 좀 불안했다. 인터뷰를 하는 일은 언제나 신경이 쓰였다.

사진을 찍는 건 더 싫었다. 그는 차창에 얼굴을 가까이 대고 입을 크게 벌려 아, 에, 이, 오, 우를 발음하며 얼굴 근육을 풀었다. 이어 환하게 웃어보았고—그러나 전혀 즐거워 보이지 않았다. 그다음에는 겸손한 듯 미소를 지었고—시큰둥해 보였다. 그리고 무표정일 때 눈빛이 너무 강하지 않은지 살폈지만 그래도 어딘가 찡그린 얼굴 같았다.

약속 시간보다 오 분 정도 일찍 커피숍에 도착했다. 그는 계산대에서 가장 멀리 떨어진 자리에 앉았다. 오가는 사람들의 태도에서 여유가 느껴졌고 덕분에 그도 긴장을 풀 수 있었다. 테이블은 대부분 비어 있었다. 창가 쪽에만 한 자리, 삼십대 초반으로 보이는 여자 하나가 앉아 있었다. 여자는 계속 통화를 했다. 피부가 고왔고 방금 다림질한 듯한 재킷을 걸치고 온도를 전혀 짐작할 수 없는 미소를 짓고 있었다. 그 미소는 고정되어 있었다. 그는 그것이 삶에 대한 만족감 덕분인지 아니면 순간순간 엄습하는 불쾌감을 내비치지 않으려는 습관화된 위장막인지 구분할 수 없었다. 그렇게 생각하니 호텔 전체가 자신과 마찬가지로 거짓 웃음을 짓는 것처럼 느껴졌다.

세시 정각, 기자가 그가 앉아 있는 테이블을 향해 걸어왔다. 오른쪽 이마 부근에 올라온 새치 때문에 까다로운 느낌을 주는 사십대 여자였다. 기자는 환히 미소 지으며 그에게 오른손을 내밀었다. 그는 아까 택시 안에서 연습한 환한 미소를 되돌려주며 손을 마주잡았다. 기자의 손은 생각보다 크고 축축했다. 그는 손바닥을 바지에 슬쩍 문질렀다.

기자가 명함을 건네며 자기 이름을 말했다. 그러나 귓속으로 흘러들어온 건 기자의 것이 아닌 창가 쪽 테이블에 앉은 여자의 목소리였다. 여자는 어디론가 전화를 걸어 지나치게 정확한 발음으로 자기가 처한 상황의 부당함을 토로했다. 그는 얼른 명함을 내려다봤다. 다행히 발음하기도 기억하기도 어렵지 않은 이름이어서 능숙하게 첫인사를 건네고 문장의 끝에 기자의 이름을 덧붙였다.

기자는 그에게 이번 포럼에서의 강연이 매우 인상적이었다고 말하며 일정이 바쁠 텐데 인터뷰를 허락해줘서 고맙다고 했다. 그는 인터뷰에 기꺼이 응할 것이고 오히려 감사해야 할 쪽은 자기라고 말했다. 이런 식의 대화에 익숙했지만 한편으로는 신물이 났다. 그는 사람들이 앞에서는 웃어 보이지만 뒤에서는 자기를 질투하며 험담한다고 생각했다. 눈가에 가벼운 경련이 일어 그는 잠깐 멈칫했다.

기자가 녹음기를 테이블 위에 올려놓고 수첩을 꺼내자 그의 겨드랑이에 땀이 고이기 시작했다. 강연 내용과 관련된 첫번째 질문을 했을 때 그는 순간 멍해져 기자의 질문을 놓쳤다. 그는 사과하며 질문 내용을 되물었다. 기자가 다시 친절하게 질문을 반복했지만 그는 또다시 정신이 흐트러졌다. 불필요한 추문을 만드는 대신 잠시 화장실에 다녀오겠다며 자리에서 일어났다.

그는 숨을 고른 후에 손을 씻고, 좀더 편안해진 얼굴로 다시 기자 앞에 나타났다. 네댓 개쯤의 질문과 대답을 순조롭게 주고받았다. 하지만 시간이 지나자 다시 집중력이 흐려졌다. 시간이 얼마나 지났는지 알고 싶었다. 커피숍의 안쪽 벽에 걸린 무소음 시계를 바라봤다. 소리 없이 움직이는 초침이 오히려 마음을 조급하게 했다. 다시 기자를 바라봤을 때, 그는 기자가 자기의 눈을 너무 빤히 쳐다본다는 느낌이 들었다.

"이후 활동에 대해서 간단히 소개해주셨으면 합니다."

그는 일단 다음 책이 인쇄에 들어간 상태이고, 책이 나올 때까지는 다른 스케줄을 미루려 한다고 말했다. 기자는 그의 대답이 끝나기 무섭게 다른 질문을 던졌다. 입가에 미소를 띠고 턱을 살짝 앞으로 내민 채 고개를 끄덕이는 모습이 그의 눈에 거슬렸다. 마치 자기를 비웃는다는 생각이 들었던 것이다. 그는 또다시 질문을 놓치고 말았다.

"아, 뭐라고요?"

"사진이요. 사진을 찍는다는 걸 미리 말씀드린 걸로 아는데, 불편하신 건 아니죠?"

"아아, 아닙니다."

그는 테이블 위에 한 손을 얹고 어깨의 긴장을 풀었다. 카메라에 한쪽 눈이 가려진 기자의 표정은 지나치게 일그러져 있었다. 그는 조금씩 기분이 나빠졌다. 기자는 셔터를 몇 번 눌러댔지만 사진을 확인하곤 고개를 갸웃거렸다. 표정이 밝지 않다며 다시 찍겠다고 했다.

그는 환한 표정을 지을 수 없었다. 얼굴이 점점 더 딱딱하게 굳었다. 그는 뺨에 손능을 댔다. 기자가 다시 카메라를 들이댔다.

눈가가 실룩거리기 시작했다. 처음에는 아주 가는 실오라기처럼 미미한 느낌이었는데 점점 증폭되더니 오른쪽 뺨 전체가 욱신거렸다. 그는 두 손으로 얼굴을 감싸고 고개를 숙였다.

"괜찮으세요, 선생님?"

기자가 카메라를 든 채 그에게 달려왔다. 그는 자기도 모르게 카메라를 손등으로 쳐냈다. 렌즈가 볼록 튀어나온 묵직한 검은 카메라가 기자의 얼굴을 때리고 바닥에 떨어졌다. 둘 다 놀라서 아무 소리도 못 했다.

"괜찮습니다, 선생님. 전, 정말 괜찮아요."

안경이 깨졌고 기자의 왼쪽 눈에서 피가 흘러내렸다. 기자는 자신의 왼눈을 싸쥐었다가 붉게 젖은 손바닥을 바라봤다. 피를 생전 처음 보는 사람들처럼 둘은 서로를 바라봤다.

근처에 가까운 병원이 있었다. 그는 기자를 택시에 태워 병원에 데려다줬고, 응급처치를 하는 것까지 지켜봤다. 기자는 자꾸만 괜찮다고 말했다. 자기는 괜찮으니 그냥 가라고 했다.

그다음 주 월요일 식탁에 앉아 늦은 아침을 먹고 있을 때 아내가 식탁 위에 신문을 올려놓았다. 그는 폭행범으로 묘사되어 있었다. 기자는 꽤 심각한 부상을 입었고 안정을 찾는 대로 시력을 회복하기 위한 수술을 할 예정이라고 했다. 그는 병원에도 나타나지 않은 파렴치한이 되어 있었다. 아울러 기사의 말미에는 그가 두번째 강연 이후 잠깐 신경정신과 치료를 받은 것이 언급되어 있었다. 그는 이미 잊은 일이었다. 고작 이 주 분량의 안정제를 받았을 뿐이다. 하지만 누군가 그 사실을 기억하고 있었다. 그게 누굴까? 그는 젓가락을 쥔 채 멍하니 생각에 잠겼다.

그는 며칠간 휴대폰을 꺼놓은 채 지냈고 이 주 후 뉴스에서는 그가 위협적으로 휘두른 주먹에 성실하게 경력을 쌓아오던 기자의 눈이 실명되었다는 보도가 나왔다. 그들 부부는 뉴스를 끝까지 보지 못하고 TV를 껐다.

그는 해변을 따라 걷다가 소나무숲 옆에 있는 방파제 근처에서 호프집을 발견했다. 통나무를 쌓아 만든 2층짜리 건물로, 넓지만 아늑

한 느낌을 줬다. 조도가 낮은 조명이 실내를 밝히고 있었고, 테이블마다 양초가 타들었다. 스피커에서 흘러나오는 허스키한 여자 보컬이 곳곳에 생기를 불어넣었다. 그는 구석자리와 소파에 파묻히는 안락함을 좋아했지만 오늘은 바 한가운데에 허리를 꼿꼿이 세우고 앉았다. 글렌피딕을 시켰다. 의식을 잃을 정도로 취하는 걸 싫어했지만 오늘은 그러고 싶었다.

네 잔째 비웠을 때 옆자리에 커플이 앉았다. 커플은 삼십대 초반으로 보였다. 여자는 서른, 남자는 서른다섯 정도로. 둘 다 외모가 훌륭했고 그에 어울리는 근사한 미소를 짓고 있었다. 여자는 몸에 딱 달라붙는 검은 원피스를 입었는데 군살이 하나도 없는 미끈한 몸매였다. 이를테면 영화는 보지 않아도 괜찮지만 매일 운동을 하고 칼로리를 계산해서 정해둔 식사만 하는 타입.

남자는 여자와 몹시 잘 어울렸다. 키는 좀 작았지만 온몸에 적당하게 근육이 붙었고 긴 목에 바다색 머플러를 두르고 있었다. 머리카락의 웨이브는 펌을 한 것 같았다.

커플은 한참 다정하게 수다를 떨었다. 그러다 여자가 벽에 걸린 TV 화면으로 시선을 돌렸다. 그때 그와 눈이 살짝 마주쳤다.

둘은 무슨 일인가로 서로 의견이 엇갈린 듯 목소리를 높였다. 화가 난 것 같진 않았고 장난을 치는 걸로 보였다. 여자는 고개를 저으며 사람들에게 물어보자고 말했고 남자는 웃으며 여자의 손을 잡았다. 여자는 옆을 돌아보고 그를 향해 씩 웃더니 페기 리를 좋아하느냐고 물었다. 그는 페기 리가 누군지 몰랐지만 고개를 끄덕였다.

"지금 이 노래, 페기 리 맞죠?"

여자가 그에게 동의를 구했다. 그는 별생각 없이 또 고개를 끄덕였다.

"맞잖아, 어떻게 페기 리 목소리를 헷갈릴 수가 있지?"

그들은 자연스럽게 말을 섞었다. 그가 술을 따라 남자와 여자에게 한 잔씩 건넸다. 그들은 결혼한 지 이 년이 지났고, 알게 된 지는 십 년이 넘었다고 했다. 처음 사귀기로 한 날을 기념하기 위해 놀러왔다고 했다.

여자는 전등을 만드는 일을 한다고 자기를 소개했고 그가 무슨 일을 하는지 궁금해했다. 그는 자신이 출간한 책과 인터넷에 올라온 몇 개의 강연 영상을 보여줬다. 여자는 이쪽 분야에 대해서는 전혀 알지 못한다며 그게 마치 부끄러운 일이라도 되는 양 얼굴을 붉혔다.

여자는 휴대폰으로 그의 이름을 검색했다.

"젊었을 때인가봐요."

여자가 휴대폰에 뜬 그의 사진을 내밀었다. 사진 속의 그는 짧은 머리에 정장 재킷을 입고 있었다. 대학 졸업 사진을 찍을 때 당시 형편으로는 거금을 들여 장만한 회색 정장이었다. 그 옷을 입고 있다는 건 적어도 십 년이 넘은 사진이라는 걸 뜻했다. 그는 사진 속의 자기 얼굴이 마음에 들지 않았다. 분명 젊어 보이긴 하지만 욕심과 치기가 느껴져서 촌스러웠다. 누가 봐도 요즘 사진이 아니라는 걸 알 수 있는데 기자는 어디서 이 사진을 구했을까. 악의가 있는 게 아니라면 최근 기사에 왜 이런 사진을 썼는지 모를 일이었다. 그는 손바닥으로 화면을 가렸다.

여자의 입술에 기분좋은 미소가 감돌았다. 누가 찍어줬는지 기억나지도 않는 옛날 사진 한 장과 겨우 몇 줄의 기사만으로 그는 신뢰와 존경심과 호감을 얻은 것 같았다. 여자가 남자의 귀에 대고 뭐라고 속 삭이자 남자의 얼굴이 밝아졌다. 그들 셋은 대화를 나눴고 시간이 좀 더 지나자 함께 테이블로 자리를 옮겼다. 그는 낯선 사람들과 합석을 하는 건 처음이었지만 남녀는 그런 자리가 익숙해 보였다. 마음에 그 림자라고는 전혀 없고, 모든 이들을 공평하게 대하는 밝은 기운이 차 고 넘쳤다. 그는 그들과 함께 있는 것만으로도 마음이 가벼워졌다.

여자는 또다시 휴대폰을 꺼내 만지작거리다가 남자에게 화면을 보 여주고, 또다른 걸 찾아 다시 내밀었다. 이번에도 그에 관한 기사였 다. 여자는 휴대폰을 계속 붙들고 있었고 남자는 그에게 이런저런 질 문을 했다. 남자는 과학 전문 잡지를 구독하고 있을 정도로 이쪽 분야 에 관심이 많았다.

휴대폰을 만지작거리던 여자가 인터넷에서 최근 기사를 찾아냈을 때, 여자는 당황한 기색을 보였다.

"아아, 이런, 안 좋은 일이 있었네요."

여자는 이마를 찡그렸다. 남자가 휴대폰을 건네받아 기사를 읽었 다. 그는 술잔을 비웠다. 그리고 뭔가 설명하려고 했다. 어쩌면 처음 으로, 그날 진짜 있었던 일을 누군가에게 털어놓을 기회가 온 것 같았 다. 하지만 너무 흥분한 나머지 그는 제대로 말을 잇지 못했다.

"아, 그건, 그러니까, 그날 내가,"

"괜찮아요."

남자가 그를 바라봤다.

"이해합니다."

여자가 그의 빈 잔에 술을 따랐다.

"모두가 그런 순간을 겪어요. 누군가는 들키고 운이 좋은 누군가는 들키지 않을 뿐이에요."

여자의 얼굴이 붉어졌다. 목소리에는 화가 묻어났다. 그 화가 그를 향한 것이 아니라는 건 모두 알고 있었다. 여자는 더웠는지 머리카락을 귀 뒤로 넘겼다. 왕관 모양의 14K 귀고리에 작은 담수 진주가 두 개 달려 있었다. 귀고리는 검은 원피스와 꽤나 잘 어울렸다. 여자가 귀고리를 보여준 것이 마치 그에게 마음을 열었다는 사인처럼 느껴졌다.

그가 처한 불행 때문인지 그들은 그에게 더 친절하고 따뜻하게 굴었다. 그녀는 테이블 위로 몸을 숙였다. 팔꿈치를 괴고 이마 위에 가볍게 손을 올렸다. 남자는 꼿꼿이 등을 세우고 있었지만 이 세상 모든 사람들을 이해할 수 있다는 듯 너그러운 미소를 지었다. 그는 그들이 보기보다 어리석을지도 모른다고 생각했다. 그에 관해 알게 된 정보가 더 참혹한 것일수록 그에게 더욱 강하게 이끌릴 것 같았다. 그리고 그들이 그의 모든 걸 받아들이기로 작정한 이상 그가 굳이 이 상황을 거부할 이유는 없었다.

그녀가 그의 얼굴을 천천히 들여다봤다. 아주 오래, 마음을 담아서 그렇게 했다. 그는 상처받은 짐승처럼 고개를 숙이고 등을 말았다. 작년에 있었던 인터뷰 사고가 사실은 일부러 저지른 짓이었다고 생각해봤다.

"처음 보는 순간부터 그 기자가 거슬렸어요."

"나도 그런 사람들과 마주친 적이 있어요. 그건 그 사람 탓도 당신 탓도 아니에요. 그럴 땐 그저 피하는 게 상책이죠. 하지만 당신은 피할 수 없는 상황이었으니까."

"인터뷰 내내 기분 나빠서 숨이 막힐 정도였죠. 난 이성을 잃었어
요."

그는 또 한 잔을 마셨다.

"불쾌한 상황에 모두가 그렇게 반응하진 않죠. 그래선 안 되었어
요. 실은 참으려고 노력했어요. 화장실까지 가서 손도 씻고 세수도 하
고. 진정해보려고 노력했지만 잘 되지 않았어요."

그는 다시 그날의 기억이 되살아난다는 듯 주먹으로 테이블 위를
두드렸다. 사실과 허구를 뒤섞으니 감정이입을 더 잘할 수 있었다. 그
는 상상한 것을 점점 더 자연스럽게 설명할 수 있었다. 그는 불운의
주인공이 된 것처럼 눈을 가늘게 뜨고 쓸쓸한 미소를 지어 보였다.

"기자를 병원에 데려다줬는데 그 사람은 나더러 자꾸 가라고 했어
요. 자기는 괜찮다고. 근데 그렇게 날 돌려보내려고 했던 게 내가 무
서워서였을지도 모른다는 생각을 하자 나 자신을 견딜 수가 없었어
요. 그 생각이 아직도 나를 힘들게 해요."

그는 그런 말을 하면 분명히 그들에게 위로받을 수 있을 거라고 생
각했다. 그리고 그의 예상은 맞아떨어졌다. 그들은 처음보다 더 그의
말에 귀를 기울였고, 이해하려고 더 애를 썼고, 무엇보다 따뜻한 시선
으로 그를 바라봤다.

그는 기사에 실린 내용을 기억해내려고 애썼다. 그 내용이 모두 사
실이라고 상상한 뒤 기사에 실린 인물—자기 자신—이 어떤 감정이
었을지 느끼려고 노력했다. 카메라를 내던진 일이 실수가 아니라 만
약 고의였다면. 그가 신문에 묘사된 것처럼 콤플렉스에 시달리는 저

열한 폭력배이고 대중에게 비난받아 마땅한 비열한이라면. 의사와 약의 도움으로 일상을 버티는 나약하고 불안정한 신경증자라면.

지금 그의 옆에는 그를 이해해주는 두 사람이 그의 이야기에 귀를 기울이고 있었다. 그를 벼랑으로 내몰고 악몽 속에 빠져들게 했던 상황이 이제 오히려 그를 돋보이게 했다. 자신에게서 낯선 괴물을 발견한 대가를 묵묵히 치르는 중년의 남자. 그는 재킷 주머니에 행커치프를 꽂듯 그동안 그토록 거부하려고 애썼던 사건으로 자신을 치장했다.

그는 자기가 그동안 얼마나 외로웠는지 깨달았다. 그들의 시선을 즐기면서, 자신의 교활함을 깨달으면서도 그는 마음 한구석이 편안했다. 사람들의 시선을 잡아챈 고양이가 만족스러운 표정으로 아주 천천히 눈을 감듯이. 서서히 긴장이 풀렸다. 그들 커플은 그를 배려해서 조심스럽게 말을 건넸고 그는 그 순간을 만끽했다. 삼 년간의 고통을 한꺼번에 위로받는 시간이었다.

계산대 앞에서 그와 남자가 동시에 주머니를 뒤적였으나 지갑을 먼저 꺼낸 건 그였다. 그가 영수증을 받아든 뒤에도 남자는 계속 주머니를 뒤적였다.

"지갑을 잃어버린 것 같아."

"잘 찾아봐."

여자가 자기 핸드백을 살폈다. 하지만 어디서도 지갑은 나오지 않았다.

"아까 횟집에서 계산을 하고 그냥 두고 나왔나봐."

"아."

"금방 갔다 올게. 여기서 기다리고 있어."

남자가 뛰어나갔다.

여자와 그는 창을 보고 나란히 섰다. 밤바다는 컴컴해서 색을 구별할 수 없었다. 시커먼 파도가 해안선을 갉아먹기 시작하자 모래사장의 면적이 차츰 줄어들었다. 모자를 눌러쓴 젊은이 하나가 해안선을 따라 걷고 있었다. 젊은이는 걷다가 멈춰 서서 도로변을 한번 돌아보고 다시 되돌아 걸었다.

"먼저 들어가세요. 저 혼자 기다릴 수 있어요."

"아니에요, 오시는 거 보고 같이 나가죠."

"그럴까요?"

말투는 여전히 친절했지만 여자는 그를 흘끗 쳐다보더니 한 걸음 떨어져 섰다. 가까이서 보니 그녀의 눈가에는 주름이 져 있었고 아까보다 열 살은 더 많아 보였다. 여자치고는 장신이었다. 어깨가 넓고 다리가 길었다.

"나도 남편도 당신을 이해해요."

그녀는 그를 쳐다보지 않고 말했다.

"하지만 시력을 잃게 되었다는 건 끔찍한 일이네요."

그는 대화가 흐르는 방향이 마음에 들지 않았다. 그들 사이를 둘러싸고 있던 온유하고 따뜻한 기운은 어디론가 사라져버리고 여자는 신경이 곤두선 듯 힐을 신은 발에 힘을 주고 몸을 꼿꼿이 세웠다.

"좀 앉을까요? 피곤해 보이네요."

"괜찮아요."

여자는 어깨를 움츠리며 팔짱을 꼈다. 조금 쌀쌀맞은 말투로 취기가 올라서 빨리 숙소로 들어가고 싶을 뿐이라고 했다.

"길을 잃어버린 건 아니겠죠. 소나무숲 옆이라서 분명 찾기 쉬울 텐데."

섬에는 소나무숲이 두 군데 있다는 걸 그는 알고 있었다. 하나는 이쪽이고, 나머지 하나는 선착장이 위치한 섬의 입구 쪽에. 여자는 어디론가 전화를 걸었다. 상대는 전화를 받지 않았다. 여자의 낯빛이 어두워졌다.

"이런 곳에 강도가 있진 않겠죠?"

그는 고개를 저었다.

"금방 돌아올 거예요."

"그렇겠죠."

여자의 말투에 가시가 돋아 있었다. 두 사람의 눈이 마주쳤다. 그는 여자가 자기를 쏘아본다고 느꼈다. 마치 남편이 불한당에게 붙잡혔고 자기가 그 질 나쁜 패거리와 연관되어 있다는 듯이. 그의 눈가가 실룩거리기 시작했다.

여자는 문득 생각났다는 듯이 고개를 돌리고 그를 바라봤다.

"여자였나요?"

"네?"

"그 기자 말이에요."

축축한 손바닥의 감촉이 아직도 생생했다. 여자치고는 손이 크고 두꺼웠다.

"아니, 남자였습니다."

푸른 코트를
입은 남자

'푸른 코트를 입은 남자'라는 제목의 그 그림은 사이즈가 작은 정사각형 캔버스에 그려졌는데, 전시된 다른 작품들이 회색을 섞어 둔탁하게 가라앉은 느낌을 주는 것과 달리 강렬한 원색의 파란 물감을 써서 단번에 시선을 끌었다. 실존 인물을 모델로 그린 것 같았지만 이목구비를 흐릿하게 처리한데다가 배경에는 크기를 비교할 만한 사람도 사물도 없었기 때문에 남자에 대한 아무런 정보도—키가 큰지 작은지조차—얻을 수 없었다. 코트 깃을 세우고 단추를 채우지 않은 채 콘크리트 벽에 기대어 서 있는 그 남자는 이십대 청년 같기도 했고 삼십대 중반을 훌쩍 넘어선 것으로 보이기도 했다. 남자에게 고유한 특성을 부여하고 있는 것은 오로지 그가 입고 있는 푸른 코트뿐이었다.

그림 앞에서 한동안 꿈쩍도 않고 넋이 팔려 있다가 함께 전시회를 보러 온 남편이 언제부터인지 곁에 없다는 사실을 깨달았다. 스무 평 남짓한 전시장을 세 번이나 둘러본 뒤에야 나는 남편을 겨우 찾아낼 수 있었다. 그는 출입문의 대각선 반대쪽 구석에 놓인 소파에 다리를 꼬고 앉아 도록을 읽고 있었다. 사실 갈색 스웨터를 입은 남자가 얇은 종이 책자를 무릎에 놓고 고개를 숙이고 있는 것을 보긴 했다. 다만 그게 남편이라는 걸 알아보지 못했던 것이다. 나는 낯선 사람 보듯 한동안 남편을 관찰했다. 펼쳐놓은 지면에 오래도록 시선이 머물렀고 책장은 넘기지 않고 있었다. 그림이 너무 마음에 들거나 아니면 다른 생각에 빠져 있는 것 같았다.

나는 남편에게 가는 대신 다시 그림 앞에 섰다. 그림에서 눈을 떼고 다시 주변을 둘러보았을 때, 이번에는 남편을 찾는 데 시간이 좀더 걸렸다. 소파는 이제 비어 있었고 남편은 이번에도 그림을 감상하는 무리들 틈에 없었다. 남편을 발견한 곳은 정수기 앞이었다. 그는 종이컵에 물을 따라 마시는 중이었다. 나는 남편이 종이컵에 냉수를 받아 연거푸 두 잔을 마시는 모습, 종이컵에 남은 물을 바닥에 흘리고 구두창으로 대충 문지르는 모습을 보았다. 문득 그가 불필요하게 덩치가 크다고 느꼈다. 평소보다 키가 오 센티미터는 더 커 보였다. 목은 짧고 둔하며 허벅지는 우스꽝스러울 정도로 두꺼웠다. 신체가 불균형해 보이니까 바닥에 흘린 물을 구두창으로 문지르는 행동마저 그가 평소에 드러내지 않던 부도덕한 면모를 드러내는 것처럼 여겨졌다. 아니면 그 반대일 수도 있다. 마음에 들지 않는 그의 사소한 행동 때문에 그의 신체 전체가 불균형하다고 느껴지는 것일 수도 있다.

다음 그림은 거대한 쇼핑몰 건물과 그 앞에 나란히 서 있는 세 명의 여중생이었다. 그림은 별 감흥이 없었고 그래서인지 다른 그림을 보면서도 푸른 코트를 입은 남자만 어른거렸다. 그림 속의 남자가 실존

하는 인물일 거라는 생각에 그 남자가 진기와 아는 사이일 거라는 생각이 덧붙었다. 진기에게 그 그림이 누구를 그린 것인지 물어보기로 했다. 그 남자를 실제로 보고 싶기도 했다. 나는 그림 속의 남자를 만나는 상상을 하며 나머지 그림들을 대충 훑어보았다. 제일 마지막 그림—역시 흐릿한 회색 배경에 사람들의 얼굴이 둥둥 떠다니는 그림으로, 어떤 사람의 코는 누군가 베어 문 듯 패어나가 있었고 어떤 이는 뒤통수가 있어야 할 부분이 비어 있었다—앞에 섰을 때 남편이 내 옆에 와 섰다.

이 미술관 요즘 대센데 진기씨가 장소 컨택을 아주 잘했네.

남편은 내 친구 덕분에 오랜만에 이런 문화생활을 하게 되니 마음이 다 개운해진다면서 흡족한 표정을 지었다.

개운하다는 것은 그의 눈앞에 펼쳐진 그림들과는 전혀 어울리지 않는 표현이었다. 그림들을 제대로 보지도 않고 아무 말이나 하고 있는 게 분명했다. 남편의 처진 눈매에는 졸음이 그득했다. 그림에 관심이 없는 것을 넘어서 전시에 대한 최소한의 예의도 갖추지 못한 태도였다. 남편의 나른한 얼굴을 향해 '좀더 관심을 갖고 제대로 감상을 해보라'고 말하려는 순간, 나는 아주 이상한 경험을 했다. 남편의 얼굴이 전과 전혀 다르게 보였다. 진하게 쌍꺼풀 진 눈은 토끼의 눈처럼 지나치게 동그래서 어리석어 보였고, 평소 내가 좋아했던 갸름하고 부드러운 턱선은 남자답지 못한 유약한 성격을 드러내는 것 같았다. 통통한 입술은 불만스럽다는 듯 툭 튀어나와 보기 싫었다. 전체적으로 이목구비가 지나치게 선명해서 부담스러운 얼굴이라는 생각이 들었다. 십 년 동안 친근하게 받아들였던 얼굴이 눈에 거슬리자 당황스러웠다. 남편에게는 일단 화장실에 다녀오겠다고 한 뒤 출입문을 빠져나왔다.

전시회와 복도를 가르고 있는 유리벽 앞에 섰다. 남편은 아까 내가 서 있던 자리에서 〈푸른 코트를 입은 남자〉를 감상하고 있었다. 그의 뒷모습이 신나 보여서 나는 좀 의외였다. 그림의 어떤 점이 그를 신나게 만드는지 알 수 없었다. 슬쩍 비켜서서 다시 보니까 남편의 손에는 휴대폰이 들려 있었다. 그는 요즘 SNS에 빠져 있는데 아마 전시장의 그림을 찍어서 인터넷에 올리는 것 같았다.

며칠 전에 나는 휴대폰을 너무 쥐고 산다는 이유로 그에게 화를 냈다. 남편은 나를 빼고 모두가 SNS를 한다고 오히려 나를 이상한 사람으로 몰았다. 세상의 흐름에 뒤처져 다른 사람들이 누리는 즐거움과 재미를 모르면서, 너는 그게 고상하다고 생각하고 있지, 라고 비아냥거리며 비난의 화살을 나에게 돌렸다. 다른 사람들의 행동이 자신의 행동을 정당하게 만들어준다고 생각하는 모양이었다. 남편은 원체 유행에 민감했다. 새로 나온 전자 제품은 꼭 사서 사용해봐야 직성이 풀렸고, 인기 그룹 멤버들의 이름도 다 알고 있었다. 유행이 지나면 멀쩡한 옷에도 손을 대지 않았다. 친구들은 그가 세련되다고 칭찬했지만 내 귀에는 그게 칭찬으로 들리지 않았다.

나는 남편과 함께 전시회에 온 것을 후회했다. 진기가 남편을 데리고 오라고 한 것은 그냥 지나가는 말일 뿐인데 그 말을 굳이 기억해두었다가 그를 억지로 데리고 나온 건 순전히 내 잘못이다. 남편은 그림에 관심도 없으니 모처럼의 휴일에 집에서 쉬면서 TV나 보도록 내버려두는 쪽이 나았을 것이다.

화장실에서 립스틱을 고쳐 바른 뒤 다시 전시회장에 들어섰을 때 남편은 진기와 대화를 나누고 있었다. 나는 갑자기 속이 울렁거리기 시작했다. 그가 말실수나 하지 않기를 바랐다. 다행히 진기의 표정은 나쁘지 않았다. 나는 남편이 무슨 얘기를 떠들고 있는지 한번 들어보고 싶었지만 괜히 끼어들었다가 대화가 더 길어질 것이 걱정되었다. 나는 〈푸른 코트를 입은 남자〉를 좀더 감상했다.

잠시 후에 키가 작고 빼빼 마른 여자가 케이크가 든 상자와 작은 난초 화분을 들고 나타났다. 나에게는 그 여자가 구세주처럼 느껴졌다. 진기가 그녀를 맞으러 가자 나는 손짓을 해 남편을 불렀다. 나는 진기를 도와 전시회 뒷정리를 하고 갈 건데 당신은 피곤해 보이니까 먼저 집에 돌아가 쉬는 게 좋겠다고 말했다.

남편은 괜찮다고 했다. 그는 '모처럼 문화생활을 하니까 기분이 꽤 좋다'고 했다. 그는 또다시 문화생활이라는 단어를 썼다. 그 단어는 남편이 전시회를 제대로 보지 않았다는 증거였다. 그는 진기가 그린 그림을 '문화'라는 두루뭉술한 단어로 뭉뚱그리고 있었다. 나는 왜 남편이 평소와 달리 눈치 없이 구는지 몰랐다. 하지만 억지로 들어가라고 할 수도 없었다. 결국 남편과 나는 전시회가 끝나고 술자리에까지 참석하기로 했고, 남편은 진기에게 마감 시간을 묻더니 담배를 피우고 오겠다며 밖으로 나갔다.

술자리는 생각보다 길어져서 어느새 밤 열한시를 지나고 있었다. 진기와 나는 이십 년 지기 친구로 허물없이 지냈지만 전에는 한 번도 진기의 그림에 대해서 얘기를 나눠본 적이 없었다. 진기는 나에게 딱히 그림에 대한 의견이나 감상을 원하는 것 같지는 않았다. 우리는 대체로 기분을 들뜨게 하거나 가라앉히는 일상의 사소한 일들을 공유하는 사이로, 나는 평소에 진기가 화가라는 사실에 대해서 의식하지 않았다. 진기가 무얼 그리는지에 대해서 별 관심이 없었다. 술자리에서 나는 진기에게 그림에 대해 물었다. 질문이라고 하기도 뭣한 단순한 내용이기는 했지만, 그것은 내가 처음으로 진기의 그림에 관심을 가지게 되었다는 의미였다.

나는 진기에게 그 그림 속 남자가 누구냐고 물었다.

진기는 전혀 예상하지 못한 질문을 받았다는 듯 곤란한 표정을 지었다. 잠시 망설이다가 시선을 슬쩍 돌려 남편을 쳐다보았는데, 화제를 돌리고 싶어하는 것처럼 보였다.

진기가 무슨 중요한 결정을 내린 사람처럼 입을 열었다.

요즘 만나는 사람이야.

사귀는 사람이 있다는 얘기는 듣지 못했지만 다른 친구들이 다 가정을 꾸리는 동안 짝을 찾지 못하고 혼자 지내던 진기에게 애인이 생겼다고 하니 반가운 마음이 들었다. 그 이야기를 왜 이제야 하느냐며, 나는 그가 무슨 일을 하는 사람이냐고 물었다. 남편이 맥주를 비우더니 술을 채워달라고 빈 잔을 내밀었다. 남편은 내 질문이 전시회의 뒤풀이에 어울리지 않는다고 생각하는 것 같았다.

진기는 잠깐 생각에 잠겼다가—이번에는 남편의 뒤편으로 시선을 던져 다른 테이블을 쳐다봤다. 그러나 좀전보다는 빨리 결단을 내렸고, 새로 사귀게 된 애인이 작은 사업을 하고 있다고 대답했다.

거기서 질문을 멈췄어야 하는데, 술기운 때문인지 호기심이 발동해서 그 사업이라는 게 뭔데?라고 또 물어보았다. 이제 진기는 확실하

게 기분이 나빠 보였다. 이번에는 망설이지도 않고 수출업과 관련된
것, 이라고 쏘아붙이듯 대답했다. 나는 멈춰야 한다고 생각하면서도
질문을 멈추지 않았다.

나이는?

스물여덟.

진기가 대답했다.

스물여덟?

나도 모르게 목소리가 커졌다.

스물여덟에 무슨 수출업 사업을 한대?

스물여덟이랑 수출업 사업이 무슨 상관이 있지?

진기가 나를 노려봤다. 진기의 오른손이 옆구리에 올라갔다. 진기
의 눈빛이 무섭게 변해 있었다. 검은자위가 커져서 홍채까지 완전히
뒤덮을 지경이었다. 진기는 애인이 좀 이따 이리로 올 거니까 그때 인
사를 시켜주겠다며 대화를 정리했다.

한동안 유쾌한 분위기가 흘렀는데 나는 문득 시계를 보다가 그 남
자가 아직 오지 않았다는 사실을 깨달았고, 별생각 없이 그가 언제 오
는지 물었다. 진기는 시계를 확인하더니—건성으로 블라우스의 소매
끝을 들어올렸을 뿐 진짜 시간을 확인하는 것 같지는 않았다—그가
곧 올 거라고 대답했다. 진기는 내 얼굴을 한참 들여다봤다. 나는 진
기가 내 뺨이라도 때릴 줄 알았다. 진기는 한숨을 쉬더니 갑자기 내가
탓하지도 않은 것들에 대해 변명을 시작했다.

네가 몰라서 그러는데 요즘은 그 정도 나이 차는 아무것도 아니야.
내가 아는 사람들 중에는 스무 살 차이 나는 커플이 두 쌍이나 있어.

진기는 내가 자기보다 너무 어린 사람을 사귀는 것에 대해 윤리적으로 비난하고 있다고 느꼈던 것 같다. 하지만 나는 그런 생각을 전혀 하지 않았다. 나는 그저 푸른 코트를 입은 남자가 빨리 보고 싶었던 것뿐이었는데 진기와 나 사이에는 다시 메우기 힘든 골이 파여 있었다.

진기는 다른 테이블을 살피더니 술을 더 주문해야겠다면서 카운터 쪽으로 가버린 뒤에 다시 우리 테이블로 돌아오지 않았고 자정이 되기 전에 남편과 나는 술집에서 나왔다. 남편은 내게 핀잔을 주었는데 내가 자꾸 쓸데없는 데 관심을 보이니까 진기씨도 그러는 게 아니겠느냐고 했다.

당신은 구시대적 사고방식을 가지고 있어. 인간관계도 시대에 따라 계속해서 변한다고. 요즘은 아무리 친구라도 그렇게 사적인 질문을 할 때는 조심스러워하는 게 대세야.

남편은 나를 어르듯 말했다. 다른 사람들도 있는 자리인데 원치 않는 질문을 던져 진기를 곤란하게 한 것 같기는 하다. 그게 사실이라고 해도 진기 편을 드는 남편이 알미웠다.

요즘 개인주의가 대세이건 아니건 아무 상관 없어. 진기랑 나는 그런 사이가 아냐. 우린 그 정도 얘기는 충분히 주고받을 수 있을 정도로 가까워.

진기가 아까 그렇게 화를 낸 건 그애가 술에 취했기 때문이라고 나는 설명했다.

아까 보니까 취해서 눈이 완전히 풀려 있더라고. 난 동공이 그렇게 커진 사람은 처음 봤어. 걘 완전히 취했어.

야, 너 지금 서클렌즈 얘기하는 거지?

남편이 집게손가락을 세워 손으로 권총 모양을 만들어 나에게 손가락질을 했다.

진기씨 오늘 보니까 서클렌즈 꼈던데 너 그게 뭔지도 모르지? 너 지금 서클렌즈 보고 동공 풀렸다고 얘기하는 거지? 웅?

남편이 깔깔 웃었다.

그게 렌즈야?

나는 말끝을 흐리며 앞장서 걸었다. 뒤에서 남편이 웃음을 참느라고 피식거리며 뒤따라왔다.

나는 또다시 생각에 잠겼다. 아직도 푸른 코트를 입은 남자가 눈앞에 어른거렸다. 나에게 잘못이 있다면 그림 속 인물에 완전히 사로잡혀 그가 어떤 사람일까, 그를 빨리 만나보고 싶다는 생각으로 흥분한 상태였다는 것뿐이다. 진기를 비난할 생각 같은 것은 추호도 없었다. 진기의 기분을 상하게 한 것은 미안하지만 오히려 문제는 좀 이따 술집으로 올 거라던 진기의 애인이 끝끝내 나타나지 않았던 데 있다.

저녁 식탁을 차리기가 귀찮지 않느냐면서 남편은 휴대폰에 저장된 할인 쿠폰을 보여줬다. 남편의 회사와 제휴를 맺은 기업이 외식 사업을 시작했는데, 우리 동네에서 멀지 않은 곳에 새로 지점이 들어섰다고 했다. 쿠폰은 개장 이후 한 달 이내에 사용할 수 있는데 이제 보름 정도밖에 남지 않았고 다음주와 다다음주에는 주말에도 근무를 해야 하니까, 오늘이 좋겠다고 했다. 나는 순순히 남편을 따라나섰다.

남편은 스테이크를, 나는 볶음밥을 주문했는데, 남편은 쿠폰을 사용해서 오천원가량을 할인받은 것 때문에 기분이 좋아 보였다. 후식으로 초콜릿을 얹은 레몬케이크를 주문했는데 남편은 감탄사를 연발하며 케이크를 잘라 먹었다. 당도는 강한데 칼로리가 거의 없다고 설명해주면서 자기가 그 케이크를 개발한 사람처럼 굴었다. 케이크의 초콜릿 때문인지 남편은 가볍게 흥분한 상태였다.

남편이 갑자기 입을 다물고 손가락으로 옆 테이블을 가리켰다.

건너편 테이블에는 남자와 여자가 마주앉아 있었다. 남자는 이십대 중반으로 보였고 여자는 그보다 열 살은 더 많아 보였다. 남자 쪽에서 연상에 대한 환상을 가진 모양이었는데, 여자에게는 독특한 매력이 있어서 웃을 때 눈가에 주름이 잡히는 것마저도 매력적으로 보였다. 만난 지 얼마 되지 않은 듯 둘 사이에는 긴장감이 떠돌고 있었다. 여자는 오래 눈을 맞추고 있기도 어려웠는지 대화 도중 테이블의 찻잔이나 벽에 걸린 장식품이나 오가는 점원들 쪽으로 가끔 시선을 돌렸다. 아무래도 남자가 더 적극적인 게 분명했다. 그는 여자를 향해 조금씩 의자를 가까이 당겨 앉았고 상체를 앞으로 향한 채 소매를 걷어 붙이고 가끔씩 혀로 입술을 핥았다. 말투는 일부러 어른스러워 보이려고 그러는 건지 아니면 외국에 다녀와서 한국말을 잊었는지 모르겠지만 속도가 느리고 억양이 부자연스러웠다.

남편이 그쪽을 보다가 요즘은 유부녀가 젊은 애 사귀는 게 유행이라더니, 라며 왼손 중지로 테이블을 쳤다.

그게 유행이라고?

진기씨도 어린 친구 사귄다고 하지 않았나?

걔는 예술가니까 그런 거고.

남편이 피식 웃었다.

텔레비전이라도 좀 보지 그래. 너 인터넷 포털 뉴스도 안 읽잖아. 아무리 연구가 재밌어도 세상이 어떻게 돌아가는지는 알아야지.

나는 화장품 성분 연구 일을 하고 있는데 지금 신제품을 개발중이라 밥을 먹을 때 말고는 항상 그 생각에 빠져 있었다. 신제품 때문이 아니더라도 실은 세간의 유행에는 별다른 관심이 없었다. 길을 걸을 때도 남편은 마주 오는 사람들의 표정까지 확인하는 데 반해 나는 늘 머릿속으로 피부 재생에 효과가 있는 생약 성분들의 결합에 대해 생각하느라 어느 가게 앞을 지나는지조차 모르는 경우가 대부분이었다.

음료를 한 잔 더 주문한 뒤에 젊은 남자와 마주앉은 연상의 여자, 나보다 뱃살은 더 많아 보이는 여자의 삶이 어떠할까에 대해 생각해보았다. 내 나이 또래의 다른 여자들은 무슨 생각을 하면서 살까. 가정이 있는 여자들이 구태여 왜 다른 남자를 만날까. 왜 그런 일이 유행을 할까. 아무래도 이해할 수 없는 일이다. 짝짓기 상대가 정해져 있는데 남자 쪽에서 불임이 아니라면 왜 또 짝을 찾아 시간을 낭비해야 한단 말인가. 생물체란 보수적으로 행동하기 마련이니까 누군가 불필요한 에너지를 낭비하는 것처럼 보인다면 분명 그럴 만한 이유가 있을 것이다. 저 여자는 왜 자신에게 줄 것이 거의 없어 보이는 어린 상대를 짝으로 골랐을까? 그가 그녀에게 대체 무엇을 줄 수 있지?

야, 야, 그만 쳐다봐. 저쪽에서 다 알아채겠다.

남편이 목소리를 낮추고 다시 테이블을 중지로 톡톡 건드렸다.

계산을 하려고 카운터로 갔을 때 남편과 나는 다시 그 커플을 마주쳤다. 그들은 내 바로 앞에서 계산을 하고 있었다. 여자가 굽이 없는 구두를 신고 있었는데도 남자가 오 센티미터 정도 더 작았다. 계산은 여자가 했다. 엘리베이터를 탈 때도 그들과 함께였는데 나와 남편의 눈을 의식한 건지 아니면 아직은 서먹한 사이인지 엘리베이터의 양 끝에 떨어져 섰다. 나는 1층 버튼을 누르는 남자의 새끼손톱이 길게 자라 있는 걸 봤다.

그다음에 내가 본 것은 그의 오른팔에 걸려 있는 푸른 코트였다.

나는 뒤통수를 맞은 기분이었다. 우리가 주시하던 불륜의 남자, 그가 바로 진기의 남자친구였다. 그가 내 친구가 사준 코트를 입고 또다른 여자를 만나고 있는 장면을 목격한 것이다. 남자는 지금 막 그림 속에서 나온 듯했다. 회색으로 탈색하고 옆머리를 비스듬히 잘라 넘긴 헤어스타일과 검정색 워커가 그제야 눈에 들어왔다. 로비를 빠져나가며 그가 푸른 코트를 걸치자 그림 속의 인물과 완전히 같아졌다.

입맛이 싹 달아났다. 남편도 유쾌한 기분은 아니었는지 아무 말이 없었다. 그게 남편다운 행동이기는 하다. 남편은 구체적으로 도움을 요청했을 때는 최대한의 성의를 보이지만 먼저 나서서 알은체를 하거나 마음을 쓰는 일이 없었다. 그런 점에서 그는 로봇과 같다. 버튼을 누르면 실행되는 것과 다를 바가 없다. 나는 괜히 남편에게 뾰로통한 마음이 되어 집까지 가는 동안 아무 말도 먼저 꺼내지 않았다. 묻는 말에만 아니, 응, 그럴 수 있지, 25일까지, 같은 단답형 대답을 하면서 푸른 코트를 입고 눈앞에서 사라져버린 젊은 남자에 대해서 생각하고 또 생각했다.

나에게는 진기에게 진실을 전할 의무가 있었다. 의무라는 말이 어울리지 않는다면 책임감이라고 해두자. 아니 그 단어도 딱히 어울리지는 않는다. 다만 나는 그렇게 해야 한다고 느꼈다. 만약에 진기가 내 남편이 외도하는 장면을 목격했다면 나에게 전해주기를 바랐으므로, 나 역시 그렇게 행동해야 한다고 생각했던 것이다. 나는 어떻게 하면 내가 목격한 광경을 진기의 기분이 상하게 하지 않게 전달할 수 있을지 고민하며 이불을 뒤집어썼다. 남편은 이미 곯아떨어졌고 가끔 알아듣지 못할 잠꼬대를 중얼거리며 허공으로 팔을 뻗었다.

진기의 새 애인은 그녀의 예술적 재능에 반했을 뿐 실제로 진기에게 그렇게 많이 빠져 있지는 않은 게 분명하다. 아니면 그는 연상 여자들의 약점을 노리는 킬러에 불과한지도 몰랐다. 그 나이의 여자들이 젊은 애들의 열정에 쉽게 마음을 열고 과거처럼 뜨거운 로맨스에 빠지고 싶어하는 심리를 이용하는 모양이었다. 어쨌거나 확실한 건 진기가 속고 있다는 사실이다. 진기의 새 애인은 수출업 종사자가 아니라 아무 일도 하지 않고 있고, 심지어는 돈 때문에 그애를 만나는지도 모른다. 어쩌면 돈 많은 여자들의 호주머니를 털어 제 또래 여자애들에게 화장품을 사주는지도.

시침이 숫자 5를 가리켰을 때 나는 진기가 애써 그린 그림을 팔아 그 젊은 남자에게 푸른 코트를 사준 거라는 생각을 하고 있었고, 더이상 참지 못해 새벽 다섯시에 진기에게 전화를 걸었다.

어쩌면 그러지 말아야 했는지도 몰랐다. 남편의 말을 따라야 했는지도 몰랐다. 아무리 친한 사이라도 예의를 지켜야 했는지 모른다. 아침까지 기다렸다면 상황이 좀 나았을까. 햇빛을 받은 뒤에 명료한 정신으로 통화했다면 상황을 좀더 잘 설명할 수 있었을까. 진기의 기분이 상하지 않도록 객관적으로 내용을 전달했다면 그애가 속마음을 차분히 내게 털어놓았을까.

진기가 전화를 받자마자 흥분 상태에서 '너는 속고 있다'고 떨리는 목소리로 말했다. 수화기를 켠 손도 떨리고 있었다.

대체 이 시간에 무슨 일이야?

진기는 목이 쉬어 제대로 소리를 내지도 못했다.

네가 여태 속고 있었다고.

나는 다시 반복됐다. 나는 차마 네 애인이 다른 여자와 있는 걸 봤다는 얘기는 아직 꺼내지 못했다.

그게 무슨 소리야?

네가 속았다고. 그 남자가 너를 속였어.

나는 용기를 냈다.

그 남자?

푸른 코트를 입은 남자 말이야.

뭐?

푸른 코트를 입은 네 애인 말이야.

푸른 코트가, 뭐라고?

진기는 한동안 말이 없었다.

영재야.

진기가 내 이름을 불렀다. 나는 그애가 내 이름을 불렀다는 사실에 더 용기를 내어 저녁에 내가 본 광경을 자세히 털어놓았다. 진기는 말없이 내 얘기를 경청했다. 얘기가 끝났을 때 진기는 일단 자고 내일 얘기하는 게 좋겠다고 말했다. 목소리는 담담했고 오히려 진기쪽에서 나를 위로하는 것처럼 들렸다. 진기는 나보다 침착했다. 진

44

기가 그렇게 나오니까 나는 더 화가 났다. 더 참지 못하고 화를 내고
말았다.

그 푸른 코트 네가 사준 거지?

진기는 대답을 하지 않았다. 갑자기 말을 못하게 된 게 아니라면 나
이 어린 애인에게 속아서 비싼 코트를 사준 것이 부끄럽다고 생각했
기 때문에 아무 말도 할 수가 없었을 것이다.

진기가 잠시 후에 입을 열었다.

그러니까, 니가 오늘 본 남자가 푸른색 코트를 입고 어떤 늙은 여
자랑 같이 있었다는 거지? 그 얘길 하고 있는 거지, 이 새벽에 전화를
걸어서?

그렇다니까. 내 눈으로 똑똑히 봤어.

너 푸른색 코트 입은 남자 처음 봤어? 그래서 지금 나한테 이러는
거야?

지금 무슨 소리 하는 거야? 그럼 내가 무슨 수로 네 애인을 전에 또
봤겠어? 난 그 사람 오늘 처음 봤어. 내가 무슨 수로 전에 니 애인을
봤겠어?

진기는 한숨을 쉬더니 자기는 며칠 동안 잠을 못 자다가 겨우 한 시
간 전에 수면유도제를 먹고 잠에 들었다고 한 글자씩 또박또박 발음
한 뒤 바로 전화를 끊어버렸다. 나는 내가 무얼 잘못했는지 몰랐다.
만일 내게 잘못이 있다면 요즘 시대에 유행이라는, 그 철저한 개인주
의에 기반한 인간관계를 받아들이지 못했다는 것뿐이었다.

점점 더 이상한 일이 일어나고 있었다. 이번에는 진기가 애인에게

사준 푸른 코트가, 젊은 사기꾼이 늙은 여자를 만날 때 입고 나간 그 푸른 코트가 우리집 옷장 속에 들어 있었다. 나는 손에 힘이 빠져서 옷장 문을 닫지도 못한 채 남편을 불렀다. 남편은 샤워중이어서 십여 분을 기다려야 했다. 나는 침대 끄트머리에 걸터앉았다. 온갖 상상이 머릿속을 뒤흔들었지만 쉽게 판단을 내리지는 말자고 주문을 외우면서, 허리에 수건을 두른 남편이 나타날 때까지 잠자코 기다렸다.

남편이 흰색 극세사 타월을 허리에 두르고 나타났을 때 나는 열린 옷장 문틈으로 보이는 푸른 코트를 가리켰다. 남편은 당황한 기색을 들키지 않으려고 그랬는지 어색한 웃음을 흘렸다.

아, 저거 때문에 그런 거야? 아까 퇴근길에 샀어.

샀다고?

그는 이번에 회사에서 새로 제휴를 맺게 된 회사가 의류업체라서 십 퍼센트나 더 할인을 받았다는 얘기를 자랑하듯 늘어놓았다. 원래는 백만원이 넘는 옷인데 겨울도 막바지에 이르렀으므로 삼십 퍼센트 세일을 하는데다가 자기는 제휴 카드로 계산을 했기 때문에 오십만원을 번 셈이라고 했다.

당신 회사는 왜 그렇게 제휴 업체가 많아?

요새는 그렇게 회사마다 다른 업체랑 제휴를 해. 그리고 곧 우리 회사가 그 회사를 인수하게 될 거야.

남편은 이제 나를 바보로 아는 모양이었다. 남편은 내가 그 코트를 쳐다보자 옷장 문을 닫았다.

별로 안 비싸게 주고 산 거라니까. 요새 웬만한 코트는 다 백만원대야. 모처럼 새 옷 샀는데 너무 그러지 마라. 나도 절약하고 있어. 제휴 아니면 안 사고 안 먹는다니까.

남편은 자꾸만 얘기를 다른 데로 돌렸다. 나는 더 따질 기운도 없었다.

지금 나한테 저걸 샀다고 하는 거야? 지금 그걸 설명이라고 하고 있는 거냐고?

야, 나도 코트 정도는 니 허락 없이 한 벌쯤 살 수 있는 거 아니야?

그러니까, 지금 저걸 샀다는 거잖아.

그래, 샀다. 내가 샀다고.

남편은 나와 대화할 의지를 보이지 않았다. 아무도 속아넘어가지 않을 거짓말을 끝끝내 참이라고 우기고 있었다. 그가 내게 진실을 얘기할 마음이 눈곱만치도 없다는 걸 알았다.

상황을 해석해야 했다. 진기의 사기꾼 남자친구의 코트를 왜 남편이 집에 갖고 들어왔는지, 이 수수께끼를 혼자서 풀어야 했다. 진기가 전화를 그냥 끊은 것, 더 거슬러올라가 그날의 술자리, 내가 처음 푸른 코트를 입은 남자에 대해서 물어봤을 때 진기가 남편을 쳐다봤던 것, 연하를 사귀는 건 문제가 되지 않는다고 말하면서 진기가 담배 연기를 허공에 내뿜던 장면들을 떠올렸다. 결국 그날 술자리가 끝나고 남편이 내게 화를 내며 진기 편을 들었던 게 생각났다. 그걸 생각해내자 진기가 전시회에 남편을 데려오라고 말했던 것도 떠올랐다.

위가 쓰리기 시작했다. 그날 진기가 내게 괜히 날을 세웠던 것, 남편이 대화에 끼지 않으려고 노력했던 것, 그리고 전시회에서 시큰둥한 반응을 보였던 그 모든 일들이 부자연스러웠다는 것을 이제 알게 됐다. 내가 모르고 있는 무언가 한 가지 요소가 나를 이러한 혼란 속에 빠뜨렸고, 나는 그것을 찾아냈다.

바로 남편이 그림의 모델이었다는 사실. 남편은 진기와 만나고 있다. 진기는 늘 새로 남자를 만날 때면, 서로 호감을 갖기 시작하는 단계부터 나에게 의논을 해왔다. 유독 이번에만 그러지 않았다. 애인이 온다고 했는데 안 온 것이 아니라, 그날 술자리에 진기의 애인이 있었다. 다만 오직 나만이 그게 누군지 몰랐던 것뿐이다. 둘은 용케도 나를 속이는 데 성공했다.

나는 남편이 있는데 다른 남자를 만나야 하는 이유를 알 수 없는 것처럼 수많은 다른 남자들을 놔두고 굳이 친구의 남자를 선택한 이유도 알 수 없었다. 하나를 새로 얻을 수 있는데 굳이 하나를 잃으면서 다른 하나를 얻는 선택을 하는 이유는 뭘까. 내가 텔레비전을 보지 않고, 포털 뉴스를 읽지 않고, 하루종일 화장품 연구에 골몰하는 것이 어쩌면 인간의 삶을 이해하는 데, 적어도 내 남편과 친구의 삶을 이해하는 데 큰 장애물이 되었는지도 모른다. 나도 TV를 틀어보고 인터넷 창에서 뉴스와 광고를 들여다보려고 노력했었다. 하지만 도저히 관심이 가지 않았다. 거기에는 나를 자극하는 어떤 흥미로운 요소도 없었다. 나에게는 인간의 피부에 트러블을 일으키지 않는 식물의 세포분열 쪽이 훨씬 구미가 당겼다. 나는 세포분열을 할 때 줄기세포가 갈라지는 모양이 공중에서 오로라가 뻗어가는 것과 마찬가지로 아름답다고 느꼈다. 나는 세포분열을 찍은 파일을 볼 때 남편이 휴대폰을 들여다보면서 SNS에 멘션을 달 때와 같은 미소를 짓고 있었다. 그것이 우리 사이의 문제였을까. 언젠가부터 퇴근 후 집에 가서 남편과 식사를 할 때면, 전처럼 남편에게 내 연구 얘기를 꺼내는 것이 불편했다.

종족의 번식을 위해서라면 수컷은 되도록 많은 암컷을 만나는 것이 유리하다. 진기와 만나는 남편의 선택에는 분명 타당성이 있다. 하지만 그 과학적 진실과 별개로 그와 내가 쌓아온 어떤 신뢰가 무너졌다. 그런 약속을 명시적으로 한 적은 없지만, 내가 진기를 남편에게 소개했을 때에는, 그녀를 짝짓기의 대상에서 제외한다는 최소한의 약속이 공공연하게 밑바탕에 깔려 있는 것이나 마찬가지다. 의아한 것은 그가 자신이 진기의 모델이었다는 사실을, 자기가 푸른 코트를 입은 남자라는 사실을 끝까지 숨기지도 않고 코트를 과감히 옷장에 넣어두었다는 점이었다. 남편은, 왜 그랬을까?

그때 남편은 현대인에게 의생활이 얼마나 중요한지에 대해 내게 설파했다. 이해하기 어렵겠지만 어떤 옷을 입는지는 그 사람의 정체성 자체가 될 수도 있다고 말했다. 그는 긴긴 설명 끝에, 나는 네가 이해하지 못할 줄 알았어, 하고 단정지었다. 그는 더 설명하기가 싫다고 했다. 나는 이 시대에 걸맞지 않은 사람이라고 했다. 네 머릿속에는 연구밖에 없으니까. 지나가는 사람한테는 관심도 없으니까. 이 시대에 관심이 없다고. 나는 너랑 있으면 딴 나라에서 온 사람이랑 마주 앉아 있는 것 같아. 매번 뭔가를 설명해주는 것도 이제 지겨워. 너랑은 더이상 말이 안 통해. 이해를 해보려고 하지도 않잖아. 방귀 뀐 놈이 성을 낸다더니 남편은 푸른 코트를 꺼내 입고 나가버렸다.

현관문이 닫히고 자동 잠금장치에서 알림음이 울렸다.

나는 베란다에 서서 멍하니 창밖을 바라봤다. 건너편 건물들이 네모난 창을 통해 환하게 밝힌 불빛에 눈이 부셨다. 나는 코코블록 마을처럼 한눈에 내려다보이는 낯익은 풍경에 시선을 팔았다. 그 거리를 푸른 코트를 입은 남자가 걷고 있었다. 멀리서도 한눈에 남편을 알아볼 수 있었다. 그의 뒷모습은 알 수 없는 환희로 가득차 있고, 당장이라도 하늘 높이 날아오를 듯 몸이 가벼워 보인다. 마치 자기가 있어야 할 마땅한 장소를 찾았다는 듯, 그곳으로 갈 준비를 모두 마쳤다는 듯 보였다. 푸른 코트가 그에게 날개를 달아준 것 같았다. 코트는 그에게 아주 잘 어울렸다.

남편에게 묻고 싶다. 다시 한번 듣고 확인해야겠다. 정말 나랑은 대화가 전혀 통하지 않는지. 나랑 얘기하는 게 답답하기만 한지. 어쩌다 가끔 내가 모르는 게 있어서 그런 게 아니고 평소에도 늘 그렇게 느끼는지. 다시 한번 들어야 했다. 그래야 나도 단념을 하든 노력을 하든 무슨 대책이라도 세울 수 있을 것 같았다.

정말 그래? 나랑 사는 게 다른 시대에서 온 사람이랑 있는 것처럼 답답하고 싫기만 해? 처음에는 그런 내가 신기하고 재밌다고 좋아했잖아. 밤하늘에 깜빡이는 게 별이 아니라 인공위성이라는 걸 가르쳐주면서 즐거워했잖아. 자기는 설명하는 걸 좋아하니까 내가 모르는 게 많아서 좋고, 다른 여자들은 브랜드 같은 거에 목을 매는데 나는 그런 걸 구별하지 못해서 더 맘에 든다고, 내가 신선하다고 그랬잖아. 마음이 달라진 게 언제부터야. 나는 현관으로 달려가 신발을 신고 복도를 향해 뛰어나갔다.

엘리베이터에서 내리자마자 남편이 지나간 거리를 향해 정신없이 달렸다. 붉은 신호를 무시하고 이차선 도로를 건너 대로변의 버스 정류장에 서 있는 남편을 찾았다. 그가 차를 타지 않고 버스를 기다리는 이유는 몰랐지만 다행히도 너무 늦지는 않은 것 같다. 적어도 질문을 던질 시간은 허락된 것이다. 나는 유리문에 기대 잠시 호흡을 골랐다.

가쁜 숨을 내뱉으며 남편의 어깨 위에 손을 올리자, 그가 천천히 뒤를 돌아보았다.

누구세요?

남자가 나에게 물었다. 나는 숨을 고르느라고 대답을 할 수 없었다. 푸른 코트를 입은 남자는 영문을 모르겠다는 듯 고개를 갸웃거리더니, 망연자실한 표정의 나를 물끄러미 바라보다가 위로라도 하듯 입을 열었다.

사람을 잘못 본 모양이네요.

남편은 어디 있어요?

네?

남자가 인상을 찌푸렸다.

뭐라고요?

제 남편이요. 지금 댁이 제 남편 옷을 입고 있잖아요.

남자가 어깨를 으쓱하더니 이 코트 말이에요? 라고 물었다.

네, 그 코트요. 입고 계신 그 코트가 제 남편 옷이잖아요.

나는 숨이 차서 겨우 말을 이을 수 있었다.

남자가 웃었다.

이 코트가 남편 옷이라니요. 이건 제 돈 주고 제가 산 제 옷이에요.

그럴 리가 없어요. 이건 제 친구가 남편에게 사준 옷인데. 푸른 코트잖아요. 제 친구가 그린 그림 속에 있던 코트가 이 푸른 코트고요.

지금 무슨 소릴 하시는 거예요. 이 코트 입은 사람 처음 봤어요? 이 색깔 코트가 지금 유행이잖아요.

남자가 이상한 사람을 보듯 나를 힐끗 쳐다보고 더는 말을 섞고 싶지 않다는 듯 두어 걸음 물러섰다. 곧 23-1번 버스가 정차했고 남자는 얼른 버스에 올라탔다. 그는 창가에서 나를 보았다. 나도 그를 보았다. 버스가 떠났고, 나는 혼자 남겨졌다. 떠난 것은 길거리에서 처음 본 남자일 뿐인데 나는 버려진 기분이었다. 모든 것을 잃은 허망한 마음이었다.

다시 아파트 단지를 향해 걷기 시작했다.

지나가는 사람이라도 좀 보고 다녀. 세상에 관심을 좀 가져보라고.

남편의 목소리가 귀를 맴돌며 반복되었다. 나는 주변을 둘러보았다. 상점마다 간판에 두른 네온사인이 눈이 부시도록 반짝였고 사람들의 표정은 지나치게 밝아 보였다. 그들의 동공은 약에 취한 듯 환하게 열려 있었고 발걸음이 빨랐고 상당수의 사람들이 혼잣말을 하면서 걷고 있기에 자세히 살펴보니까 귀에 무언가를 꽂고 있었다. 핸즈프리였다. 남편이 그걸 사용하는 걸 본 적이 있다.

남편이 내 것도 주문하겠다고 했지만 거절했었다. 난 걸으면서 통화하는 걸 싫어하는데, 걸을 때는 그냥 걷기만 하는 게 좋고 전화를 하는 것보다는 만나서 얼굴을 보고 얘기하는 게 좋으니까, 내가 다른 시대에서 왔거나 다른 사람들을 이해하고 싶지 않아서가 아니라, 나는 그냥 그게 좋아서 그랬다. 갑자기 억울하다는 생각이 들었다. 옷가게를 지나다가 이상한 기분이 들어서 멈춰 섰다. 쇼윈도의 마네킹이 푸른 코트를 걸치고 있었다. 마네킹은 목 위로 둥근 구 형태를 얹고 있었다. 눈, 코, 입이 없었고 코트 아래로는 역시 허옇게 플라스틱 다리가 세워져 있었다.

유리벽 안쪽에는 잡지에서 오려낸 사진이 붙어 있었다. 젊고 잘생긴 한 남자가—이름은 몰라도 그 남자가 연예인이라는 것 정도는 알고 있었다—푸른 코트를 입고 주머니에 손을 찔러넣은 채 나를 바라보고 있었다. 그 눈빛은 나를 조롱하는 것 같기도 하고 위로하는 것 같기도 하고 그게 아니라면 나에게 뭔가를 말해주고 싶어하는 것 같기도 했다. 그게 뭔지는 나도 모르겠다. 진기의 그림 속 모델이 입었던 코트가, 식당에서 만난 젊은 남자의 코트가, 남편이 제휴 카드를 이용해 할인을 받아 샀다던 코트가, 정류장에 서 있던 낯선 남자가 입고 있는 코트가 하나가 아니라 모두 다른 코트라는 사실만은 분명히 확인할 수 있었다. 그러나 푸른 코트가 유행이라는 사실 외에 다른 모든 것들에 대해서는 잘 알 수 없게 되어버리고 말았다. 그것은 다행일까? 나를 혼란에 빠뜨렸던 질문, 푸른 코트를 입은 남자가 누구인지는 더이상 궁금하지 않았다. 그것은 애초에 답을 찾을 수 없는 질문이었으므로. 문제는 이제 내가 무엇을 궁금해해야 할지 알 수 없게 되어버리고 말았다는 데 있었다.

길 건너편에서 푸른 코트를 입은 남자가 나를 향해 다가오고 있다. 그는 남편과 키가 비슷하고 남편의 걸음걸이를 닮았으며 남편과 똑같은 목소리로 내 이름을 부르며 뛰어오고 있다. 그러나 나는 그가 누구인지 모르겠다. 나는 그가 푸른 코트를 입었다는 사실과, 그 코트가 유행이라는 사실 외에 그에 대해 아무것도 확신하는 바가 없다. 그가 내 얼굴을 두 손으로 감싸고 나를 꼭 안는다. 그러나 나는 그가 무슨 생각으로 나를 안고 있는지 모른다. 나는 푸른 코트를 입은 남자의 품에 안겨서 쇼윈도의 마네킹을 바라본다. 마네킹은 나를 안고 있는 남자와 똑같은 푸른 코트를 입고 있다. 내가 아는 것은 그것뿐이다. 요즘 남자들 사이에서는 푸른 코트가 유행이다.

잘못 찾아오다

두 대의 이삿짐 트럭은 동일한 포장이사 전문 업체 소속의 차량으로, 짐칸의 규격뿐 아니라 색깔마저 노란색으로 같아서 쌍둥이처럼 보였다. 이 두 대의 트럭이 부천에서부터 구파발까지 앞서거니 뒤서거니 하며 벌써 한 시간째 나란히 도로 위를 달리고 있었다. 핸들을 잡은 이의 성향이나 판단력의 차이인지 내비게이션에 깔린 프로그램이 달라서인지 종종 다른 방향으로 갈라섰다가도 십 분이 채 경과하기 전에 두 차는 다시 만나 도로 위를 나란히 달렸다.

왼쪽 이삿짐 트럭의 조수석에 내가 앉아 있었다. 운전자와 대화가 잠시 멈추거나 바깥 경치를 바라볼 때나 좁은 공간이 답답해 몸을 뒤척이다가 무의식적으로 오른쪽 차선을 달리고 있는 트럭을 힐끗거렸다. 운전대를 잡은 이도 마찬가지였다. 그는 가끔 고개를 옆으로 돌리고 옆 차에 시선을 두다가 목적지에 거의 도착했을 때쯤 말했다.

"모르는 얼굴이에요."

회사에 입사한 지 삼 년이 넘어서 웬만한 동료 기사들의 얼굴은 눈에 익는데 옆 차선의 트럭 기사는 자기가 알지 못하는 사람이라는 것이다. 새로 입사한 사원인 모양이네요, 라고 건성으로 대꾸하자 그도 역시 별생각 하지 않고 고개를 끄덕이는 것 같았다.

내 관심은 조수석에 앉은 사람 쪽에 있었다.

"어디 아픈 사람 같지 않아요?"

그 말에 직원이 옆을 돌아보았다. 나도 다시 고개를 돌려 여자를 바라보았다.

여자는 창밖 너머 가늠이 되지 않는 먼 곳에 시선을 두고 있었다. 처음에는 아직 이십대로 보였는데 다시 돌아봤을 때는 나이가 꽤 있겠구나 싶었고 이제는 나와 비슷한 또래로 보였다. 시트에 등을 기댄 채 고개를 약간 들고 있었는데 딱히 자세가 흐트러진 데는 없었지만 기운이 없어 보였다. 준수한 용모는 꽤 눈에 띄었다. 피부색은 어두운 편에 이목구비가 잘생겼는데 입가에서 턱으로 이어지는 부위에 여드름이 나 있었다.

"아토피인가봐요."

기사가 말했다.

"네?"

"저분 피부염을 앓고 있는 것 같은데요. 저도 아토피로 고생을 좀 했거든요. 식단 관리를 하면서부터는 상태가 꽤 좋아졌는데 아직도 기름진 건 못 먹어요."

"그럼 뭘 드세요?"

"야채, 과일이요. 현미밥이 잘 맞아요. 근데 고기를 못 먹으니까 영

힘이 안 나요. 짐 옮길 때도 예전 같지 않고."

그가 다시 재채기를 시작했다. 차창을 내려 환기를 시켰다. 그는 출발한 이후 거의 오 분 단위로 재채기를 해대고 있다. 부천에서 출발할 때는 화단의 꽃가루 때문인 것 같다며 재채기를 시작했는데 부천을 떠난 지 삼십 분이 지나도 계속되어 한강을 건널 때까지 멈추지 않았다. 처음에는 걱정이 되었다가 조금 뒤부터 신경이 거슬리기 시작했다. 나중에는 그의 의도가 아니라는 것을 알면서도 그가 내게 마땅한 예의를 지키지 않은 것처럼 짜증이 났다.

"거의 다 왔어요. 결국 저 차랑 끝까지 같이 왔네요. 이웃이 될 인연인가봐요."

말을 끝내자마자 또 재채기를 했다. 하지만 잠시 후에 트럭에서 내릴 수 있다고 생각하니 재채기 소리는 더이상 거슬리지 않았다. 나는 여자를 돌아보았다. 여자도 나를 돌아보았다. 시선이 마주치자 여자 쪽에서 눈을 돌렸다.

수줍음이 많은 사람일 것이다. 그러나 그런 성격의 사람이 오히려 친해지면 걷잡을 수 없이 가까이 다가오는 경우도 많다. 좀처럼 입을 열지 않던 이가 굉장한 수다쟁이로 돌변하는 광경을 심심찮게 보아왔다.

내내 함께 달리던 이 이삿짐 트럭과 결국 같은 곳에 도착했다. 그러나 도로에서 벗어나 입주할 빌라 단지 입구에서 다시 서로를 마주했을 때는 더이상 두 대의 이삿짐 트럭이 좀전의 도로 위에서처럼 나란히 공존할 수 없다는 사실을 알게 되었다. 둘 중 하나는 영영 그 단지에 들어설 수 없었다.

나를 혼동에 빠뜨린 그 일을 간단히 서술하면 다음과 같다. 내가 이사하게 될 집은 105호인데, 여자가 이사온 집 역시 105호였다. 5호와 6호가 들락거리는 출입구 앞에 여자가 탄 트럭이 먼저 차를 세웠고 그 자리는 내가 탄 트럭이 주차해야 하는 자리이기도 했던 것이다.

기사와 여자, 두 사람이 짐칸의 양쪽에 서서 트럭 위에 덮은 천을 걷어내고 있었다. 짐칸에 실린 이삿짐들을 옮기려는 모양이었다. 줄을 풀고 있는 기사에게 먼저 수고하십니다, 인사하며 캔 음료를 내밀었다. 직원은 캔을 받고 나서 여자를 흘끗 봤다. 여자에게도 캔을 내밀었다.

여자는 음료를 받는 대신 팔짱을 꼈다. 인사를 받는 대신 "누구신가요?"라고 물었다. 내민 캔은 받지 않고 "그런데 이걸 왜 저한테 주시나요?"라고 정확한 발음으로 물었다.

기사의 말이 맞았다. 여자의 입가 쪽에 넓게 퍼진 것은 기사 말대로 여드름이 아니라 피부염이었다. 염증이 꽤 심한지 입술 주변 피부에는 딱지가 덮여 있었고 턱 아래쪽 목 부근의 피부도 갈라져 흰 각질이 일어나 있었다. 나이가 많아 보이지는 않았는데 흰머리가 꽤 많았다. 마치 한 움큼을 따로 염색이라도 한 듯 오른쪽 정수리 아랫부분이 테니스공만한 면적으로 흰 머리카락으로 뒤덮여 있었다. 나는 그 여자가 어떤 병을 앓았을 것이라고 생각했다. 증상이 사라지고 회복중인 시기라고 생각했다. 그래도 여자의 두 눈만은 아픈 사람 같지 않게 맑았다. 마치 세상의 모든 것을 처음 보는 사람같이 어떤 짐작도 끼어들지 않은 빛나는 눈으로 나를 봤다.

앞으로 같은 빌라에 살게 될 것 같다고 상황을 설명하고, 공교롭게도 같은 날 이사를 하게 된 것 같은데 반갑다, 실은 아까 도로에서부터 내내 함께 왔는데 그쪽에서도 우리 차를 보지 않았는지 물었다.

"글쎄요."

거짓말을 하는 것처럼 보이지는 않았고 정말 우리 차를 보지 못한 모양이었다. 여자는 고개를 천천히 오른쪽으로 기울이더니 그런데, 자기에게 무슨 볼일이라도 더 있느냐고 물었다. 표정에도 눈빛에도 별다른 변화가 없었다. 괜한 짓을 하나보다, 이런 성격의 사람에게는 차라리 사실을 그대로 설명하고 논리적인 해결책을 찾는 것이 빠른데 헛수고를 했다고 생각했다.

그쪽 이삿짐 트럭이 내가 이사할 집 바로 앞에 주차되어 있어서 주차 위치에 조율이 좀 필요할 것 같다, 그러니까 괜찮으시다면 트럭 위치를 좀 옮길 수 있을지를 부탁하러 왔다고 차근차근 설명했다.

"몇 호에 이사오셨는데요?"

여자가 내게 물었다.

"105호입니다."

여자가 입을 다물었다.

"그쪽은 어딥니까?"

"저도 105호에 이사왔습니다."

여자는 그렇게 말하고는 이삿짐을 고정시키기 위해 풀었던 줄을 슬그머니 다시 집어들었다. 기사에게 가서 뭐라고 말하자 기사가 여자의 손에서 줄을 건네받았다. 그 두 사람은 이삿짐을 다시 정리하고 천을 덮은 뒤 줄로 고정시켰다. 그리고 다시 트럭 위에 올라탔다.

상황은 삽시간에 정리되었다. 내 요구대로 처리가 된 것과 마찬가지였는데 당황스러운 일을 당한 사람처럼 나는 멍하니 그 자리에 서 있기만 했다. 이삿짐 트럭에 시동이 걸리자 나는 갑자기 마음이 급해졌다. 다시 여자의 얼굴을 봤다. 여자의 얼굴은 붉게 상기되어 있었고 나쁜 일을 당한 듯 숨을 씩씩대며 정면을 응시하고 있었다.

트럭은 즉시 그 자리를 떠났다.

여자가 어째서 나와 같은 집에 이사를 오려고 했던 것인지 사연을 알 수는 없지만 나는 그녀가 그렇게 돌아간 것에 대해 죄책감을 느꼈다. 아무도 그렇게 말하지 않았지만 내가 그 여자의 집을 빼앗았다는 생각이 들었다. 붉은빛으로 물든 여자의 화난 얼굴을 떠올리면 기억나지 않는 아주 먼 과거나 혹은 내가 아직 알지 못하는 미래에, 내가 그녀에게 대단히 큰 잘못을 저질렀다는 생각이 들었다.

재희를 다시 만난 건 근처 중개업소에서 근무를 시작한 뒤 겨우 보름쯤 지났을 즈음의 일이다. 반묶음 머리를 하고 백팩을 멘 채 유리문을 밀고 들어온 여자에게 잠깐 앉아서 기다리라고 자리를 안내하고는 종이컵에 티백 녹차를 타서 테이블 위에 내려놓았는데, 다시 얼굴을 보니 앞에 마주앉은 여자는 재희였다. 어쩌면 나는 재희를 알아보았는지도 모른다. 커피인지 녹차인지 묻지도 않고 녹차 티백을 집어들었기 때문이다. 그녀가 재희라는 것, 재희는 커피를 마시지 않는다는 것을 내 손은 잊지 않고 기억하고 있었던 게 아닐까.

재희는 여기서 나를 만날 줄은 꿈에도 몰랐다면서 반가워했다. 친구가 방을 구해준다니 마음이 놓인다고도 했다. 재희는 준비한 돈이 구백만원밖에 없다면서 단칸방 월세를 찾고 있는데 역에서 너무 멀지 않았으면 좋겠다고 했다. 천만원이 아니라 구백만원이었다. 애매한 액수이니 백만원을 더 구해오라고 하자 그게 자기가 모을 수 있는 최대한의 돈이라고 했다.

오백만원에 월세를 낮춰보면 어떠냐고 했더니 그건 안 된다고 해서 적합한 방을 찾는 게 쉽지는 않았다. 팔백에 나온 방이 하나 있긴 했는데 여자 혼자 살기엔 외지고 허술한 곳이어서 일부러 소개하지 않았다. 적합한 방이 나오면 연락을 주겠다고 말한 뒤에 재희를 돌려보냈다.

재희는 함께 공인중개사 공부를 하던 스터디 모임의 일원이었다. 학원은 종로에 있었는데 나는 그 건물을 생각하면 늘 비가 떠오른다. 정작 수업을 들으러 가는 날에는 비가 온 적이 그리 많지 않았는데 그 건물을 떠올리면 비가 떠오르고 포화된 공기와 축축한 건물 벽이나 반찬 냄새가 스며나오는 식어버린 도시락이나 보온병 같은 것들이 떠오른다. 십대 후반이나 대학생들도 끼어 있었지만 수강생들의 나이는 대부분 삼십대 중반이 넘었다. 사오십대도 심심찮게 볼 수 있었다.

당시의 패배의식 때문이었는지 모르겠지만 다들 현재 상황에서 벗어나기 위한 마지막 기차를 타고 있는 듯한 표정이라고 늘 생각했었다. 책상과 의자는 몸에 맞지 않아서 마치 작은 처형 도구에 몸을 끼우고 있는 듯한 기분이었다. 옆 사람의 숨소리와 몸 냄새에 신경이 곤두서서 숨도 크게 쉬지 않았다. 물론 그런 사정은 내 옆자리의 그들도 마찬가지였을 것이다. 산소가 점점 희박해지는 공간 안에서 초록 칠판에서 떨어지는 흰 분필 가루를 마시면서 어떤 고역들을 참아내는 시간이, 나를 나 자신으로부터 조금이라도 비켜설 수 있게 해줄 거라고 믿었다.

재희는 그룹의 다른 멤버들과 달랐다. 우리들은 불필요한 감정적 유대를 나누는 대신 깔끔하게 선을 긋고 지켜야 할 예절을 지키며 수험 정보를 교환하고 조언을 나누었다. 수험 스트레스에 관한 것이라면 아주 깊은 이야기까지, 친한 친구나 가족에게도 털어놓을 수 없는 것까지 공유했지만 그렇지 않은 사적인 부분에 대해서는 완벽하게 함구했다. 그러나 재희는 그러지 않았다. 그녀는 자꾸 자신의 신상에 대한 이야기를 해서 우리들을 당황하게 만들었다. 그녀의 불필요한 솔직함이 우리를 불편하게 했다. 고등학생이 대학에 가기 싫다고 하는 것처럼 그녀는 우리가 시험에 합격하면 행복할까, 같은 말을 꺼내기도 했다. 감상에 젖은 제스처보다 '우리'라는 단어가 신경에 더 거슬렸다.

재희가 결석을 몇 번 했을 때 스터디 모임에서 그녀가 불편하다는 얘기가 나왔다. 그리고 누군가가, 그게 누구였더라, 어쩌면 나였을지도 모른다. 기억이 정확하게 나진 않는다. 어쨌거나 그 얘기에는 모두가 만장일치로 동의했는데 그때 누군가가 그녀에게 스터디에서 그만 나가줬으면 좋겠다고 했다. 그건 너무 가혹하다고 다른 이가 염려했다. 그게 누구였는지는 모르겠다. 어쩌면 나였을지도 모른다.

재희는 결국 스터디를 떠났다. 누군가의 제안 때문이 아니라 우리들 중 누구도 예상하지 못한 다른 이유에서였다. 재희가 다른 멤버의 지갑을 훔쳤다는 사실이 밝혀졌기 때문이었다.

재희는 지갑을 잃어버린 멤버에게 끝까지 사과를 하지도 않았고 사실을 인정하지도 않았다. 심지어 지갑을 돌려주지도 않았다. 재희는 자기가 지갑을 훔치지 않았다고, 그게 자기 지갑이라고 우겼다. 모두가 그게 재희의 것이 아니라는 것을 알고 있었는데도 말이다. 그렇게 말하면 그게 원래 자기 지갑이 될 거라고 생각했는지 원래 자기의 것이었다는 말만 반복했다.

그 일로 재희는 우리들과 영영 가까워질 수 없었다. 결국 그녀는 모임을 떠났고, 더이상 누구도 재희와 가까이 앉으려고도 하지 않았다. 나는 그리 유쾌하지 않은 기분으로 다만 인사 정도를 나누었는데 그때마다 재희는 억울한 일을 당한 표정을 지었다. 이번에도 역시 마찬가지로, 그런 표정을 짓는다면 자기가 저지른 일이 없어진다고 생각하는 것 같았다.

보증금 팔백만원에 창이 없는 것을 제외하면 다른 조건은 꽤 괜찮은 방이 나왔는데 재희가 전화를 받지 않았다. 다른 부동산에 찾아간 걸까? 나라면 그렇게 했을 테지만 재희는 어쩐지 내 연락을 기다리고 있을 거라고 생각했다. 그저 곤란한 표정을 지으면서 그런 표정을 짓는 것으로 방이 저절로 구해질 거라고 생각하면서 나를 기다릴 거라고.

다음날에도 전화를 걸었지만 재희는 받지 않았다. 나는 그녀가 방을 찾으러 부동산에 온 것이 아니라 나를 만나러 온 것일지도 모른다는 생각이 들었다. 내가 부동산에 취직한 것을 알고 일부러.

보리차를 한 주전자 끓여놓고, 세탁기로 이불을 돌리고, 바닥을 빗자루로 쓸고 걸레질까지 한 뒤에 거실에 드러누웠다. 전에 살던 오피스텔과 달리 빌라는 방음이 잘되는 편이었다. 적어도 사람의 말소리가 들리진 않는다. 간혹 복도를 지나는 발소리 정도 외에는 조용한 편이었다. 그래서 복도를 지나가는 발소리에 더 예민해졌고, 누군가가 매번 우리집 문 앞에 멈춰 서 있다는 것도 알 수 있었다.

그는 결국 도어록 덮개를 올리고 번호키를 눌렀다. 문을 열고 들어오려고 했다. 하지만 비밀번호까지는 알지 못했다. 번호키를 누르는 소리에 이어 문고리를 돌리는 소리가 들리더니 그가 현관문을 주먹으로 두드리기 시작했다.

"누구세요?"

문을 두드리던 소리가 멈췄다. 문을 열어 확인하지는 않았지만 그가 아직 돌아가지 않고 문 앞에 서 있는 것을 알 수 있었다.

"누구세요?"

다시 물었지만 상대는 묵묵부답이다. 무슨 일인지 영문을 알 수 없다. 문득 그가 재희가 아닐까, 하는 생각이 들었다.

재희는 어쩌면 내가 이 집에 산다는 사실도 알고 있을지 모른다.

"재희니?"

서둘러 계단을 내려가는 발소리가 들려온다. 신발창이 바닥을 때리는 마찰음이 복도를 울렸다.

방으로 들어가 창문 앞에 선 채 건물 입구에서 뛰어나오는 사람을 내려다본다. 나의 추측은 틀렸다. 그는 재희가 아니다. 재희가 우리집을 알 리 없고 날 찾아올 이유는 더더군다나 없었다.

빌라에서 나온 사람은 재희보다 키가 크다. 재희보다 머리가 짧고, 어깨가 넓다. 내가 전에 본 적 없는, 알지 못하는 사람이다. 그가 언덕 길을 달려내려간다. 들리지 않지만 가쁘게 숨을 쉬고 있다. 그는 몹시 흥분한 상태다. 보이지 않았지만 얼굴이 발갛게 달아올라 있다. 그는 몹시 화가 났다. 당황하거나 놀란 것이 아니라 화가 나서 붉어진 얼굴은 예전에 내가 보았던 누군가의 표정과 닮아 있다.

이사오던 날 집 앞에서 잠시 실랑이를 벌이던 여자의 표정이었다.

그는 혼자서는 감당할 수 없는 소식을 다른 이에게 전하러 간다. 누군가에게. 그게 누군지는 알 수 없지만. 그가 전해들은, 그를 화나게 하고, 내가 모르는 누군가를 향해 달려가게 한 소식이 무엇인지 나는 알 수 있었다.

내가 이 집에 이사왔다는 것.

드릴로 벽에 구멍을 뚫는 소리에 절로 인상이 쓰인다. 주전자의 물이 끓기 시작했다. 찻잔에 물을 붓고 매실액을 따라 젓가락으로 휘휘 저어 방으로 가져간다. 따뜻할 때 드시라고 했더니 드릴건을 내려놓고 기사는 창밖을 바라본다. 기사의 얼굴에서 긴장이 조금씩 떨어져 나가 마침내 표정이 편안해진다.

"전망이 아주 좋은 집이네요."

기사가 뜨거운 차를 한 번에 들이켜고 나더니 곧장 일어난다. 다시 드릴건을 집어들고, 그러나 작동은 시키지 않은 채 창문 앞에 서서 다시 한번 "전망이 참 좋아요" 한다.

"그런데 전에도 제가 이 집에 온 적이 있었죠?"

"제가 일주일 전에 이사를 와서요. 그전은 몰라요."

"아, 새로 이사오셨구나."

"네."

"들어올 땐 몰랐는데 일하다보니까 알겠어요. 전에 바로 이 자리에 서서 창밖을 바라봤던 적이 있었어요. 살림살이들이 죄다 바뀌었으니까, 들어올 땐 그래서 못 알아본 모양입니다. 그런데 여기 이렇게 서서 저 산을 바라보니까 알겠습니다. 전에 왔던 집이라는 걸요. 정확하게는 생각이 안 나요. 나야 뭐 화장실 수리도 하고 문도 따고 싱크대니 보일러니 시키는 대로 다 손을 보니까, 어디든 고치러 들어왔었겠지요. 이 집을요. 이제 기억이 납니다."

수리 기사는 옛친구를 다시 만났다는 듯이, 잠시 못 알아보던 그를 이제야 알아보았다는 듯이 감개무량한 표정이다.

기사의 손에 다시 드릴이 쥐어지고 굉음이 집안을 울린다. 쟁반을 들고 나와 거실에 앉았다. 시끄러운 소리에 몸 전체가 곤두선다.

"방충망은 하나만 달지요?"

기사가 목소리를 높여 묻는다.

"네?"

"보통 그렇게들 하세요. 창마다 방충망을 다 달면 집주인들이 싫어들 하니까요."

"네, 그렇게 해주세요."

기사는 "제일 왼쪽에 답니다!"라고 외친 뒤 다시 공사를 시작하고 나는 가운데에 해달라고 말하려다 그만둔다. 따로 의견을 묻지 않고 자신 있게 왼쪽 창문에 방충망을 다는 것을 보면, 아마 그렇게 하는 이유가 있을 것이다. 집주인들의 눈치를 보느라 다들 한 쪽짜리 방충망을 달고 사는 것처럼, 왼편 창에 방충망을 설치하는 이유도 있겠지. 굉음에 익숙해지려고 노력하지만 자꾸만 어깨가 위로 솟아오르고 머리끝이 쭈뼛쭈뼛 서는 바람에 뜨거운 매실차만 연거푸 들이마셨다.

수리 기사가 공구함을 들고 방에서 나와 공사가 끝났으니 가서 확인해보라고 한다.

기사를 배웅해 보내고 창문 앞에 선다. 철사로 된 격자무늬 방충망 위에 타원 모양의 곤충 한 마리가 붙어 있다. 검지손가락을 튕겨 곤충을 떨구어내고, 그냥 둘 걸 괜한 짓을 했나, 생각했다가 불어오는 바람이 꽤 쌀쌀하다는 걸 깨닫고 창을 닫는다.

전에 살던 사람은 방충망도 없이 여름을 났을까? 그리고 가을도 보냈을까? 왜 방충망도 달지 않고 지냈을까?

흰 벽지를 따라 이리저리 시선을 움직인다. 왼쪽에 못 구멍 세 개, 오른쪽 벽에 두 개. 여기는 시계를 걸었을 것이고 저기는 달력, 저기는 그림 액자가 아니었을까? 집안을 꾸미는 데 관심이 없더라도 전시용 한국화 같은 것을 한 점 정도는 가지고 있었을지 모른다. 그런데 저기 오른쪽 벽 끄트머리에 뚫린 못 구멍은 무엇을 걸어놓았던 흔적일까?

방을 쓸면 자꾸만 동물 털이 나왔다. 첫날에 깨끗이 치운다고 빗자루로 쓸어낸 뒤 구석구석 청소기를 돌리고 걸레질까지 했는데 자고 일어나면 이불 밑에서 또 누르스름한 털이 나왔다. 옷을 갈아입고 나가면 여지없이 옷감에 달라붙은 털이 발견되었다. 털은 거의 흰색에 가까운 베이지색에서 짙은 갈색까지 다양했고 간혹 길이가 짧은 것도 있지만 대개 삼사 센티미터 정도로 개인지 고양이인지는 구별하지 못하겠다. 동물을 길러본 일도 없고 구별법을 배운 적도 없었다. 다만 아마 그럴 것 같다고, 대개는 개나 고양이를 기르니까, 그렇게 추측만 할 뿐이다.

다시 기억을 되돌려보지만 집을 보러 온 날에도 전에 살던 이가 동물을 기르고 있는 흔적은 없었다. 전에 살던 이가 이사를 하고 내가 이 집에 이사오기까지 한 달 정도 집이 비어 있었다는 사실이 문득 떠오르고, 그사이에 일어난 비밀을 벽에 뚫린 못 구멍이 알려주기라도 할 것처럼 가만히 들여다본다.

몇 가지 일들을 처리하는 동안에도 사람들이 집을 잘못 찾아왔다. 현관에서 돌아간 남자 다음에 내 집에 찾아온 사람은 아직 초등학교에 입학하지도 않은 것으로 보이는 사내아이였다. 그날은 모처럼 오후에 반차 휴가를 쓰고 일찍 퇴근한 날이었는데 끈이 달린 등산 모자를 쓴 조그마한 사내아이가 문 앞에 앉아 있었다. 얼핏 부모님이 안 계셔서 집에 들어가지 못하는 아이의 모습처럼 보였다. 아이가 나의 집이 마치 자기집인 것처럼 앉아 있었다.

"얘, 너 집이 어디니?"

아이가 뾰로통한 얼굴로 나를 쳐다봤다. 낯선 이가 말을 걸면 대답해선 안 된다고 부모가 단단히 교육을 시킨 모양이었다.

"여긴 아줌마 집인데 너희 집은 어디야? 집이 어딘지 잊어버렸어?"

아이는 여전히 묵묵부답이다.

"여긴 너희 집이 아니야, 꼬마야. 너희 집을 찾아가야지."

꼬마는 자리에서 순순히 일어섰다. 마치 이런 일이 처음은 아니라는 듯이. 그러나 아이의 몸이 재빨리 반응한 것과 반대로 아이의 얼굴은 천천히 달아올랐고 그 얼굴은 일전에 이사오던 날 트럭에 탄 여자의 얼굴처럼 완전히 붉게 물들었다.

아이를 보내고 집에 들어가려는데 복도 뒤쪽에서 인기척이 있었다. 돌아보자 이번에는 삼십대 초반 정도로 보이는 여자가 양손에 장바구니를 들고 서 있었다. 계단을 올라오다가 나를 보고 멈춰 선 듯했다. 장바구니 안에는 비닐에 싼 두부와 비죽이 솟아나온 파, 양파 같은 먹거리들이 담겨 있었고, 보이지는 않았지만 비릿한 생선 냄새도 났다.

여자의 입가가 서서히 일그러지기 시작하더니 순식간에 얼굴색이 변했다. 그 표정은 이전에 이 집에 찾아왔다가 이 집을 떠난 이들의 표정, 트럭에 탄 여자의 표정, 그리고 방금 전 현관 앞에 앉아 있다가 돌아간 아이의 것과 같았다.

여자는 곧장 뒤로 돌았다. 그리고 계단을 내려갔다. 슬리퍼가 계단을 사납게 치는 소리가 복도를 울렸다.

출입구까지는 멀지 않아 여자도 소리도 곧 사라졌지만 나는 움직이지 않고 그 자리에 멍하니 서 있었다. 여자가 눈앞에서 사라진 뒤에도 그녀가 아들의 이름을 부르는 소리가 빌라 안쪽까지 들려왔던 것이다.

우영아, 우영아.

아까 낮에 내 집에 찾아온 아이가 멘 노란 유치원 가방과 신발주머니에 매직으로 흘려쓴 '이우영'이라는 세 글자를 또렷하게 떠올렸다.

밤에도 사람이 잘못 찾아왔다. 누군가 부르는 소리에 눈을 떴을 때는 푸른 어둠이 집안에 감돌고 있었다. 자정이 훨씬 지난 새벽녘이었다. 누군가 조용히 누군가를 부르고 있었다. 그리고 조용히 타일렀다. 나오라고. 나와서 자기를 보라고. 이제는 그만 마음을 풀고 문을 열어달라고 했다. 자기가 잘못했다며 사과도 했다.

그는 분명 내가 모르는 사람이었다.

그리고 나더러 나오라는 것은 더더욱 아니었다.

그러나 나는 어쩐지 미안한 마음이 들었다. 그에게 문을 열어주고 잘못을 용서해줄 누군가를 대신하여, 내가 이 집에 잘못 머물고 있다는 생각이 들었다. 그저 집을 잘못 찾아오셨습니다, 라고 말할 수가 없었다. 나는 방문을 닫고 이불을 뒤집어썼다.

그는 한동안 거기 서서 혼잣말을 하다가 돌아갔다.

다음날에도 비슷한 시간에 다시 찾아왔다. 마치 그것이 어떤 의식이기라도 한 것처럼 현관에서 서서 잘못을 용서해달라고 빌었다. 사흘째 되던 날에 나는 문을 열고 나가 그를 마주보았다. 나를 바라보는 그의 참혹한 표정을 아직도 생생히 떠올릴 수 있다. 나의 등장은 그를 완전히 당혹스럽게 했다. 그는 나를 보자마자 곧장 무릎을 펴고 일어났다.

"전에 살던 분은 이사를 갔어요. 제가 여기 새로 이사온 사람입니다."

이번에도 마찬가지였다. 내 말이 끝나기가 무섭게 그의 얼굴이 달아올랐고 이전과 마찬가지로 황급히 고개를 돌렸다. 그리고 빠른 속도로 계단을 내려갔다.

남자의 모습이 완전히 사라지고 난 뒤에 홀로 복도에 남아, 아주 잠깐 꿈을 꾼 것이 아닌가 생각했다. 다시 집으로 들어가 욕조에 뜨거운 물을 받았다. 뜨거운 물에 몸을 녹이니 더더욱 그런 생각이 들었다. 남자도, 중얼거리는 소리도, 나를 처다보던 그 얼굴도 다 꿈이 아닐까. 그동안 집에 잘못 찾아오는 사람들을 보았던 것도 말이다. 꿈을 꾸거나 머릿속에서 상상한 것을 진짜 일어난 일이라고 잘못 기억하고 있는 것은 아닌가.

어찌된 일인지 문을 열고 남자의 얼굴을 대면한 뒤에는, 더이상 집에 사람이 잘못 찾아오는 일은 없었다.

전에 살던 동네에서는 월, 수, 금이 쓰레기 배출일이었는데 이곳은 화, 목, 토이다. 자꾸 요일을 혼동하고 쓰레기를 잘못 내다놓는 바람에 이웃과 가벼운 말다툼을 벌인 일도 있었다. 빌라 입구에 써 붙인 팻말에서 날짜를 다시 확인하고 봉투를 내다놓고 집으로 들어오는 길에 우편함에 비죽이 누런 종이봉투가 나와 있는 것이 눈에 띈다.

설레는 마음으로 누런 봉투를 꺼낸다. 꽤 넓직한 봉투였다. 편지봉투가 아니라 서류봉투여서, 내 것이 아닌데도 죄책감 없이 손을 댔다. 봉한 입구를 뜯으니 잡지가 들어 있다.

단행본보다 조금 큰 사이즈고 그리 두껍지는 않았다. 공예 미술품들을 소개하는 잡지였다. 몇 장 넘기다보니 흥미가 생겼다. 그릇이나 화병처럼 실용적인 것도 많았는데, 내 눈을 끄는 것은 푸른색 염료로 무늬를 그려넣은 단정한 사각 연적이었다. 사진의 하단 오른편에 고딕체의 작은 글씨로 '백자청화 산수문 사각 연적'이라고 쓰여 있었다. 정육면체 모양이었는데 옆면에는 풀꽃들이, 윗면에는 바닷가를 배경으로 두 사람이 대화를 나누는 산수화가 그려져 있었다. 갈매기 한 마리가 바다의 잔물결들을 내려다보며 날개를 펼치고 깍 울었다. 다음 장을 넘기니 동물 모양의 연적이 나왔는데 코끼리를 본떠 만든 모양이었다. 오전 내내 반절을 읽어놓고는, 내 집에 배달되었다고는 하지만 내 것이 아닌 잡지를 내 마음대로 읽어도 되나 싶어서 펼친 책을 덮었다.

번거롭지만 집주인에게 전화를 걸어서 전에 살던 이의 번호를 알아내고, 그쪽으로 책을 보내주는 방법이 있었다. 그렇게 해야겠다고 생각했지만 시간이 지나니까 귀찮아지기도 했고, 집주인에게 연락하는 것은 아무래도 마음 편한 일이 아니니까 차일피일 미루다 결국 잡지를 내 책장에 꽂았다. 내가 갖고 있는 책들이야 대개 실용서였다. 단기간 내에 외국어를 익힐 수 있다는 문법책이나 사회생활을 성공적으로 이끌 수 있다는 대화법, 성격 고치기 연습법, 다이어트를 위한 식단 짜기와 요리책 같은 것들이었는데, 그 사이에 공예 잡지라니 영 어울리지 않았다. 그래도 일단 꽂아두고는 어느새 내 것이 아니라는 것조차 잊어버렸다.

그다음에 우편함에 꽂힌 것은 근처 패밀리 레스토랑에서 보낸 외식 상품권이었다. 상품권은 돈이나 마찬가지니까 이걸 갖게 되면 도둑질을 한 거나 마찬가지가 아닐까 망설였지만 내가 상품권을 쓰지 않는다고 해서 진짜 주인이 사용할 수 있게 되는 것도 아닌데, 하며 밥상을 차리기 귀찮은 어느 주말에 이용했다. 패밀리 레스토랑이라고 했지만 유행이 지난 브랜드여서 사람이 거의 없었다. 전에 내 집에 살고 있던 이뿐만 아니라 이 동네 사는 사람들에게 모두 보낸 흔한 상품권이었는지도 몰랐다. 죄책감을 느끼지는 않았다. 재료도 신선하지 않았고 맛도 별로여서 탄산음료만 세 컵을 마셨다. 상품권이 나에게 온 것이 아니라는 것은 금세 잊었고, 다만 레스토랑의 관리가 이토록 불성실할 수 있다는 사실에 푸념만 늘어놓았다. 심지어 손해를 본 기분이었다.

음료로 배를 불리고 집에 들어오는 길에 나도 모르게 우편함을 또 쳐다봤다. 거기에 또 뭔가가 든 것이 당연하다고 생각하고 우편함으로 고개를 돌렸다가 비어 있는 것을 확인하고 어쩐지 쓸쓸해져서 피식 웃었다.

그즈음 윤주에게 전화가 왔다. 그는 중개사 자격증 학원에 함께 다닌 친구였다. 윤주의 제안으로 중개업 공부를 시작하기도 했고, 공부를 하는 내내 서로 의지가 되어주었다. 안부를 나누고 난 뒤에 윤주가 얼마 전에 재희를 만났다고 말했다. 윤주는 화가 나서 흥분한 상태였다. 아파트 입구에 어떤 여자가 서 있기에 무심코 지나쳤는데 그 여자가 재희였다, 다짜고짜 자기에게 돈을 달라고 했다는 것이다.

"돈을 달라고?"

"재희가 은진이 지갑 훔쳤던 거 기억나? 난 기억도 안 나. 갑자기 나타나서 그 지갑 자기가 훔친 것 아니라고, 그거 원래 자기 것이라면서 누명을 씌운 피해 보상금으로 백만원을 달라는 거야. 걔 정말 여전하지 않아?"

"그래서? 백만원을 줬어?"

"아니. 내가 걔 줄 백만원이 어딨어?"

"그랬더니 그냥 가?"

"다시 찾아오겠대. 그날은 일단 돌아가겠다고 하더니 가버렸어. 다시 오겠다니, 걔 정말 머리가 어떻게 된 거 아니야?"

나는 재희가 찾아왔다는 이야기를 할 타이밍을 놓쳤다. 윤주는 재희 얘기만 하고 급히 전화를 끊었다. 재희가 내게도 다시 오겠구나, 우리가 다시 만날 일이 아직 남아 있구나, 생각했다. 그렇게 끝이 난 건 아니구나, 하고.

집에 잘못 찾아오던 그들도 마찬가지다.

영영 가버린 것이 아니었다.

집에 찾아오지 않을 뿐 여전히 주위를 맴돌고 있었다.

남들이 들으면 망상이라고 할 것이다. 집에 찾아오지 않아도, 문을 두드리지 않는데도 그들을 만난다고 하면 그것은 단지 내 마음속에서 일어난 일일뿐 현실이 아니므로 그 일로 인해 내가 괴로움을 느낄 필요는 없다고 말이다. 하지만 이 글을 읽는 누군가는 내가 무슨 말을 하는지 알 거라고 생각한다. 알아듣는 사람이 있을 것이다.

그들이 집 주변을 어슬렁거리고 있었다.

다만 현관 앞으로 찾아오지 않을 뿐 집 주위를 맴돌고 있었다.

나는 그들을 알아볼 수 있다.

나는 달걀을 사러 마트에 가는 길에 십 미터쯤 앞에서 반대 방향으로 걸어오는 여자가 '그들'이라는 것을 알아보았다. '그들' 역시 나를 알아보았다. 여자도 내가 언덕 위의 빌라에 새로 이사온 사람이라는 걸 알고 있었다. 또 내가 그들을 알아보는 사람이라는 사실을 알고 있었다. 그들은 나를 보면 바로 뒤를 돌아 반대 방향으로 걸었다. 이전에 내 집에 찾아와서 내가 이사온 사실을 알게 되면 되돌아갔던 다른 그들이 그랬듯이. 얼굴이 붉게 달아오른 채 화난 표정으로 황급히 뒤를 돌았다. 그게 어디서든, 누구든. 똑같았다. 백팔십도 반대 방향으로 뒤돌아 걸었다. 예닐곱 살짜리 아이의 손을 잡고 천천히 걷던 여자는 나를 보자 바로 버스를 타고 사라져버렸고 귀에 이어폰을 꽂은 채

음악을 들으며 조깅을 하던 청년은 지하철역 입구로 급히 내려가 모습을 감췄다.

그들이 어떤 연유에서 내 집 주위를 맴돌고 있는지는 모르지만 그들이 어떤 병을 앓고 있다는 사실만은 분명했다. 한눈에 보아도 영양이 부족하다는 걸 알 수 있었다. 마른 체형에, 피부에는 버짐이 피어 있었고, 머리숱이 적었다. 그러나 두 눈만은 아주 형형하게 빛이 났고 몸가짐이나 움직이는 태도에는 절제된 우아함이 있었다.

물론 그들을 만나는 것이 반가운 일은 아니었다. 장바구니를 들고 있는 여자를 다시 만났을 때 나는 이제 더이상 그들이 내 앞에 나타나지 말아주기를 바랐다. 더이상은 죄책감에 시달리고 싶지 않았다. 여자가 든 장바구니가 비어 있는 것을 보았고 그런데도 그 여자가 낑낑거리며 바구니를 다른 손으로 옮겨 드는 것을 바라보면서, 그리고 청년의 귀에 꽂힌 이어폰 전선의 끝에 휴대폰이나 엠피스리 플레이어 대신에 맨주먹이 쥐어져 있다는 것을, 또 귀여운 소녀가 어깨에 멘 유치원 가방에 인쇄된 연락처가 존재하지 않는 지역번호임을 확인하면서, 그들이든 나든, 둘 중 그게 누구라도 좋으니 서로를 더이상 못 알아보기를 간절히 바라고 또 바랐다.

그뒤로 나는 땅을 보며 걸었다. 그들을 마주치지 않는 방법을 찾아낸 것이다. 그들이 내 얼굴 앞에 자기 얼굴을 들이밀지 않는 한, 더이상 그들은 내 앞에 나타날 수 없었다. 그리고 나는 그 일을, 그들이 내 집에 잘못 찾아오는 그 일을 완전히 까맣게 잊을 수 있었다.

그들에게 그토록 신경을 기울였다는 사실을 생각하면 내가 그 일을 잊었다는 것은 놀랍다. 그러나 한때 나를 사로잡았던 모든 일들이 그런 것처럼, 어느샌가 더이상 중요하지 않게 되어버리고 결국 기억에서도 완전히 사라져버렸던 것과 마찬가지로, 그 일 또한 금세 잊혔다.

다시 재희를 만난 것은 그로부터 일 년여의 시간이 지난 뒤였다. 경기도 어느 지방의 도자기 공예점에서였다. 사장이 그 근처에 신축 건물이 들어서는 부지를 보고 오라 했다. 매입 정보를 확인하고 계약을 대행하는 대신 하루간 사무실에 나오지 않아도 좋다고 했다. 사장은 나에게도 투자에 관심을 가져보라고 말한다. 언제까지 이 작은 사무실을 지키며 월세 삼사십만원짜리 방들이나 연결해주고 잔돈푼이나 받아 챙기겠느냐고, 언젠가는 우리도 건물주가 되어야 하지 않겠느냐고 말했다. 언젠가 누가 그와 비슷한 말을 한 기억이 났다. 학교 졸업 후 처음 취직한 직장에서였나. 자동차 연료와 관련한 정보를 제공하는 잡지사였는데 팀장이 일찍 퇴근하면 법인 카드로 먹고 싶은 저녁 메뉴를 고르는 게 낙이었던 시절이었다. 사치를 부려봤자 닭갈비 정도였다. 소박한 특식에도 우리는 쉽게 들떴다. 불판 위의 닭갈비가 반쯤 익어갈 무렵 고기를 뒤집으면서 자기는 주유소 사장이 되는 것이 꿈이라고 말했던 동료가 있었다. 원래 그의 꿈은 작가였지만 매일 주유소 주위를 어슬렁거리다보니 서서히 꿈의 모습이 변질된 것이었다. 그는 자기가 아주 현실적인 계획을 세우고 있으며 십 년 안에는 쇼부를 볼 생각이라고 당당히 말했다.

사장은 자기 차를 끌고 가도 된다고 했지만 나는 오랜만에 고속버스를 탔다. 엔진의 열기와 떨림, 콧속 감각을 마비시키는 듯한 가스 냄새 같은 것들이 갑자기 그리웠다. 아마 일종의 사치일 것이다. 다시 반복

될 리 없다는 확신이 있다면 나쁜 경험들도 좋은 기억으로 남는다.

부지에 거의 도착했을 무렵 사장에게 다시 전화가 왔다. 어떤 이유에서인지 모르지만 계약을 하지 말라고 했다. 여기까지 왔는데 그냥 돌아가기 뭣해서 주변을 좀 어슬렁거렸다. 사장이 눈여겨보던 빌라 부지 근처에 꽤 넓은 도자기 공예점이 있었는데 접시 한두 장을 사갈 생각으로 들렀다가 재희를 만났다.

점포의 규모는 백 평 정도여서 계산대를 지키고 있는 점원 얼굴까지는 확인을 못하고 몇몇 작가들의 공예품 전시를 구경하고 적당한 가격으로 보이는 접시 석 장을 골라서 줄을 섰다. 그런데 매대에 재희가 서 있었다. 계산대 앞에 서서 "다음 분 계산 도와드리겠습니다"라고 말하던 목소리가 재희의 것이었다. 그러나 재희는 물고기처럼 축축한 눈으로 내 얼굴을 물끄러미 바라보기만 할 뿐 알은 척하지 않았다. 마치 내가 처음 보는 사람이라는 듯 눈 한 번 깜빡이지 않고 "포장 도와드리겠습니다, 고객님"이라고 공손히 말했다.

재희는 작고 부드러운 손으로 접시를 집어들었다. 익숙한 솜씨로 접시 사이마다 부직포를 끼워 넣더니 완충 역할을 할 비닐로 접시를 둘둘 감쌌다. 테이프로 비닐의 모서리를 고정시킨 뒤 종이봉투에 담고 다시 테이프로 봉한 뒤 내게 내밀었다. 나는 재희에게 카드를 내밀었고, 그러고 나서 영수증과 카드를 돌려받았다.

어쩌면 재희를 닮은 다른 여자일지도 모른다고 생각했다. 마주 오는 행인에게서 아는 사람의 얼굴을 보는 일이 전에도 종종 있었으니까. 아니, 그 사람은 진짜 재희가 아니었는지 몰라도 그 손은 분명 재희의 손이 맞다. 언젠가 스터디 멤버의 지갑을 훔친 재희의 손. 작고 통통하고 손등이 부드러운 노란 피부.

내가 알은척을 할지도 모른다는 듯 경계하며 재희가 설명했다.

"실용 그릇들 말고도 전시 공예품들을 이십 퍼센트 할인하고 있습니다. 더 둘러보시지 않겠어요?"

나는 엉겁결에 그러겠다고 하고 포장 백을 계산대에 맡긴 뒤 매대를 떠났다.

재희가 알려주는 할인 코너에 딱히 내게 필요한 물건은 없었다. 굳이 전시 코너를 둘러보라고 한 이유가 뭘까? 이런저런 이유를 덧붙여 그녀의 마음을 짐작해보려고 애썼다. 하지만 그 설명들은 다 틀렸다. 그녀는 도자기 가게의 직원이고 나는 손님이었다. 그 이상의 다른 의미는 없었다.

빈손으로 돌아가자 재희는 다시 내게 종이백을 건넸다.

"모란이 그려진 접시 석 장을 고르셨습니다. 부귀와 영화가 함께하실 겁니다."

출입구를 나가는데 벨이 울렸다. 전시 코너에 서 있던 직원이 내게 달려왔다. 그는 죄송하지만—그러나 죄송하지 않은 표정이었다—내 소지품을 확인해야겠다고 했다. 나는 방금 산 물건에서 택이 제거되지 않은 탓일 수 있으니 그걸 먼저 확인하는 게 좋겠다고 대답했다.

종이백 안에서 내가 산 접시 세 장 외에 다른 것이 나왔다. 연적이었다. 좀전에 구경한 전시 코너에서 보았던 것이었다. 잠시 멈칫하면서 갖고 싶다고 생각했던 것이 기억났다. 백자청화 산수문 사각 연적. 언젠가 집에 잘못 배달된 공예 잡지에서 보았던 맑은 백자 연적이 내가 들고 있던 종이백에서 나와 줄기를 세우고 푸른 꽃잎을 피워 올렸다.

나는 연적을 종이백에 넣은 기억이 없다. 실물을 자세히 보고 싶어서 조심스럽게 집어들었고 얼굴 쪽으로 가까이 가져왔다가 원래 놓여 있던 자리에 두었을 뿐이다.

연적은 아주 마음에 들었고, 몹시 갖고 싶었고, 그래서 무리를 해서라도 구입하는 건 어떨까 잠깐 생각은 했지만 가격이 내 형편에 맞지 않고 굳이 필요한 것도 아니라서 그냥 지나쳤다. 연적을 종이백에 넣은 것은 내가 아니다.

"내가 훔친 것이 아니에요."

나는 그렇게 말했다. 언젠가 재희의 입에서 나왔던 말과 같았다. 그리고 그때 아무도 재희가 사실을 말한다고 여기지 않은 것과 마찬가지로 내 말을 믿는 사람은 아무도 없었다.

시시티브이의 녹화 필름에는 내가 연적을 훔치는 장면이 없었다. 물론 재희가 포장백 안에 연적을 넣는 장면도 없었다. 시시티브이는 그 시간에 작동하지 않았다. 유일하게 분명한 사실은 연적이 내 포장백 안에 있다는 사실뿐이었다. 점포에서 조용히 나오려면 범칙금을 내야 했는데 그 금액은 재희가 윤주에게 요구한 액수와 같았다.

그런 사연으로 나는 백자청화 산수문 사각 연적을 갖게 되었다. 연적이 담긴 종이백을 들고 집으로 향하는 언덕길을 올라가는데 스무 살 전후로 보이는 젊은 청년이 길을 잃었는지 헤매고 있었다. 오가다 마주친 일이 없는 낯선 이였다. 분명 이 동네에 사는 사람은 아니었다.

그는 내게 우묘로 29길이 어디냐고 물었다.

마침 그 동네에 살고 있으니 함께 걷자고 한 것은 나였다. 신원을 모르는 이에 대한 신뢰도가 낮아 그렇게 하는 일이 좀처럼 없는데 공예점에서 있었던 일들로 마음이 산란한 탓이었을 것이다. 나도 모르게 따라오라고 해버렸다. 말한 뒤에 곧 후회했지만 대단한 일이 아니어서 번복하기도 애매했다.

나는 앞장서 걷고 청년은 뒤따라왔다.

연적이 든 종이백이 자꾸 종아리를 때렸다. 합당한 금액을 지불했지만 그들은 연적을 포장하는 것을 잊었다. 포장이 필요하다고 말하는 것도 어색해서 그냥 백에 넣었다. 걸을 때마다 백이 흔들리고 연적이 깨질까봐 걱정되었다.

연적에만 신경을 쓰며 걷다보니 청년이 뒤따라오고 있다는 걸 잠시 잊어버렸다. 얼굴조차 떠오르지 않았다. 좀전에 먹은 점심식사 메뉴가 떠오르지 않을 때처럼 방금 전에 본 얼굴이 가물거렸다.

흘끗 뒤를 돌아보았다. 아직 이십대 초반으로 보이는 앳된 얼굴. 선이 가늘고 고운데 오른쪽 입가에서 턱으로 이어지는 부위에 피부염을 앓았는지 지도 모양의 갈색 흔적이 있었다.

"아토피인가봐요."

"네, 그런 종류예요. 면역력에 문제가 생겼다고요."

"조카도 아토피인데 고생을 꽤 했어요. 현미밥을 먹으면 좀 나아진다는 말이 있던데요."

"예, 예."

그는 건성으로 대답하는 것 같았다. 청년의 그런 태도가 묘하게 나를 자극했다. 나는 대화에 좀더 적극적이 되었다.

"그런데 우묘로에는 무슨 일이세요?"

"아, 거기에 저희 집이 있어서요."

청년이 피식 웃으며 부끄러운 고백을 하듯 말했다.

"그럼 자기집이 어딘지를 몰라서 제게 물으셨어요?"

청년은 한 번 웃어 보이고는 더이상 설명하지 않았고 다시 걷기 시작했다. 나도 부지런히 다리를 움직였다. 종이백 속에서 흔들리는 연적이 신경쓰였다.

나는 묵묵히 걷기만 하고 청년은 따라오는데 걷다가 귀를 가만히 세워보니 청년의 발소리가 들리지 않는다. 두어 걸음 뒤편에서 열심히 따라오는 청년은 분명히 보이는데 소리는 들리지 않고 내 발소리만 언덕길을 울린다. 문득 그가 말하는 제집이라는 것이 어쩌면 내 집이 아닐까 하는 생각이 들지만 그가 그렇게 선언한 것도 아닌데 무작정 그 집이 내 집이라고, 네 집이 아니라고 우기기도 뭣해서 아무 말도 하지 못하고 그저 앞서 걸을 뿐이다.

간판에는 슈퍼라고 써 붙이고 안쪽에서는 옷가지들을 잔뜩 쌓아놓고 포장하는 허름한 점포를 지나 빌라로 이어지는 골목길에 접어들었다. 가파른 언덕을 오르기 시작하자 구십년대식으로 건축한 붉은 벽돌집이 보이기 시작한다. 골목 양편에 주차한 차 밑마다 고양이들이 갸릉거리는 소리를 내며 청년과 나, 두 사람을 지켜보고 있다. 마치 둘 중 그 집에 들어가는 게 누군지 지켜볼 일이라는 듯 무심하나 반짝이는 두 눈이 그늘 밑에서 조용히 빛난다.

내가 그렇게
늙어 보입니까

토마스, 퀵클리 풋 온 클로쓰 투 체인쥐. 검은 뿔테 안경을 쓴 원장이 말하자 담임이 진세의 손을 잡고 무대 뒤로 향했다. 와이 아 유 레잇? 쏘리, 데드 워컵 레잇. 맘 이즈? 쉬 이즈 올웨이즈 비지. 진세가 손바닥을 위로 올리고 어깨를 으쓱했다. 발음이 원어민 같았다. 진세는 토마스라고 불리는 순간부터 정말 토마스가 되어버렸다. 토마스처럼 한숨을 쉬고 토마스처럼 고개를 오른쪽으로 기울이고 토마스처럼 왼발을 끌며 걸었다. 나는 악귀의 영혼이 씌인 어린아이가 나오는 공포영화를 떠올렸다. 사악한 악마를 대신해 일곱 살짜리 미국 소년 토마스가 내 아들의 몸속에 잠입한 모양이었다. 두뇌 회전이 빨라 다른 아이들보다 1.5배 정도 말을 빨리 하고 부끄러움을 타지만 그 사실을 들키지 않으려고 일부러 발표를 더 많이 하고 유치원생활이 아무리 따분해도 사랑하는 부모님을 실망시키고 싶지 않아 수업에 열정을 가지고 참여하려 노력하는 조숙한 미국 소년 토마스. 토끼 분장이 끔찍하게 유치하다고 생각하면서도 묵묵히 가면을 뒤집어쓰는 저애가 바로 내 아들이었다.

진세가 무대 뒤에서 의상을 갈아입고 분장을 하는 동안 나는 좌석을 둘러보았다. 앞쪽은 자리가 다 채워졌는데 무슨 일인지 둘째 줄 맨왼쪽에 자리가 있었다. 허리를 숙이고 옆에 앉은 작은 여자아이에게 내가 거기에 앉아도 되는지 물었다. 소녀는 언니의 발표를 보러 온 모양이었는데, 무신경하게 고개를 끄덕이는 걸로 대답을 대신했다. 무대에서 한순간도 시선을 거두지 않겠다는 얼굴이었다. 나는 무대 위에서 열창중인 소녀가 이 작은 소녀의 언니임을 한눈에 알아보았다. 소녀의 헤어스타일—갈색으로 염색한 머리칼을 한 올의 흐트러짐도 없이 정확히 반으로 갈라 땋고 정수리부터 앞머리를 내어 복슬복슬한 파마를 하고 있었다—과 무대 위 소녀의 헤어스타일이 완전히 똑같았던 것이다. 나는 그 옆을 흘끗 보았다가 아무리 잘 봐준대도 나와 네댓 살 정도 차이밖에 나지 않을 것 같은 여자가 역시 앞머리를 복슬복슬하게 파마 한 것을 보았다. 모두 합하면 세 마리의 푸들이었다. 그 헤어스타일은 나이를 초월해서 그들을 하나로 엮어주고 있었다. 나는 진세와의 단합을 위해 옷이라도 비슷한 색깔을 입을 걸 그랬나 생각하며 무대로 시선을 돌렸다.

진행되고 있는 코너는 독창이었다. 원장이 건네준 순서지에 의하면 두번째 발표자의 이름은 메어리였다. 그애가 부르는 곡은 타미의 〈oh-a-oh I will be with you forever〉라는 팝송이었는데, 정말이지 노래를 기차게 잘했다. 목소리뿐 아니라 표정과 손짓까지 원곡을 부른 가수와 똑같았다. 한 소절이 끝날 때마다 가볍게 어깨를 떠는 제스처까지도 완벽히 같았다.

나는 처음에 아이의 노래 실력에 감탄했지만 2절을 부르기 시작할 즈음에는 살짝 기분이 언짢아지기 시작했고 나중에는 무서운 생각이 들었다. 내가 보고 있는 아이가 정말 이 아이인가? 나는 아이가 가슴에 달고 있는 이름표를 확인하고 싶을 지경이었다. 네가 메어리니? 정말 확실해?

타미의 뮤직비디오를 백 번쯤은 본 모양이었다. 나는 미국 가수와 완전히 똑같이 노래하고 움직이는 이 어린 소녀를 더 지켜보는 것이 괴로웠다. 타미는 두 명으로 증식하고 마땅히 어울리는 이름 대신 메어리라고 불리던 한국 소녀는 껍데기만 남아 있었다. 나는 고개를 돌렸다.

"언니 이름이 뭐니?"

"메어리."

"영어 이름 말고, 원래 이름이 뭐야?"

"원래 이름이 메어리에요. 이메어리."

작은 푸들 소녀가 나를 쳐다봤다. 나는 주인이 내놓은 사료 그릇에 묵묵히 코를 박는 순종적인 강아지처럼 고개를 숙였다. 메어리가 노래를 끝내고 무대를 내려갈 때까지 다시 그애를 쳐다보지 못할 것 같았다.

하지만 나를 제외한 모든 청중들이 모두 소녀의 노래에 감탄하고 있었다. 그들의 얼굴에 뿌듯함과 자랑스러움이 떠올랐다. 저 아이는 지금 당장 아마추어 팝 배틀 프로그램에 내보내도 순위권에 진입할 수 있을 거라는 생각들을 하는 모양이었다. 나는 내가 불청객이라고, 이 장소에 잘못 초대되었다고 느꼈다. 나도 입가에 은근한 미소를 띠고 즐거운 마음으로 노래를 감상할 수 있다면 좋았을 것이다. 하지만 나는 혼자서 볼멘 얼굴을 하고 앉아 열창하는 소녀를 보며 혀를 차는 단 한 사람의 고집쟁이였다. 그런 내 모습이 거슬렸던지 내내 인자한 미소를 짓고 있던 저 단발머리, 블랙앤화이트의 과감하고 전위적인 디자인의 마 원피스를 입은 원장이 탐탁지 않은 얼굴로 나를 바라봤다. 원장은 나랑 눈싸움이라도 할 생각인지 마주보는 시선을 피하지 않았다. 그 눈빛에는 내 태도에 대한 불만과 함께 어떤 의기양양함이 있었다. 나는 갑자기 불안해지기 시작했다. 원장이 그간의 내 사정을 모두 알고 있을지도 모른다는 생각이 들었다. 좀처럼 침묵을 견디지 못하는 조숙한 소년 토마스가 자신의 유창한 영어 실력을 뽐내기 위해 그닥 자랑스러울 것이 없는 가정사를 떠벌렸을지도 몰랐다. 마이 파더 이즈 룩킹 포 러 잡. 히 이즈 낫 임플로이드. 갑자기 식은땀이 났다.

주위를 둘러보았다. 학부모들이, 그리고 그들과 잘 어울리는 사이드메뉴처럼 옆자리에 나란히 앉은 작은 소녀와 소년들이 일제히 나를 흘끔거리기 시작했다. 평일 한낮에 회사가 아니라 유치원에 와 있는 남자라면 알 만하다! 그들은 마음속으로 그렇게 외치고 있었다. 내가 겉돌고 있다는 사실을 한번 의식하자 불길이 번지는 속도로 급격하게 어색하고 불편해지기 시작했다. 아무래도 틱이 시작될 것 같아서, 나는 슬그머니 자리에서 일어나 화장실을 찾는 척 교실을 빠져나왔다.

마당에는 몇 가지 놀이기구와 미니 축구 골대가 설치되어 있었다. 골대 옆에 서서 호흡을 가다듬었다. 목에서부터 틱이 시작되었다. 직장을 그만두고 삼 개월이 지났을 무렵 나는 틱 판정을 받았다. 틱에는 여러 가지 종류가 있고 눈을 깜빡이거나 기침을 하는 증상이 주로 알려져 있는데 내가 앓고 있는 증상은 끊임없이 몸을 이상한 형태로 움직이는 것이다. 목을 뒤로 젖히고 나서 옆구리를 옆으로 밀고, 그리고 어깨를 위로 으쓱했다가 오른팔을 들었다가 내리는 식으로 계속해 움직인다. 다른 병에 비하면 증상 자체에 큰 고통이 따르지는 않지만 버스를 탈 때나 예의를 지켜야 하는 자리에서는 이상한 눈초리를 받기 일쑤였다. 버스에서 옆에 앉은 여자가 자기에게 치근대는 것으로 오해하는 바람에 경찰서에 끌려갈 뻔한 일까지 있었다. 가벼운 대인기피증이 생겼다. 특히 처음 보는 사람을 만나는 자리는 매우 부담이 되었다. 이후로 꾸준히 병원 치료를 받으며 증상이 약해졌지만 스트레스를 받는 상황이 되면 여지없이 몸이 꿈틀거리기 시작했다. 십 분이 지나도 틱이 멈추지 않는 걸 보니 푸들 소녀의 노래가 생각보다 큰 스트레스였나보다. 나는 왼팔을 들었다가 내리고 목을 앞으로 쭉 뽑았다. 다시 오른쪽 무릎을 굽혔다가 배를 내밀었다.

근처에서 소리가 들린 것 같아 주위를 둘러보았다. 마당 뒤쪽으로 다가가다가 무언가, 아니 누군가와, 어떤 남자와, 그 남자의 작고 검고 동그란 눈과 마주쳤다.

남자는 마당에 설치된 놀이기구 뒤편에 있는 화단 안쪽에서 튀어나왔다. 아마 우리 두 사람의 눈이 마주치는 순간 어떤 오해가 발생했던 것 같다. 내 표정에 문제가 있었을지도 모른다. 아니면 몸을 꿈틀거리는 내 모습이 그에게 다른 상상을 하게 했을지도 모른다. 충분히 그럴 수 있었다. 그게 아니라면 마당에 나타난 게 내가 아닌 다른 누구였더라도 당장 들이받을 준비가 되어 있었는지도 모른다. 그가 무슨 생각으로 나를 선택했는지는 모른다. 다만 그가 나를 향해 돌진했다는 것만은 확실한 사실이다.

피할 겨를이 없었다. 나를 향해 몸을 날리는 모습을 그저 바라보았다. 몸은 완전히 굳어 있었다. 나는 겁을 먹었고 심지어는 그가 나를 들이받기도 전에 쓰러질 뻔했다. 그의 몸이 나에게 닿기도 전에 나는 비명부터 질렀다.

사실 그는 볼품없는 부랑자에 불과했다. 키도 나보다 작고 덩치도 작은 편이었다. 피부는 검고 몸은 너무 말라서 마치 사슴 같았다. 그가 나를 위협했다고 보기는 어려웠다. 오히려 그는 어디로 향할지 몰라 엉뚱한 곳을 향해 질주하는 작은 동물 같았다.

그가 달려들자 나는 자리에서 넘어지며 다시 비명을 질렀다. 나는 넘어지는 동시에 바닥에 머리를 부딪혔고 그 충격으로 인해 일시적으로 눈이 보이지 않았다. 오직 소리만으로 무슨 일이 일어나는지 겨우 짐작할 수 있었다. 문이 열리고 사람들이 우르르 뛰어나오는 소리, 부산스러운 사람들의 움직임과 수군거림. 나를 도와줄 사람은 없었다. 토마스의 아빠예요. 난 저 사람을 알아요. 토마스 아빠가 쓰러졌어요. 누군가 다급한 목소리로 외쳤다. 그리고 한 아이가 울음을 터뜨렸다. 토마스였다.

진세의 목소리를 듣자 어디선가 힘이 솟아올랐다. 나는 바닥을 짚고 일어났다. 그때 남자가 나에게 다시 달려들었고 나는 배를 잡고 웅크린 채 바닥을 굴렀다.

불행하게도 오해가 발생했다.

토마스의 아빠가 찔린 것 같다고, 부랑자가 칼을 들고 있는 걸 봤다고, 아까 그 여자—나를 안다고 한 그 여자다. 나는 그 여자가 누군지 아직도 알아내지 못했다—가 소리를 지르기 시작한 것이다. 몇몇 아이들이 울음을 터뜨렸고 학부모들은 칼이라는 단어를 듣자마자 몸을 떨며 급히 자기 아이를 찾기 시작했다. 분장을 하고 무대 위에 올랐던 아이들이 부모의 손에 끌려내려왔다. 한 여자가 아들을 들쳐업고 대문 밖으로 뛰어나가는 것을 시작으로, 한 무더기의 사람들이 서로 밀치며 황급히 유치원에서 빠져나갔다. 순식간에 일어난 일이었다.

나는 남자를 밀어내려고 끙끙댔지만 그럴수록 그는 더 내 뱃속으로 파고들었다. 마치 내 몸에 길이 있다는 듯 떨어질 생각을 안 했다. 나는 좀더 힘을 써보려다가 발을 헛디뎌 넘어졌다. 쿵 소리와 함께 우리 두 사람은 한 몸이 되어 바닥에 쓰러졌다. 그리고 뜨거운 돌바닥 위를 굴렀다. 나는 끔찍한 두려움에서 빠져나오기 위해 발광했다. 하지만 그는 내게서 떨어질 생각이 없었다.

나는 주먹을 쥐고 그의 머리를 향해 세게 한 번 휘둘렀다. 그는 죽을 듯 소리를 질렀고 그다음에는 내 귀를 물었다. 물고 놓지 않았다. 나는 그가 무슨 짓을 했는지 몰랐다. 귀가 점점 더 뜨거워지다가 어느덧 축축한 느낌이 들었을 때, 마침내 목을 타고 뜨끈한 액체가 흘러내리기 시작했을 때 나는 기절하고 말았다. 고통스러웠기 때문이 아니라 너무 겁이 났기 때문에, 정신을 완전히 잃어버린 것이다.

의사는 화상이라고 했다. 다행히 피하조직에는 문제가 없지만 표피층과 진피층이 완전히 짓물렀다. 신경이 손상되었기 때문에 고통은 오히려 덜할 거라고 했다. 사흘 정도 차도를 지켜보자던 의사는 다행히 흉터가 남지는 않을 것 같다고 말했다. 하지만 나는 흉터 따위를 걱정하고 있는 것이 아니었다.

"물렸어요."

의사가 나를 흘끗 쳐다봤다.

"화상이 아니라 물렸습니다. 어떤 남자가 내 귀를 물었다고요. 물고 놓지 않았습니다."

의사가 고개를 끄덕였다.

"전에도 비슷한 사례가 있었습니다. 어떤 사람이 가시에 여러 군데를 찔렸는데 화상을 입었어요. 찔리는 순간 자기는 따가운 게 아니라 뜨겁다고 생각했다는 겁니다. 그러니까 정말 데어버렸고요. 물릴 때 뜨겁다고 생각했습니까?"

나는 고개를 끄덕였다.

"뜨거웠어요. 아주."

의사도 고개를 끄덕였다. 그러나 화상은 화상이다. 자기가 궁금한 것은 얼마만큼 데었는가이지 왜 데었는가는 아니라고 했다. 의시는 처방전을 건네며 내일 또 오라고 했다. 육 주쯤 더 치료를 받아야 한다고 했다.

"아주 선명한 화상 자국입니다. 물렸는지 데었는지는 모르지만 분명히 말할 수 있는 건 이게 다른 상처가 아니라 화상이라는 거죠."

그는 변색한 바나나를 보면서 '피트브라운'이라고 말하듯 경쾌한 목소리로 말했다. "2도 화상입니다."

약국에 처방전을 건네자 하얀 가운을 입은 약사가 데셨나봐요. 잠시 기다리세요, 라고 말하고 조제실로 들어갔다. 나는 야자수 옆 나무 의자에 앉았다. 문득 내가 정신을 잃은 사이에 무슨 일이 더 있었는지도 모른다는 생각이 들어 핸드폰을 꺼냈다. 혹시나 하는 마음이었는데 여섯 페이지쯤 넘겼을 때 겨우 기사를 찾을 수 있었다. 그 인터넷 신문은 사람들이 많이 찾는 포털 뉴스가 아니라 지역에서 발행하는 소규모 신문사로 주로 마을 소식을 다루고 있었다. 이곳의 기사를 누가 읽을까 싶은 그런 곳이었다. 이 사건을 다룬 기사로는 유일했고 관련 사진조차 없었다.

'지난주 구산동의 한 유치원에 난입해 행사에 참여중이던 이들을 공격하고 난동을 피우던 김씨(40세)가 체포 과정에서 입은 부상으로 사망했다. 김씨를 체포하는 과정에서 테이저건이 사용되었으며 병원에서 이를 치료하던 중이었다. 병원측에서는 정확한 사인은 아직 밝혀지지 않았다며 공식적인 입장을 발표하지 않고 있으나 김씨가 오랜 부랑자생활에서 얻은 지병 때문일 가능성이 가장 높으며 수술이나 치료와는 무관한 일이라고 밝혔다.'

짤막한 사망 소식이었다. 테이저건을 본 기억은 없으니 내가 정신을 잃은 사이에 일어난 일 같았다. 기껏해야 경찰서에 끌려가 며칠 구류를 살거나 벌금형을 받을 것이라고 생각했었다. 벌금을 물 형편이 안 되니까 가벼운 징역형이 될 수도 있었겠다 싶었는데 사망 소식을 접하니 얼떨떨했다. 약사가 내 이름을 불렀을 때에야 정신을 차렸다. 약을 받아들면서 "물렀어요"라고 말했다. 약사는 그게 무슨 소린가, 하는 표정으로 나를 보았다. 문을 밀고 나와 약국 앞에 선 채 기사를 한번 더 읽었다.

다른 내용이 아니라 그의 나이가 나를 당혹케 했다. 괄호 안에 적힌 두 자리의 숫자, 40을 멍하니 들여다보았다.

나와 나이가 같았다.

귀에서 고름이 심하게 났다. 의사는 예상했던 것보다 차도가 좋지 않다며 고개를 갸웃거렸다. 거즈 위에 흰 테이프를 붙여 귀를 덮은 뒤에 곤란하다는 듯 한쪽 눈을 찡그렸다. 흉터가 남을 수도 있습니다. 그는 내게 미안해하는 것 같았다. 하지만 나는 흉터에는 별 관심이 없었다. 그 무렵 내가 생각하고 있던 것은 부랑자의 나이였다. 40이라는 숫자가 자꾸 마음에 걸렸다. 남자의 나이가 많았다고 기억하고 있었기 때문이다.

그는 적어도 예순 살은 넘은 것처럼 보였다. 아마 부랑자생활을 오래 하면서 제대로 씻지도 먹지도 편히 잠들지도 못한 탓에 그토록 나이가 들어 보였는지도 모른다. 서른 살이 넘으면 자기 얼굴에 책임을 져야 한다는 말은 그래서 나왔을 것이다. 겨우 마흔 살인 남자가 노인으로 보일 수 있었다. 나는 갑자기 전에는 생각도 안 해보던 노년의 삶을 상상해보았다. 아내에게 이혼당하지 않고 무사히 결혼생활은 유지할 수 있을까. 진세가 경제적 능력이 없다는 이유로 아버지를 무시하지는 않을까. 설마 그때까지 직장을 못 구하지는 않겠지. 용돈을 벌 수 있는 소일거리 정도는 하고 있지 않겠나. 고름이 흘러내리듯 끈적거리며 생각이 흘러내렸다.

"약은 꼬박꼬박 먹고 계시죠? 주사약을 교체해보도록 하겠습니다."

의사는 어쩌면 내가 상처를 자꾸 만져서 덧나는 것일지도 모른다고 했다. 무의식중에 상처를 건드리지 않도록 신경을 쓰라고 했다.

"만지지 않았습니다."

"아, 일부러 그런다는 건 아닙니다. 간지러우면 자기도 모르게 손이 가게 되어 있어요."

"전혀 간지럽지 않아요."

"간지럽습니다."

의사는 그렇게 말하며 나를 노려봤다. 나는 그가 내 몸에 대해서 자기 몸처럼 말하고 있는 게 우스웠지만 입을 다무는 게 좋을 것 같아서 그렇게 했다. 의사는 표정을 풀었다.

"자는 동안 귀를 잡아 뜯는지도 모르죠. 그럴 수도 있다는 겁니다. 그런 사례가 전에 있었으니까요. 상처가 나을라 치면 자는 동안 완전히 헤집어놓는 사람이 있었어요."

내가 기분 나쁜 기색을 보이자 의사는 그럴 가능성에 대해서 얘기한 것뿐이라고 얘기를 마무리지었다.

"그런데, 혹시 무슨 안 좋은 일이 있으신 건 아니시죠?"

의사가 차트에 새로운 주사약의 영문 이름을 갈겨쓰면서 물었다.

"그럴 리가요."

"얼굴빛이 별로 좋질 않네요."

갑자기 의사의 얼굴이 심술궂어 보였다.

"저, 혹시 내가 나이가 들어 보여서 그러시나요?"

"나이요?"

의사는 당황한 기색이었다.

"얼굴빛이 안 좋다는 얘기요. 내가 너무 늙어 보여서 그렇게 물은
게 아니냐는 뜻이었습니다만."

의사가 눈을 게슴츠레하게 뜨고 되물었다.

"그게 무슨 뜻이죠?"

"혹시 제가 선생님이 걱정하실 정도로 늙어 보이는지를 물었습니
다."

의사가 웃었다.

"관련이 없는 얘기를 하시네요. 이전에 쓰던 약 부작용일 수도 있
습니다. 환자가 가벼운 언어장애를 일으킨 적이 있어요. 약을 바꿔보
지요."

내가 보이는 모든 증상이 어김없이 과거의 사례와 부합된다는 게
기분 나빴다. 의사는 침착함을 잃지 않으려고 그러든지 아니면 환자
의 약을 바꿀 때 쾌감을 느끼든지 둘 중 하나 같았는데 입가에 선연한
미소를 짓고 있었다. 나는 진단서를 들고 지하로 내려가 약을 처방받
았다.

버스 안에서 이상한 일이 있었다. 나는 그저 손잡이를 잡고 서 있었
는데 내 앞에 앉아 있던 여자가 자리에서 일어나 옆으로 비켜선 것이
다. 나는 도대체 왜 그 여자가 내 앞좌석에 그냥 앉아 있어서는 안 되
었던 건지 알 수 없었다. 나의 어떤 점이 그 여자를 불쾌하게 만들어
서 더이상 앉아 있을 수조차 없게 했던 것인지를 말이다. 나는 그 여
자가 원래 내리려고 했던 곳이 그 정거장이 아닐지도 모른다는 생각
을 했지만 그때 창밖에서 그 여자와 또래의 다른 여자가 나타나 그 여
자와 나란히 걷는 것을 보았고 그 여자는 나를 피한 게 아니라 자기가

내려야 할 정거장에서 내렸다는 걸 알았다. 그건 다행이었지만 다행이기만 한 일은 아니었다. 그 여자는 나 때문에 자리를 피한 것이 아니었으니까. 그 여자는 나에게 자리를 양보했던 거다. 왜? 대체 무엇 때문에 내가 노약자 취급을 받아야 했던 걸까. 나는 그 여자가 내 나이를 잘못 알아봤다고 생각할 수밖에 없었다. 내가 노인이고, 흔들리는 자동차 안에서 중심을 잡고 서 있기에는 너무 쇠약해 보이고, 그래서 마땅히 자리를 양보해야 한다고 말이다. 무릎에 힘이 풀렸다.

늙어 보이는 게 아닐까. 아무래도 내 나이로는 보이지 않는 것이다. 그렇지 않고서야 왜 나에게 자리를 양보한단 말인가. 그 여자는 나보다 나이가 열 살은 더 많아 보였는데.

집에 돌아와서 캔맥주를 마시면서 야구 중계를 봤다. 아내에게서 늦는다는 연락이 왔다. 아내는 야근을 하고 늦게 들어갈 거 같으니까 먼저 자라고 했다. 평소에 아내는 택시 타는 걸 무서워해서 늦게 들어올 때면 늘 도착하는 시간에 맞춰 나더러 밖에 나와 있으라고 했었다. 하지만 무슨 일인지 오늘은 먼저 자라고 했다. 겨우 다섯시였다.

아내도 나를 늙었다고 생각하는 걸까. 초저녁부터 졸고 있는 노인이라고 생각하는 걸까. 나는 뉴스를 보면서 한 캔을 더 마셨고 기분이 좀 나아지자 아내가 왜 그렇게 말했는지 더이상 궁금하지 않았다. 그리고 취기 때문인지 일찍 잠들었다. 일곱시 반에서 여덟시 사이였다.

무슨 이유에선지 상처는 아물지 않았고 의사는 아무래도 수술을 해야 할 것 같다고 말했다. 흉이 지는 게 문제가 아니라 점점 덧나서 피하조직까지 손상될 가능성이 있다고 했다. 처음 진료를 받았을 때보다 상태가 더 나빠지고 있다고 했다. 지금 수술하면 이식은 안 해도 되지만 더 악화된 뒤에는 부담이 커질 거라고 했다. 수술이 성공하지 못할 가능성에 대해서 묻자 의사는 웃었다. 그럴 가능성은 거의 없다고 봅니다. 마취에서 깨어나지 못하는 영 점 영 일 프로의 가능성을 제외하면 거의 백 퍼센트라고 봐도 좋다고 했다.

"수술이라는 이름을 붙이기도 민망할 정도로 간단한 겁니다."

딱히 내키지 않았다.

"회사 일정 때문에 생각을 좀더 해봐야 해서요."

"입원할 필요도 없어요. 수술 후 바로 활동이 가능하고요."

의사가 강조할수록 나는 망설였다. 일단 이번주 목요일 오전 열시로 수술 일정을 예약하고 병원을 나섰지만 마음이 내키지 않았다.

그도 이런 식으로 자신의 의사와는 무관하게 수술을 진행했을 거라는 생각이 들었다. 그 의사도 간단한 수술이라고 했겠지. 다른 방법은 없다고. 영영 깨어나지 못할지도 모른다고 말하지는 않았을 것이다. 사인조차 알지 못하고 개죽음을 당하게 될 줄 알았다면 그는 어떤 선택을 했을까. 가족들은 병원에 제대로 항의라도 한번 해보았을까. 위로금이라도 제대로 전달받았을까. 엘리베이터를 타고 내려가면서 나는 어떤 환자가 핏기 없는 창백한 얼굴로 난간에 서 있는 것을 보았는데, 그는 수술 전 대기중인 것으로 보였고, 그리고 어쩐지 그를 데리고 병원을 나가고 싶었다.

그날 저녁 나는 부랑자의 사망 기사를 실었던 신문사에 전화를 걸었다. 담당 기자와 통화한 끝에 알게 된 사실은 기자가 기사에 쓴 네 줄 외에는 아무것도 모른다는 사실이었다. 그 네 줄은 신중히 취사 선택된 것이 아니라 가감 없이 쓰여진 전체였다. 그는 마치 병원측의 대리인인 양 '수술은 무사히 마쳤고 아무 문제가 없었다'고, '오랜 부랑자생활로 얻은 지병이 사망에 직접적 관련이 있었던 것 같다'고 했다. 대수로울 것 없어 보이던 그 네 문장을 꽤나 공들여 쓴 모양인지 그는 토씨 하나 틀리지 않고 쓰인 그대로를 반복했다.

"그 사람 말입니다. 혹시 마취에서 깨어나지 못한 건 아닐까요?"

"네에?"

귀찮은 모양인지 그의 목소리에서 신경질이 느껴졌다.

"마취를 했다가 간혹 못 깨어나는 사람들이 종종 있다고 들어서요."

"무슨 말씀이시지요?"

"마취에서 못 깨어나는 영 점 영 일 프로의 사람들 말입니다. 그 사람이 그 경우가 아니라고 보기는 어렵지 않을까요?"

건너편에서 침묵이 흘렀다. 나는 그가 기사의 주인공에게 별 관심이 없다는 걸 깨달았다. 나는 약간 화가 났고, 그리고 전화를 끊기 전에 조금 비아냥거렸다.

"요즘 기사는 네 줄로 씁니까?"

"네에?"

기자는 방금 전과 똑같은 목소리로 되물었다.

"무슨 말씀이시지요?"

나는 씩씩거리며 전화를 끊었다.

걱정이 무색할 만큼 수술은 금방 끝이 났다. 삼십 분도 채 걸리지 않았다. 다만 검사 결과 심장 쪽에 기능 이상이 발견되었기 때문에 최대한 안정을 유지해야 한다고는 했다. 진정 효과가 있는 약물을 먼저 맞고, 다시 부분 마취를 한 뒤에 수술에 들어갔다. 내가 기억하는 것은 의사가 알코올을 묻힌 탈지면을 팔에 문지르고 주삿바늘을 찌른 뒤 부드럽게 피스톤을 누를 때까지였다. 그다음 장면에서 나는 6인 입원실의 복도에서 가장 가까운 침대에 누워 있었다. 의사가 염려가 가득한 눈빛으로 나를 내려다보며 수술 후 우울감을 느끼게 될 가능성에 대해서 설명했다. 그는 전보다 친절해 보였고 나를 많이 배려해 주었다. 그는 내가 '수술중에 고통을 느꼈는지' 물었다. 나는 아니라고 말했고 의사는 여전히 나를 걱정스럽다는 듯이 바라봤다.

"수술중에 자꾸만 무슨 말을 하고 싶어하는 것 같았습니다. 혹시 생각나세요?"

그게 무슨 말이었을까? 나는 전혀 기억할 수 없었고 내가 한 말을 기억하지 못한다는 사실이 두려웠다.

"같은 문장을 여러 번 반복해서 말했는데 알아듣지 못했어요. 뭘 달라고 하는 것 같았어요. 처넌? 내가 듣기에는 처넌이라는 것을 달라는 말 같았습니다. 처넌. 아마 잘못 들은 거겠죠. 하지만 분명 처넌과 비슷한 말이었습니다."

의사는 처넌, 처넌, 이라고 중얼거리면서 고개를 갸웃거렸다.

"혹시 그게 뭔지 기억납니까?"

나는 고개를 저었다.

"컨디션은 좀 어떠세요?"

나는 좋은 꿈을 꿨어요, 라고 말할 생각이었다. 그러나 내 입에서는 전혀 다른 말이, 맥락에도 안 맞고 이유도 모를 말이 불쑥 튀어나왔다.

"여긴 내 구역이오."

라는 문장이었다.

"네? 구역이요?"

나는 당황했지만 순발력을 발휘해 좀전에 뱉은 문장과 최대한 비슷하게 다른 문장을 만들어내었다.

"구역질이 나요."

의사가 위를 편하게 해주는 약을 처방하겠다고 하고 두세 시간 뒤에 예후를 지켜보고 결과가 나쁘지 않으면 퇴원해도 좋다고 했다.

처넌은 뭐고 구역은 또 뭘까. 그 이후로 나는 말과 행동에 신경을 썼다. 조심스럽게 상황을 살피고 그에 걸맞은 말만 했다. 되도록 떠드는 것을 삼갔고, 준비한 말이 아니라면 뱉지 않았다.

아내는 내가 이상해졌다고 했다. 행동거지와 말투가 부자연스럽다면서 수술이 잘못된 게 아니냐고 했다. 나는 그렇지 않다고, 수술은 성공적이었고 아주 편안하다고 말했다. 아니, 분명 어딘가 어색해. 아내는 확신에 차서 외쳤다.

"예전의 당신이 아니야. 다른 사람 같다고."

"다른 사람 누구?"

아내가 수면 위로 배를 뒤집은 채 떠오른 죽은 물고기를 쳐다보듯 가련한 표정으로 내 얼굴을 들여다봤다.

"대화하는 능력을 상실했어? 다른 누구랑 같다는 게 아니라 당신 같지가 않다는 뜻이야. 수술에 문제가 있었던 게 확실해. 그전에는 이렇지 않았잖아."

침대에 누웠지만 아내는 편안해 보이지 않았다. 내가 마치 다른 남자라는 듯 경직된 모습이었다. 슬쩍 손을 뻗었더니 잠결인 척 뒤돌아 눕는다. 아내의 등은 딱딱하게 굳어가고 있었다. 인간의 등살이 딱딱할 리 없었지만 내 눈에는 그렇게 보였다. 아내는 숨을 참고 있었다. 마치 죽은 척을 하는 곤충처럼 조금도 움직이지 않았다.

아내가 긴장하고 있으니까, 나는 내가 내가 아닌 다른 남자라고 느껴졌다. 남편의 탈을 쓰고 그 집 아내를 강간하기 위해 남의 집 침대 위에 올라온 다른 남자가 된 기분이었다.

다른 남자 누구?

목소리가 내게 물었다. 제일 처음에 떠오른 건 의사의 얼굴이었고 그다음에는 옆집 할아버지가 떠올랐다. 그 할아버지는 나이가 들었지만 꽤나 점잖은 멋쟁이여서 아내는 저렇게 나이가 든다면 늙는 것도 나쁘지 않을 거라고 말한 적이 있었는데 그 말을 신경쓰고 있었나보다. 그 할아버지는 지난해 사별한 뒤 혼자 살고 있었는데 아내는 가끔 반찬을 만들어 나누기도 했었다. 나를 대하는 말투보다 그 노인을 대하는 목소리가 더 다정하고 따뜻할 때가 있었다. 하지만 이런 류의 상상에 등장하기에 노인은 별로 어울리지 않는 것 같았다.

그다음에는 원장이 떠올랐고—원장은 남의 집 침대 위에서도 당당하게 어깨를 펴고 누웠고 뿔테 안경과 구두를 벗지도 않았다—그다음은 버스 기사였다. 이유는 정확히 알 수 없지만 버스 기사에서 연상이 멈췄다. 나는 내가 버스 기사라고 생각했다. 전에 두어 번 정도 태운 적이 있었던 한 승객의 아내와 나란히 침대에 누워 있다. 그래서 저 여자는 나와 한 침대에 누워 있는 것을 저리도 견디기 어려워하는 것이다.

잠시 후 아내는 벽에 거의 붙다시피 해서 방을 나갔다. 어디 가? 아내는 화장실이라고 대답했지만 변기 물을 내리는 소리조차 들리지 않았고 다시 방으로 들어오지도 않았다.

당연했다. 나는 버스 기사였다. 나는 아내의 행동을 이해할 수 있었다. 아내는 나를 더이상 사랑하지 않을지 몰라도 적어도 최소한의 신의 정도는 지키고자 했던 것이다.

바이올린 레슨이 끝날 즈음 진세를 데리러 갔을 때 바이올린 선생님은 피자를 들고 오지 않은 피자 배달원을 본 것처럼 당황스러워했다. 적어도 제자를 데리러 온 학부모를 바라보는 표정은 아니었다. 선생님의 태도에 나 또한 당황했다. 내가 무슨 말을 하면 좋을지, 어떻게 행동해야 할지 떠올리기 어려웠다. 나는 날씨 얘기가 모든 상황에서 대화를 시작하는 좋은 소재라는 얘기를 겨우 떠올릴 수 있었다.

"이틀째 비 소식이 없네요."

"네, 그러네요. 원래 우리나라는 그렇게 비가 자주 내리는 지역이 아니긴 하지만요."

바이올린 선생님은 나를 거실로 안내했고, 나는 왜 선생님이 진세를 불러내는 대신 나를 집으로 들이는지도 모르면서 하라는 대로 했다.

"뭐 마실 거라도 드릴까요?"

바이올린 선생님의 목소리는 쌀쌀맞았다. 나는 진세를 기다리는 동안 카페에 두 군데나 들렀고 커피를 세 잔이나 마셨기 때문에 별생각이 없었지만 거절하는 것은 어쩐지 예의가 아닌 것 같아서 그냥 고개를 끄덕였다. 선생님은 커피에 얼음을 띄워 가지고 왔다. 그녀와 나는 테이블을 사이에 두고 소파에 마주보고 앉았는데 마치 빚 독촉을 하러온 전당포 주인을 보는 듯한 눈빛이었다. 나는 불안해지기 시작했다. 이런 생각을 계속 하다보면 내가 진짜 전당포 주인처럼 굴 수도 있었다.

선생님이 팔짱을 낀 채 나를 흘겨보며 입을 열었다.

"혹시 진세가 바이올린을 그만두고 싶어하나요?"

나는 그 말이 어느 맥락에서 튀어나온 건지 몰랐다. 진세가 딱히 무슨 말을 한 게 아니라면, 나는 내 행색이 초라해 보이는 게 아닌지 염려스러웠다. 선생님은 지금 우리집 생활비가 부족하고 그래서 아이의 레슨을 그만두게 할 거라고 생각하는 걸까?

"전혀 아닙니다. 진세는 요새 자기 전에 꼭, 열시까지 바이올린 연습을 하다가 자는데요. 그앤 바이올린을 정말 좋아해요. 우리집 사정이 나빠진 것도 아니고요."

나는 마지막 문장에 특히 힘주어 말했다. 하지만 선생님의 얼굴은 딱히 좋아 보이지 않았다. 나는 자존심이 상했지만 솔직해지는 게 좋겠다고 생각했다.

"제가 금방 취직을 할 거고요. 너무 걱정하지는 마세요. 저도 경력이 있으니까요. 마땅한 곳을 못 찾았을 뿐이지 이 바닥에서는 실력을 알아주는 편입니다."

선생님은 대답하지 않았다.

"요즘은 스페인어까지 공부하고 있고요."

"저한테 그런 얘기까지 하실 필은 없잖아요."

선생님의 목소리 톤이 높아졌다. 화가 난 것 같았다. 대체 뭐 때문에 그러지? 선생님은 스페인에 대해서 안 좋은 기억을 가지고 있는지도 몰랐다. 사람들이란 어떤 부분에 특히 취약하기 마련이니까 그 점을 조심해야 한다. 하지만 그걸 어떻게 일일이 다 알고 대화의 소재에서 제외시킬 수 있단 말인가. 나는 바이올린 선생님에 대해서, 그녀의 어린 시절이든 최근의 연애든 아니면 바이올린을 왜 하는지, 진세의 레슨 외에 다른 무엇으로 생계를 유지하는지에 대해서조차, 아는 게 거의 없다. 나는 다리를 한번 흔들고 싶어졌다. 대체 무슨 얘기를 듣고 싶어서 저러는 건지 알 수 없었다. 좀 기분이 나빠졌다. 충분히 노력을 했는데도 상황이 이상하게 흘러가고 있었다. 목을 오른쪽으로 돌리고 싶어졌다. 틱이 시작될 것 같았다. 나는 그 집에서 그만 나가고 싶었다.

"근데 오늘은 무슨 일로 오셨나요?"

선생님은 진세가 오늘은 아버지가 데리러 오지 않을 거라고 하면서 내가 오기 전에 먼저 집으로 갔다고 했다. 초인종 소리를 듣고 나온 선생님이 나를 보고 당황한 이유를 그제야 알 수 있었다. 쓸데없이 커피를 네 잔이나 마시고 불필요한 대화를 나누며 스트레스만 받은 꼴이었다.

"그럼 진세가 거짓말을 한 건가요?"

선생님이 걱정스러운 얼굴로 물었다.

"아닙니다. 제가 그렇게 말해놓고는 잊어버렸어요. 진세가 나랑 가는 게 부끄럽다고 생각할 리가 없죠. 내 잘못입니다."

선생님은 내 말을 믿지 않는 눈치였다.

"원래는 내가 그앨 데리러 올 수가 없었는데 잘못 온 겁니다. 그애가 나랑 집에 가는 걸 싫어하는 게 아니라요."

어깨를 앞으로 내밀었다가 다시 옆구리를 반대쪽으로 밀었다. 틱이 시작되었다. 난 당장 그 집에서 나가고 싶었다.

"아버님. 전 진세가 아버님을 부끄러워하고 있다고 생각하지 않았어요. 그럴 이유가 뭐가 있겠어요?"

"알겠습니다. 잘 알았어요. 알았다고요."

나는 선생님에게 인사를 하고 급히 차를 탔다. 그러나 시동을 걸다가 기름이 거의 다 떨어진 걸 알았고 주유소에서 기름을 넣고 나서는 지갑이 없어졌다는 사실을 알았다.

주유소는 바이올린 선생님의 집에서 오 분 거리에 있었고 선생님은 흔쾌히 나와 돈을 빌려주었다. 선생님이 빌려주는 삼만원을 받으면서 나는 집에 돌아가는 대로 이체하겠다고 말했다. 선생님은 다음주 레슨 시간에 돌려줘도 상관없다고 했다. 이상한 생각이 들어 고개를 들고 선생님의 얼굴을 봤을 때, 그 여자는 어떤 불쌍한 부랑자의 바구니에 지폐를 넣으며 지을 법한 미소를 짓고 있었다.

"돌아가자마자 돈을 입금하겠습니다."

나는 그렇게 강조했고 선생님은 괜찮다고 했다.

"천천히 주셔도 돼요."

"왜 돈을 돌려받으려고 하지 않는 거죠? 설마 내가 선생님한테 돌려줄 삼만원도 없을 거라고 생각하고 있습니까?"

선생님이 뒤로 물러섰다.

"용돈이 부족하긴 하지만 그 정도는 아닙니다. 그건 오해예요."

숨을 고르고 부드러운 어투로 반복했다. 선생님의 얼굴이 언짢은

듯 붉어졌다. 내가 원한다면 집에 돌아가자마자 입금해도 괜찮다며 그녀는 돌아갔다. 골목길 끝에서 뒤를 한 번 돌아봤고, 내 차가 아직 출발하지 않은 것을 보더니 얼른 담벼락 안쪽으로 몸을 숨겼다. 차를 끌고 그 집 앞을 지날 때 나는 바이올린 선생이 붉은 하트 무늬 커튼 뒤로 몸을 숨긴 채 밖을 내다보고 있는 걸 봤다.

바이올린 선생님이 나를 쌀쌀맞게 대한 것, 그리고 그녀가 나를 두려워한다는 생각만으로도 나는 내가 그녀가 가르치고 있는 학생의 학부모가 아니라고 느꼈다. 그렇다면 나는 누굴까. 나는 친구들과 어울리고 싶은데 대화를 나누는 데 서툴어 매번 오해를 받고 따돌림을 당하고 있는 작은 소년, 친구들과 어울리고 싶은 마음을 거리의 비둘기와 대화를 나누며 달래는 아이 같았다. 나는 내 몸이 작아지고 있다고 느꼈고 점차 줄어들다가 이십사 킬로그램쯤에서 멈추었다고 느꼈다.

집으로 가는 대신 고수부지를 향해 차를 돌렸다. 노천에 앉아 울렁이는 강물을 몇 시간이고 바라보았다. 새우깡을 사서 갈매기에게 던져주자 어쩐지 빵을 뜯어 제자들에게 나누어주는 예수가 된 기분이었다. 어떤 소녀가 말을 걸었을 때는 소년이 된 기분이었고 길을 묻는 할머니에게는 그녀가 쓰는 지방 사투리로 대답을 해주었다. 나는 주위의 모든 사람에게 걸맞은 짝꿍이었다. 하지만 마음속은 텅 비어 있었다.

내 또래의 여자 하나가 천천히 걸어왔다. 리본이 달린 짚 모자를 쓰고 베이지색 원피스를 입고 있었다. 보폭은 작았고 다리를 모으고 걷는 모양새로 봐서는 조심스러운 성격 같았다. 액세서리는 하나도 걸치지 않았고 메이크업을 하지 않았는데 안색이 밝았다. 나는 내가 그 여자에게 걸맞은 상대라고 상상할 필요가 없었다. 내가 그 여자랑 걸맞은 상대로 보였기 때문이다.

여자가 노천에 앉았다. 나는 그 근처로 가까이 자리를 옮겼다. 그리고 다른 누구도 아닌 나 자신이 되어 가만히 강물만 바라보았다. 기분이 점점 나아졌다. 나는 다시 천천히 몸이 커지고, 마침내 성인이 되어 원래 몸무게를 회복했다고 느꼈다. 나는 여자에게 다가가 물었다.

"혹시 어떤 부랑자가 의료 사고로 죽었다는 얘기 들어본 적 있어요?"

여자는 조금 놀라는 것 같았다. 그런 얘기는 들어본 적이 없다고 했다. 아무래도 내가 꺼낸 얘기가 그 여자를 당황하게 한 것 같았다. 하지만 여자가 먼저 사과했다.

"미안합니다."

여자가 고개를 숙였다. 나는 여자 옆에 나란히 붙어 앉았다.

"아니, 그게 아니라 제 얘기는 말이죠,"

여자의 얼굴이 붉어지더니 핸드백을 열고 지갑을 꺼냈다. 여자는 지퍼를 열고 천원짜리 한 장을 꺼냈다. 여자의 얼굴이 조금 더 붉어졌다.

"정말 이것밖에 없어요. 정말 미안합니다."

나는 여자가 무슨 소리를 하는지 몰랐다. 내가 여자에게 부당한 것을 요구했다는 눈빛을 이해할 수 없었다. 그저 얘기를 좀 나누고 싶었을 뿐이었다.

"의료 사고를 당하신 건 정말 안된 일이라고 생각해요. 그런데 요즘은 제가 현금을 안 갖고 다녀서요. 카드를 사용하니까요. 요즘 다들 그러잖아요."

나는 여자의 얼굴을 똑바로 바라봤다. 여자가 옆으로 물러나 앉았다. 나는 고개를 숙였다. 셔츠의 가슴 부분에—아마 갈매기에게 밥을 주다가 그랬던 것 같은데—손바닥만한 크기의 누런 얼룩이 묻어 있는 것을 봤다. 그리고—계단을 올라오다가 비틀거렸을 때 그런 것 같은데—바짓단의 올이 풀려 있는 것을 보았다. 하지만 그렇다고 해서 그런 흔적들이 나를 부랑자로 보이게 한다고 생각할 수는 없었다. 도저히 그런 생각은 들지 않았다.

"내가 돈을 달라고 한 적 있어요?"

여자가 엉덩이를 들고 슬그머니 자리에서 일어났다.

"말해보세요. 내가 당신한테 돈을 달라고 했습니까?"

여자는 슬금슬금 뒤로 물러났다. 나는 여자에게 가까이 다가갔다. 왜 어떤 일들은 구름이 모양을 바꾸는 것처럼 서서히 일어나지 않고 단 한순간에 완전히 빛깔을 바꾸어버리는 것일까. 따뜻한 기운을 품은 은은한 복숭앗빛 하늘이 왜 저토록 사나운 핏빛으로 변해버렸을까. 좀전까지 잘 어울리던 한 쌍의 커플이 왜 이리 급작스럽게, 마주치지 않았다면 더 나았을 끔찍한 악연으로 방향을 바꾸는 걸까. 왜 그런 일들이 영문도 모르는 채 갑자기 일어나는 걸까. 왜 어떤 사람들이 의도하지 않고 내뱉은 한마디가 다른 어떤 사람을 다시 벗어나지 못할 수렁으로 몰고 가는 걸까.

여자는 뒷걸음질치다가 넘어졌다. 여자는 주저앉은 채 두려움에 떨고 있었고 나는 또다시 그에 잘 맞는 짝이 되어버렸다. 내가 그 여자를 두렵게 만들었다고 믿어버린 것이다. 나는 내 몸을 확인하고 싶었다. 내가 누군지를 보고 싶었다. 그때 여자가 입을 벌리고 소리를 지르기 시작했다. 여자는 자기 비명소리에 자기가 더 놀란 듯 보였다.
눈을 크게 뜨고 어깨가 점점 더 올라갔다. 여자는 호흡곤란을 일으키
고 있었다. 나는 위협하기 위해서가 아니라 여자를 진정시켜야 한다
고 생각했기 때문에 여자의 어깨를 향해 팔을 뻗었다. 그러자 여자는
한번 더 비명을 질렀다. 두번째 비명은 의도된 것이었다. 그녀는 비명
을 지르면서 옆을 쳐다봤다. 그 비명은 나를 향한 게 아니었고, 내 시
야에서 벗어난 다른 곳을 향해 있었다.

　나는 주변을 둘러보았다. 노천에 앉은 사람들의 시선이 일제히, 마
치 무대 위의 스포트라이트가 주인공 커플을 위해 각도를 조금씩 달리
하며 중앙으로 모여들 듯이, 상황을 제대로 판단하지 못한 채 자기 자
신이 연출한 공포영화 속으로 빠져들고 있는 한 어리석은 여자와 자신
이 어떤 상황에 처하게 될지 전혀 짐작도 못하다가 이제 막 낌새를 차
리기 시작한 한 어리석은 남자를 향해 모여들었다. 그들의 시선은 이
두 사람이 처한 상황을 완전하게 오해하고 있었지만, 그 오해는 자신
들이 헤어지게 되리라고 단 한 번도 상상해본 일이 없는 건실하고 성
실한 연인의 단단히 낀 손깍지만큼 잘 맞물려 있었다. 그들이 보기에
는 아무것도 의심할 것이 없었다. 명백하게 위협적인 상황이었다.

　나는 고개를 돌리다가 한 남자가 계단 위에 엎드려 있는 것을 보았
다. 그는 화사한 원색의 파인애플 무늬 남방을 입었는데 그래서 그가
다급하게 긴급 전화 버튼을 눌러 신고를 하는 중이라는 것을 눈치채
는 데는 약간 시간이 걸렸다.

　내가 잠깐 한눈을 파는 사이 여자는 잽싸게 도망쳤다. 순발력이 뛰
어난 뜀틀 선수처럼 그 여자는 폴짝 뛰어올랐다. 근처에 돗자리를 깔

고 앉아 있던 중년 부부가 유괴당했다가 되찾은 딸인 양 여자를 힘껏 안았다. 그들은 순간에 최선을 다했다. 나이 차이가 별로 안 날 것 같았는데도 여자를 겨우 열 살짜리 소녀 대하듯 했다. 얼마나 놀랐을까. 부인이 말했다. 얼마나 놀랐겠어. 남편이 말했다. 두 부부가 번갈아가며 여자의 등을 쓸었다. 손등은 그을어 있었고 주름 하나 없이 팽팽해서 오히려 괴이해 보였다. 등을 쓸어내리던 손이 갑자기 움직임을 멈췄다. 그 손이 들어올려지고 빠르게 돋아나는 식물처럼 한줄기 손가락이 뻗어나와 마침내 그 끝으로 나를 가리켰다. 부부 중 여자 쪽이었다. 그녀가 소리쳤다. "저길 좀 봐요. 저 남자가 칼을 갖고 있어요!"

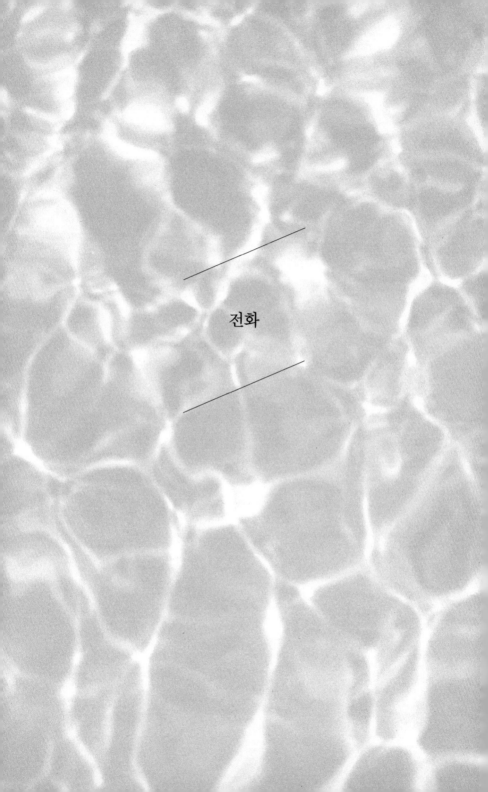

전화

그날 귀갓길에 2호선 외선순환 열차 안에서 세중에게 전화를 걸 때만 해도 나는 그 전화 한 통이 이후 나에게 어떤 영향을 미칠지 전혀 알지 못했다. 평소 주량을 넘게 마신 세중이 집에 무사히 도착했는지 염려하는 마음이 절반이었고, 꼼짝 않고 멀뚱히 앉아 있는 것이 지루하던 차에 마침 옆자리에 앉은 이십대 중반의 여자가 전화를—대화 내용을 슬쩍 엿들었는데 아마도 방금 전에 헤어진 동성 친구와 통화 중인 것 같았다—하는 모습을 보고 무심코 그 행동을 따라 하려는 마음이 또 절반쯤 작용해 나도 모르게 휴대폰을 꺼내들었다. 열차 좌석에 설치된 난방용 열선도 전화를 걸게 한 요인 중 하나일 것이다. 찬바람을 맞아 얼굴 전체가 얼얼할 지경이었는데 엉덩이에 뜨끈한 기운이 올라오자 긴장이 서서히 풀어지기 시작하더니 어느덧 심장부에까지 훈훈한 온기가 전해졌다. 주소록에서 세중의 이름을 찾아 통화 버튼을 누르는 그 순간, 어리석은 이들이 '나는 내 인생에 대해 아무런 책임이 없다'는 식의 순진한 표정을 지은 채 불행 속으로 저벅저벅 걸어들어가는 것처럼 나 또한 당시에는 일말의 행복감을 느끼기까지 했다. 세중에게 연락하고자 한 스스로의 마음이 알코올로 인한 취기로 부풀려졌던 것이다.

내가 마음속에 그린 이 아름다운 그림이 완성되지 못한 것은 세중이 전화를 받지 않았기 때문이다. 통화 연결음이 대여섯 번쯤 이어졌는데도 세중은 전화를 받지 않았다. 내가 전화를 건 것을 확인하게 되면 그쪽에서 다시 연락을 해올 거라 여기고 전화를 끊은 뒤 잠자코 기다렸지만 지하철이 목적지에 도착할 때까지도 세중에게서는 아무런 연락이 없었다. 열차가 다음 승강장에 정차할 때까지 전화가 오지 않자, 나는 방금 전 세중과 호프집에서 나누었던 대화가 떠올랐다. 그가 혹시 아직도 그 일에 대해 마음을 쓰고 있는 건 아닌가 싶었다.

방금 전까지 우리는 이태원의 작은 술집에서 술을 마셨다. 다른 테이블이 다 찼기 때문에 8인석 단체 테이블에 앉아야 했는데, 어쩌면 거기서부터 우리의 대화가 엇갈리기 시작했는지도 모른다. 세중은 술을 마시는 내내 우리 둘이서 8인분의 술과 안주를 주문해야 한다는 강박에 시달리는 사람 같았다. 급하게 접시를 비우고 안주를 하나라도 더 시키려고 들었는데 정말로 배가 고파서 그러는 것이 아니라 자릿값을 해야 한다는 압박감 때문인 것으로 보였다. 나는 그런 생각은 전혀 하지 않았고 오히려 넓은 자리를 차지하게 되다니 운이 좋다고만 생각했다.

우리는 술을 마시면서 사흘 전에 남부 지방에서 일어난 지진에 대해서 이야기를 나누었는데 나는 세중이 나를 대하는 방식이—눈빛이

나 말을 되치는 방식이나 하다못해 앉아 있는 자세까지도―평소와 다르다고 느꼈다. 하지만 내가 감지한 그 표지라는 것들을 입밖으로 꺼냈다가는 웃음을 샀을 게 뻔하다. 그저 '느꼈다'고밖에 표현할 방법이 없다. 그는 감당하지 못한 8인분의 불편함을 방향을 돌려 나를 통해 해소하려 드는 것 같았다. 나는 그가 평소보다 말이 많고 더 자주 흥분하고 목소리에는 이상한 비아냥이 섞여 있다고 느꼈다.

예를 들면 이런 식이었다. 내가 일본의 예를 들면서 우리나라의 건축 정책이 다른 분야와 마찬가지로 허술하기 그지없다고 혀를 찼다. 일본은 설계할 때 이미 구조에 안전에 대한 대비를 하는데 우리나라의 경우에는 전혀 대책이 없다고 말했다. 그러자 세중이 내 얘기에 토를 달았다. 그는 내가 일본에 대한 선망을 갖고 있는 것 같다고 했다. 거긴 죽어가는 섬이야. 거기에 비하면 우리나라는 나은 편이지. 일본에 비교하는 건 말도 안 돼. 그는 잔을 내려놓고 코를 문질렀다. 가볍게 주먹을 쥐고 구부린 집게손가락과 중지를 모아 왼쪽으로 한 번, 다시 반대 방향으로 한번 더. 콧대가 살짝 비틀릴 정도로 만지작거리고 난 뒤에는 이마에서부터 정수리까지 손바닥으로 천천히 쓸어올렸다. 곤란한 얘기를 꺼낼 때의 버릇이었다. 하지만 그는 그 곤란함을 기꺼이 감당하고 계속 인과관계가 허약하기 그지없는 말들을 이어나갔다.

그리고 형, 지난 일이긴 하지만 소녀상 문제 때도 나는 형이 마치 일본 사람 편에서 생각한다는 느낌을 받았어.

그는 내가 열등감을 가지고 있으며 가해자측에 서고 싶어한다고 했다. 그게 일반 군중들의 심리라는 것이다. 강자와 자신을 동일시함으로서 심리적인 타격을 감소시키는 원리인데 사실 자신이 처해 있는 상황을 보지 않으려는 근시안적 해결책이라고도 했다. 나는 당연히 동의할 수 없었다. 나는 어제 공영방송의 아홉시 뉴스에서도 지적한 문제점, 우리나라에서는 건물을 설계할 때 지진을 변수로 고려하지 않는다는, 누구도 문제삼을 리 없는 객관적인 상황을 얘기한 것뿐이다. 그 얘기가 어떻게 내 피해 의식과 현실에 대한 도피적 성향을 드러내는 건지 알 수 없었다.

내가 발끈하자 세중은 형한테 문제가 있다는 얘기가 아니라, 사람들의 일반적 심리라는 게, 그렇다는 거야, 라고 전체 문장을 세 번 끊어 찬찬히 말했다. 마치 내가 이제 막 말을 깨친 아이라도 된다는 듯 대했다. 미소까지 지으며 자신이 나를 배려하고 있다는 걸 드러내는 그의 표정이 나에게는 오히려 거슬렸다. 그 너그러운 표정에는 자신의 생각을 바꿀 생각은 눈곱만치도 없다는 의사가 분명히 담겨 있었고 우리의 대화는 더이상 진전될 리 없었다.

나는 단지 건축 얘길 한 거였다. 일본이 지진 대비 차원에서는 집을 제대로 세운다는 얘기를. 하지만 그는 내 말을 믿지 않았고 일본이 건물을 올릴 때 지진 대비를 한다는 얘기 하나로 내 전부를 판단하려 들었다. 내가 그걸 지적하자 그는 내 말이 어불성설이라며 이제는 아예 대놓고 코웃음을 쳤다.

누가 전부를 볼 수 있다는 거죠? 전부를 볼 수 있다니, 형은 그게 가능하다고 생각해요?

세중은 계속 이상한 쪽으로 대화를 몰고 갔다. 나는 그에게 내 전부를 알고 있다는 듯 굴지 말라고 했는데 이제 그는 전체를 보는 것의 가능성에 대해서 얘기하고 있었다.

나는 오늘 세중이 회사에서 무슨 일이 있었던 게 아닌지 궁금했다. 아니면 요즘 여자친구와 사이가 안 좋은가, 집에서 경제적인 문제로 스트레스라도 줬나, 그게 아니라면 대체 나한테 왜 이러는 거지, 그런 생각들만 들었다. 나는 세중의 지적이 나 자신에 대해서 진지하게 돌아볼 만큼 타당하다는 생각이 들지 않았다. 그게 내 솔직한 심정이었다. 나는 그와 논쟁도 아니고 감정싸움도 아닌 이상하고 애매한 분쟁을 원하는 게 아니었으므로 말없이 맥주잔을 비웠다. 대화에 점점 흥미를 잃었고 나중에는 탄산을 머금은 차가운 액체가 식도와 내장을 타고 내려가는 기분에 집중하려고 노력하며 그의 말을 귓등으로 흘려들었다. 하지만 세중에게는 그 모습이 내 잘못된 역사의식과 뒤틀린 방어 심리와 그보다 더 심각한 논리적 결함을 반성이라도 하고 있는 것으로 보인 모양이었다. 세중의 표정과 말투에는 점점 더 확신이 들어섰고 그럴수록 나는 말수를 줄였고 그럴수록 세중은 강경해졌다.

만약에 다른 날 다른 장소에서, 그와 똑같이 지진에 대한 얘기를 다시 나눈다고 하면 대화가 그와는 전혀 다른 방향으로 흘렀을 거라고 당시의 나는 생각했다. 어떤 일은 그 일 주변에 곁들여진 여러 가지 사소한 것들에 의해서 조금씩 색깔을 달리하기 마련이어서, 그날의 우리는 감정이 상하는 수위까지 얘기를 진행시키고 말았던 거라고. 게다가 '술자리에서의 일은 그저 술자리에서의 일'이라고 생각했기 때문에 나는 호프집을 나선 뒤에는 다시 쾌활함을 되찾았다. 우리 둘은 농담을 나누며 유쾌하게 걸었고 눈길을 주고받는 데 어색함이 없었고 악수를 나누는 손에는 아쉬움이 남아 있었다. 문제될 것은 아무것도 없었다.

하지만 세중은 그때까지도 그 일을 마음에 두고 있는지도 몰랐다. 평소의 나였다면 상대가 다시 전화를 걸기 전에 연거푸 통화를 시도하지 않았을 것이다. 그러나 그날 머릿속에는 붉게 달아오른 세중의 얼굴, 살짝 떨리던 손가락, 벽에 잘못 건 액자처럼 비딱하게 기울어진 고개같이 평소에는 여간해서 침착을 잃는 일이 없던 그가 균형을 놓쳤다는 것을 상징하는 몇 개의 이미지들이 아른거렸고 그러자 갑자기 마음이 급해졌다. 딱히 근거를 대기는 어려운데, 나는 그 역시도 나와 통화하기를 원하고 있을 거라고 생각했던 것 같다. 그가 전화를 받지 않았고, 다시 내게 걸지 않았는데도 불구하고 말이다.

두번째 전화를 걸었을 때 그는 통화중이었다. 적어도 그가 전화기를 잃어버렸거나 내 전화를 확인하지 못한 것은 아니라는 뜻이었다. 나는 잠시 의문을 가졌다가, 별생각 없이 한번 더 통화 버튼을 눌렀다. 세번째로 그에게 전화를 걸었던 것이다. 당연하게도 이 시도 역시 통화중 연결음으로 이어졌고 나는 결국 세중과 통화하는 것을 포기하고 휴대폰을 가방 안에 넣었다.

그날은 월급날이었고 월급이 나오지 않은 날이기도 했다. 일주일 정도 입금이 미뤄질 거라는 경리과의 전달 사항이 과연 지켜질지 의심하면서 맥주에 소주를 섞어 마신 뒤에 당구장으로 향했다. 대개는 그날 식사 비용이나 술값 정도를 걸고 쳤지만 가끔씩은 잃었을 때 부담이 될 정도로 큰돈을 걸기도 했다. 대체로 회사에 일이 적거나 보너스가 나오지 않은 달이었다. 그럴 때면 누군가가 '제대로 한번 놀아봐?'라고 물었고 다들 자기 컨디션을 재빨리 계산한 뒤 콜을 외쳤다.

이러다 사행성으로 빠지게 되는 건 아닌가 하는 질문이 들 정도로 큰 액수가 오고갔다. 그날도 그랬다. 윤이 콜을 외치자 아무도 반대하지 않았다.

당구장으로 올라가는 계단에서 나는 내 앞에서 걷고 있는 두 사람 중 남자 쪽의 뒷모습이 낯익다는 생각을 했고 그가 옆을 돌아보았을 때 세중이라는 것을 알게 되었다. 그의 옆에는 숏컷을 하고 검은 정장을 입은 날씬한 여자가 계단을 오르고 있었다. 두 사람의 목적지는 2층에 있는 이자카야 같았다. 세중이 여자의 귓가에 대고 뭐라고 말하자 숏컷이 크게 웃음을 터뜨렸다. 둘 사이의 공기가 다소 부드러워지자 세중은 곧 여자와의 거리를 좁혔다.

2층 이자카야는 조명이 어둡고 얼굴을 민망할 정도로 가까이 대지 않으면 대화가 불가능할 정도로 스피커 볼륨이 컸다. 네 명이 둘러앉을 수 있는 정사각형 모양의 테이블이 'ㄷ'자 모양으로 이어져 있었고 테이블 사이에는 나무 칸막이가 쳐져 있어 비밀스러운 분위기가 연출되었다. 그 여자는 세중의 여자친구가 아니었다—나는 세중의 여자친구를 전에 한번 만난 적이 있었다. 얼굴을 자세히 기억할 정도는 아니었지만, 전체적인 분위기가 완전히 달랐기 때문에 내가 오해를 한 것은 아님은 분명하다—여자친구는 키카 크고 살집이 있는 편이었는데, 지금 세중과 이야기를 나누고 있는 여자는 아담한 체구에 머리가 아주 짧았다. 귀가 완전히 드러난 숏컷이었다. 물론 여자친구와만 술을 마셔야 하는 것은 아니다. 하지만 세중의 태도는 내 오해를 불러일으키기에 충분했다. 세중은 쉴새없이 떠들어댔고 여자가 웃음을 터뜨릴 때마다 조금씩 더 의자를 앞으로 당겨 앉는 것으로도 부족해 이제는 아예 상대를 향해 상체를 거의 사십오 도 정도 기울이고 있었다. 누가 봐도 세중이 그녀에게 마음이 있는 거라고 여겼을 것이다. 그 여자 또한 그렇게 느꼈을 것이다. 그 일본식 주점에서 작은 칸 안에 여자와 나란히 앉아 있는 세중은 내가 전에는 한 번도 보지 못한, 지나치게 열정적인 얼굴을 하고 있었다.

나는 부끄러움을 느꼈다. 만약에 할 수 있다면 출입구의 문을 밀고 들어오기 직전으로 돌아가고 싶을 정도였다. 그가 여자친구가 아닌 다른 여자를 만나고 있었기 때문이 아니었다. 나는 그 정도로는 세중에 대해서 안다고 자신하고 있는데, 내 눈에는 그가 뭔가 나쁜 짓을 하는 것으로 보였다. 나는 그 두 사람을 좀더 지켜보면서 처음과 달리 세중이 그 여자에게 전혀 관심이 없다는 것을 알아차렸고 그가 자신의 감정을 속이고 그녀에게 호감을 얻기 위해서 분투하고 있다고 느꼈다. 그녀의 감정을 혼란시킬 목적으로, 애정이 아니라 애정에 곁들여질 다른 어떤 것을 원하고, 그것을 취하기 위해서 연기를 하는 것으로 보였다.

나는 세중이 어떤 곤경에 처해 있다는 염려 때문에 당구에 몰입할 수가 없었다. 무슨 일이 있느냐고 김대리가 물었다. 안색이 안 좋다며 혹시 체한 게 아니냐고 물었다. 아무래도 점심에 먹은 게 잘못된 것 같다고 대답했다. 거짓말을 생각할 정도의 심리적 여유도 없었는데 그가 좋은 핑곗거리를 알려준 셈이었다. 나는 근처 약국에서 까스명수를 하나 사오겠다고 둘러대고 당구장을 나왔다. 담배나 한 대 피우고 들어갈 생각이었다.

계단이 방향을 틀어 1층 바깥쪽 인도가 시야에 드러났을 때 나는 계단 입구에 아까 그 여자가, 세중의 맞은편에 앉아 아무 눈치도 채지 못하고 태연하게 웃음만 흘리던 숏컷이 서 있는 것을 보았다. 내가 숏컷을 쳐다봤을 때 숏컷도 나를 보았고, 그녀의 눈빛이 나를 쏘아본다고 느꼈을 때 숏컷의 등뒤에서 어떤 남자가 나타났다. 여자가 남자를 향해 돌아서자 남자는 시선을 내리깔고 그녀에게 허리를 굽혔는데 여자는 여유롭게 미소를 지으며 고개를 살짝 끄덕일 뿐이었다. 남자는 여자에게 지나칠 정도의 친절함을 드러내며 그녀와 친밀한 거리감을 확보하고자 했는데 나는 이번에도, 아까 2층 이자카야에서 세중이 그녀에게 그랬던 것과 마찬가지로, 그가 그녀에게 호감을 갖고 있는 것이 아니라 뭔가 그녀에게서 얻어내고자 하는 다른 것이 있다고 느꼈다. 분명 일반적인 이성 관계가 아닌 것으로 보였다. 그렇다고 딱히 일 관계에 놓인 사람들로 보이지도 않았다. 남자는 사적인 관계를 만들려고 애쓰는 것 같았고, 숏컷의 태도도 애매했다. 그런 상황을 즐기는 것 같기도 하고 그러면서도 냉정을 유지하고 있었다.

나는 세중이 그 2층 이자카야에, 구석진 자리의 노란 불빛 아래 혼자 앉아 있는 모습을 떠올렸다. 아까 2층에서 본 장면을 되살려보면 세중이 먼저 술집을 떠났을 것 같지는 않았다. 어쩌면 2층의 유리창을 통해 여자가 남자를 만나고 그와 골목 끝으로 사라질 때까지 지켜봤을지도 모른다. 어쨌거나 세중은 2층에 있을 것이다. 화장을 지운 연극배우가 잠시 화장대 거울을 바라보듯 초점 잃은 멍한 눈으로 허공을 응시할 시간이 필요할 테고, 그러고 난 뒤에는 누군가와 대화를 나누고 싶을지도 모르고, 만일 그게 나라면 세중에게 나쁘지 않을 거라는 생각이 이어졌다.

그러나 2층의 그 안쪽 자리에 세중은 없었다. 세중과 여자가 앉아 있던 자리에는 스물을 갓 넘긴 것으로 보이는 두 남자가 마주앉아ー아까 세중과 여자가 취했던 자세와 거의 흡사한 모습으로ー뭔지 모를 진지한 이야기를 나누고 있었다. 한 사람이 길게 얘기를 했고 다른 한 사람이 고개를 끄덕이며 듣다가 자기 의견을 또 길게 쏟아놓았다. 그들의 모습이 나에게 향수를 자아낸 탓도 있고, 세중에 대해서 근거 없는 상상을 하며 그를 오해하고 싶지도 않았기 때문에 나는 복도에 나와 휴대전화를 꺼냈다.

그러나 세중은 무슨 이유에서인지 그날도 전화를 받지 않았다.

금영과 나는 맥주 두 캔이랑 비닐에 압착된 땅콩을 사서 모텔로 갔다. 둘 다 벌써 주량이 넘도록 마신 뒤였는데 동창 모임이 끝난 후면 늘 둘이 따로 남아 술을 더 마시곤 했다. 금영은 목이 마른지 객실에 들어가자마자 냉장고에서 비타500을 꺼냈다. 오랜만이라 조금 부끄럽다고 하나도 안 부끄러운 목소리로 말했다. 나도 조금 어색했고 둘 다 옷을 다 벗지 않은 채로 금방 끝냈다. 두번째로는 다시 침대로 가서 이번에는 아주 천천히 오랫동안 즐겼다. 둘 다 말 한마디 없었다. 조용히 섹스에만 열중했다.

중간에 금영이 답답하다며 창문을 조금 열어달라고 하면서 침묵이 깨졌다. 몸이 조금 달라진 것 같다고 내가 말했다. 살이 찐 건가? 자기는 잘 모르겠다고 금영이 대답했다. 나는 평소와 다른 것을 시도해보고 싶다는 생각이 들었는데 어쩐지 내키지는 않아서 그만두고 다시 움직이기 시작했다. 너도 오늘 다른 날이랑 다르다. 금영이 내 가슴

위에 손바닥을 올렸다.

근데 세중이 말이야.

금영의 입에서 세중의 이름이 나올 거라는 예상을 하지 못했기 때문에 조금 당황했다. 금영과 세중이 연락하는 사이라는 걸 몰랐기 때문이다. 얘기를 들어보니 둘이 연락하고 지냈던 것은 아니고 세중 쪽에서 갑자기 연락이 왔다는 것이다. 금영은 세중이 자기 전화번호를 어떻게 알았는지 모르겠고 자기에게 왜 그런 부탁을 했는지도 모르겠다고 말했다. 자기는 학생 때 세중이랑 말을 섞기는커녕 인사도 한 적 없었다는 것이다.

금영의 말에 의하면 세중이 최근 회사를 관두었고 요즘 새로 사업을 시작했다던데 그게 좀 이상한 것 같다고 했다. 뭐가 이상하냐고 물으니 세중이 벌인 새 사업이라는 것이 중고 물품을 매매하는 인터넷 사이트인데 거기에 회원 가입을 해달라고 전화가 왔다는 것이다. 동창인데 그런 부탁 정도는 할 수 있지, 라고 대답하니까 금영은 고가의 중고품을 받아 거래를 성사시키는 대가를 받으면서 뒤로는 물건을 값이 훨씬 덜 나가는 다른 물건으로 바꿔치기 하는 식의 사기가 최근 유행이라고 했다. 그리고 세중이 가입하라고 한 그곳이 자기가 보기에는 딱 그런 냄새가 풍긴다고도 했다.

세중이 사무실을 이전했다는 얘기는 들었지만 사업을 시작했다는 얘기는 처음 들었다. 전에 다니던 회사의 재정이 열악해지면서 사무실이 다른 지역으로 이전했다고 했었다. 나에게는 왜 사실대로 말하지도 않고 회원 가입을 하라는 권유도 하지 않았는지 모를 일이었다.

너 세중이랑 친하지 않았어?

금영이 슬며시 나를 뒤로 밀어 눕히고 허리를 움직이기 시작했다. 어둠 속에서 흔들리는 그녀의 하얀 몸이 내가 만질 수 없는 거리에 있는 것처럼 멀리에 있다고 느껴졌다.

세중이랑 친하지 않았냐고?

나는 뭐라고 대답을 해야 할지 몰라서 이번에는 내가 그녀를 뒤로 밀어서 눕히고 그 위에 엎드렸다.

맥주를 더 사러 간다고 나와 복도에서 세중에게 전화를 걸었다. 벨이 수차례 울렸지만 세중은 역시 받지 않았다. 엘리베이터 문이 열리고 한 쌍의 남녀가 열쇠에 쓰인 숫자를 찾아 방으로 들어갔다. 나는 통화 버튼을 한번 더 눌렀다. 자정이 넘은 시간이었고 그 시간에 세중에게 전화를 걸어본 적은 없었다. 취기를 빌려 용기를 냈던 것이다. 방음이 잘 되지 않는지 옆방에서 나는 소리가 꽤 선명하게 들렸다. 들어갈 때는 몰랐는데 벽지가 바랜 정도를 보니 꽤 오래된 모텔 같았다.

어쩌면 그 모텔 복도 풍경의 영향이었는지 모르지만, 내가 버려졌다는 느낌이 들었다. 사실 그 시간에 전화를 건다면 전화를 안 받을 확률이 받을 확률보다 분명 높을 것이다. 하지만 이대로 세중과의 관계가 정말로 끝나버리는 것은 아닌가 하는 생각이 들었다. 세중이 곤경에 처한 건 분명했고 그 과정에서 나와 거리를 두고 싶어하는 것 같았다. 하지만 이런 식으로 관계가 정말 끝나버릴 수도 있었다. 어떻게 해서든 그런 생각을 떨쳐내고 싶었는데 그 순간 내게 유일한 방법은, 오직 그와 통화를 하는 것뿐이라고 생각했다. 나는 다시 휴대폰을 들고 세중의 전화번호를 눌렀다. 그는 이번에도 역시 전화를 받지 않았다. 나는 전화를 끊었다가 다시 통화 버튼을 눌렀다. 통화 연결음이 계속해서 반복되었다. 열을 세면서 그 소리에 귀를 기울이고 열이 되면 다시 세중의 번호를 눌렀다. 그리고 다시 전화를 걸었다. 걸고, 걸고, 또 걸고, 걸고, 다시 걸었다.

너 여기서 뭘 하고 있어?

금영이 어깨를 쳤을 때에야 나는 정신이 들었다. 맥주는? 나는 못된 짓을 하다가 들킨 사람이 당황한 내색을 하지 않기 위해 과장되게 밝은 표정을 짓는 것처럼 금영을 향해 환하게 웃어 보였다. 금영도 내게 환한 미소를 되돌려주었다. 금영은 나를 걱정해서 나온 것은 아닌지 내게 알은척만 잠깐 한 뒤에 몇 걸음 떨어져서 휴대폰을 꺼내 들었다. 통화를 하려고 나온 모양이었다.

금영은 휴대폰을 오른쪽 옆얼굴에 갖다 대고 떠들기 시작했다. 간간이 웃음이 터졌고 또 간간이 침묵이 이어졌다. 그 모습을 보자 나는 엉뚱하게도 내가 마땅히 가져야 하는 것을 갖지 못했다고, 부당한 이유로 그러나 그 이유조차 알지 못한 채로 그 무엇을 억울하게 빼앗겼다고 느꼈다. 이를테면 투표권이나 아파트의 분양권, 거리를 마음놓고 활보할 수 있는 권리같이 누구나 누리는 기본적인 것을 말이다. 이 세상에서 오로지 나 혼자만이 그것을 갖지 못했다. 나는 스물아홉 개의 미연결된 발신 전화 기록을 지우고 방으로 들어갔다.

스물아홉 통의 전화를 받고도 대답이 없다는 것은 명백한 의사 표시라는 사실을 알면서도 군이 얼굴을 보고 확인해야겠어서 퇴근길 집으로 가는 대신 세중의 회사 근처에서 내렸다. 계획된 일정은 아니었고 충동적으로 그렇게 했다. 버스를 타고 가다가 전에 세중과 술을 마시던 주점을 발견했던 것이다.

　그날도 우리는 술을 마시기로 했고 세중이 일이 늦게 끝나는 바람에 내가 그의 회사 근처에서 기다리다가 만났다. 세중은 주점—바깥에 의자를 내놓고 앉는 구조였다—의 테이블에서 건너편의 15층짜리 건물을 가리켰다. 그 건물 7층에 사무실이 있다고 말했다. 러키 세븐. 건물을 향해 내가 중얼거리자 세중의 얼굴이 어두워졌다. 그에게는 7이라는 숫자가 불길하게 느껴진다고 했다. 다들 7이 행운을 상징한다고 여기니까 오히려 그 숫자를 피하고 싶다고 말했다.

　그저 그의 얼굴을 보고 싶었던 것인지, 그가 곤경에 빠진 것을 돕고 싶었던 것인지 아니면 나를 대하는 태도에 대해 어떤 설명을 듣고 싶었던 것인지 정확히 알지 못한 채 열심히 다리를 움직였다. 마침내 세중의 회사 건물 앞에 도착했을 때 나는 조금 두려웠다. 그가 어떻게 반응할지 전혀 예상을 할 수가 없었다. 나는 로비의 구석에 세워진 기둥 옆에 서서 무작정 세중을 기다렸다.

　세중이 엘리베이터에서 내려 로비에 내려섰을 때 나는 그에게 아는 척을 할 수 없었다. 그의 옆에 숏컷이 있었기 때문이다. 그리고 숏컷 옆에는 그날—회식이 끝나고 당구를 치러 갔던 날—거리에서 본 덩치도 있었다. 그들 세 사람은 제법 진지하게 얘기를 나누고 있었는데 세중이 딱히 눈에 띌 것 없는 무채색 톤의 정장을 입고 제법 어깨도 당당히 펴고 이야기를 주고받는 모습을 보니 세중과 숏컷이 종속 관계로는 보이지 않았고 발언권이 만만치 않은 것 같았다. 전보다 건강해 보였고 혈색도 좋았다. 깔끔하게 다려 입은 정장도 잘 어울렸다. 잠시 로비에 서서 뭔가 더 의논하더니 그들은 곧 인사를 나누고 헤어졌다. 숏컷과 덩치가 먼저 건물을 떠났고 혼자 남은 세중이 잠시 그 자리에서 꼼짝도 않았다.

세중이 나를 본 게 아닐까 생각했을 때 그는 재빨리 건물 밖으로 나갔다. 나는 통유리 벽을 통해 계속 그를 지켜봤다. 그는 급히 인도를 가로지르더니 도로변에 걸쳐 섰다. 택시를 잡으려는 것 같았다. 한참을 서성였으나 택시는 오지 않았다. 나는 회전문을 밀고 밖으로 나갔다.

갑자기 그가 팔을 들더니 위아래로 흔들었다. 택시가 없는데도 그런 행동을 한 것은 아마 나에게 보여주기 위해서였다고 생각한다. 나는 그가 처음부터 택시를 탈 생각이 없었는지 모른다고 생각했다. 내게 물러설 시간을 주기 위해 그런 행동을 하고 있었던 것이다. 나더러 그냥 가라고 말이다. 세중은 승용차들만 지나가는 거리에서 계속 헛손질을 했다.

내가 그에게 묻고 싶었던 것, 왜 내게 자기 얘길 하지 않았는지, 나를 피하는 이유는 뭔지, 대답을 전혀 듣지 못했지만 그것 자체가 충분히 대답이 되었다. 비로소 세중과 나 사이에 일어난 일을 이해했던 것이다. 세중은 점점 더 빠르게 팔을 휘저으면서 나를 완강하게 밀어내고 있었고, 꼭 그래서는 안 될 이유는 없었다.

그때 세중 앞에 택시가 섰다. 세중이 잠시 멈칫했던 것은 그게 모범택시였기 때문이었다. 그는 원래 모범택시를 타지 않으니까. 세중이 보지도 않고 헛손질을 하는 바람에 엉뚱한 택시가 그의 앞에 나타났다.

세중은 문 손잡이에 손을 얹고 잠시 망설였다. 그는 문을 열었고 택시 안에 몸을 실었고 곧이어 문이 닫혔다. 노란 띠를 두른 검은 세단이 세중을 태우고 사라졌다.

여기까지 오게 된 것은 나의 문제일 수도 있었다. 나라는 사람은 어떤 사람과 결별을 하는 데 이런 장면을 필요로 하는 것이다. 그가 가버리자 나는 갑자기 속이 텅 비어버린 기분이었다. 주변을 두리번거리자 본격적인 러시아워가 시작되었기 때문인지 거리를 지나는 사람들의 수가 눈에 띄게 늘어나 있었다. 나는 거리를 걷는 대다수의 사람들이 손에 전화를 들고 있는 것을 보았다. 그들이 누군가와 통화를 하고 있는 것을 보았다. 통화를 하면서 말하고 듣고 웃고 고개를 끄덕이는 모습을 보았다.

나는 주머니에 든 전화기를 꺼냈다.

그리고 다시 세중에게 전화를 걸었다. 통화 연결음이 울리기 시작하자 나는 내가 또 그에게 전화를 걸고 있다는 사실이 몹시 부끄러웠고 두렵기까지 했다. 그가 전화를 받지 않을까봐 무서웠다. 내가 더이상 그에게 할 다른 일이 남아 있지 않았기 때문이었다.

그는 전화를 받지 않았다. 나는 갑자기 정신이 맑아지면서 그에게 사과를 받아야겠다는 생각이 들었다. 나는 그에게 이런 취급을 당할 만한 행동을 하지 않았다. 억울했다. 나는 세중에게 다시 전화를 걸었고, 그는 역시 전화를 받지 않았고, 나는 잠시 숨을 고른 뒤에 또 전화를 걸었다.

전화 거는 것을 그만두고 싶어졌을 때쯤 세중이 전화를 받았다. 세중은 수화기만 들고 있을 뿐 뭐라고 대꾸가 없었다. 세중이 전화를 받을 거라고 생각하지 못했기 때문에 오히려 당황한 쪽은 나였다. 나는 웃었다. 세중이 따라 웃지 않자 나는 멋쩍어지고 말았다.

무슨 일이야.

세중이 물었다. 형식적인 질문이었다. 평소와 말투가 달랐다. 옆에 누가 있느냐고 내가 물었다. 그가 택시를 타고 있다는 것을 알면서 그렇게 물었다. 세중은 음, 이라고 긍정인지 아닌지 모를 한 음절을 내뱉었을 뿐 자세한 설명이 없었다. 나는 목소리를 밝게 꾸미고 통화를 하기 불편한 모양이니 나중에 다시 걸겠다고 말하고―그는 역시 음, 이라고 대답했다―끊었다.

그토록 원했던 세중과의 통화는 그렇게 허무하게 끝나버리고 말았다. 나는 아무 생각도 할 수 없었고 내가 왜 그렇게 그와 통화를 하려고 열을 올렸는지조차 알 수 없었다. 전화를 끊고 난 뒤에는 허탈해서 웃음이 다 나올 지경이었다. 나의 더듬거리는 목소리와 오랜 시간 고민해서 소중하게 준비한 선물처럼 조심스럽게 꺼낸 한마디가 받지 않은 통화 연결음을 대신해 귓전을 떠돌았다.

'통화를 하기 불편한 모양이니 나중에 다시 걸겠다'는 그 문장을 떠올리면 지금도 어이가 없다. 통화를 하기 불편한 모양이라고? 그게 무슨 소린가. 세중은 히터가 나오는 모범택시 뒷좌석에 편안히 앉아 있었다. 그보다 통화를 하기 좋은 장소가 어디란 말인가. 나중에 다시 걸겠다고? 그런 일은 이제 일어나지 않을 것이다.

어째서 이렇게 거창한 열정과 집착의 끝이 이토록 간소하고 보잘것 없어지고 말았을까. '음'이라는 한 음절에 담긴 세중의 음성을 들었을 때 내 감정은 영문을 모를 만큼 부피가 줄었다. 어떻게 그런 일이 가능했을까. 그와 만나고 얼굴을 보고 얘기하기를 원했던 그 많은 시도

들이 이렇게나 작고 작아져서 단 한 문장만으로 끝나버렸다. 내 전화기에 남아 있는 그 많은 부재중 전화들이 전하려던 메시지는 고작 '나중에 다시 걸겠다'였다.

전화를 끊고 나서 나는 한참 동안 그 자리에 서 있었다. 영하의 날씨였지만 추위를 느끼지 못했을 뿐만 아니라 소리도 잘 들을 수 없는 지경이었다. 꼼짝 않고 오랫동안 그 자리에 서서 지나가는 사람들을 멍하니 바라보았다.

일주일간 나는 가벼운 몸살을 앓으며 내가 얼굴을 모르는 사람들의 꿈을 꿨다. 매일 한 사람씩이었는데 각기 다른 표정을 한 아주 선명한 얼굴이었다. 하지만 나는 그 사람들이 누군지 알 수 없었다. 내 꿈속에 나왔던 그 많은 사람들, 내가 얼굴을 모르는 그 사람들이 누군지는 시간이 좀더 지난 뒤에 알게 되었다. 그건 그날 거리를 걸어가던 사람들이었다. 그 시각에 우연히 내 곁을 지나간 사람들의 다양한 표정과 몸짓들이 나의 궁핍한 내면을 채워주었던 것이다.

나는 아직도 그날의 거리를 사진으로 찍은 것처럼 매우 선명하게 떠올릴 수가 있다. 거리에는 담배를 말 종이처럼 하얀 겨울나무가 빛도 없이 조용히 빛나고 있었고 가끔 경적 소리가 리드미컬하게 움직이는 인파의 흐름을 간헐적으로 흐트러뜨렸다. 그 거리를 바라보며 나는 세중이 왜 전화를 받지 않는지 대신 내가 왜 그렇게 세중에게 전화를 걸어댔는지 그 이유를 물었다. 또 그가 전화를 받았을 때 왜 엉뚱한 말을 하고 그냥 끊어버렸는지 물었다. 왜 그랬느냐고 물었다.

왜였을까. 그의 음성이 어색하게 들려서 주눅이 들고 당황했기 때문이었을까. 그래서 그와 나 사이에는 어울리지 않는 그 빈껍데기 같은 문장밖에 말하지 못한 걸까. 내 진심을 전할 상황이 아니라고 생각했던 걸까. 내 진심을 그렇게 가난하고 납작하게 만든 것은 전적으로 세중의 탓이기만 할까.

그렇지 않았다. 그날 거리에 서서 알게 된 것은 그 통화 이전에 내가 세중에 대해 생각하던 것들이 오히려 여러 가지 상황에 의해서 본의 아니게 과장되고 부풀려진 것에 가깝다는 사실이었다. 세중이 전화를 받았을 때 내 입에서 나온 목소리, 그러나 내 입에서 나왔다고 생각되지 않는 그 아무 의미 없는 문장이 실은 세중에 대한 내 진심과 더 닮아 있을지 모른다는 생각이 들었고, 그 사실을 받아들이기 위해서 나는 영도의 한파를 맞으며 세 시간동안 거리에 붙들려 있었다.

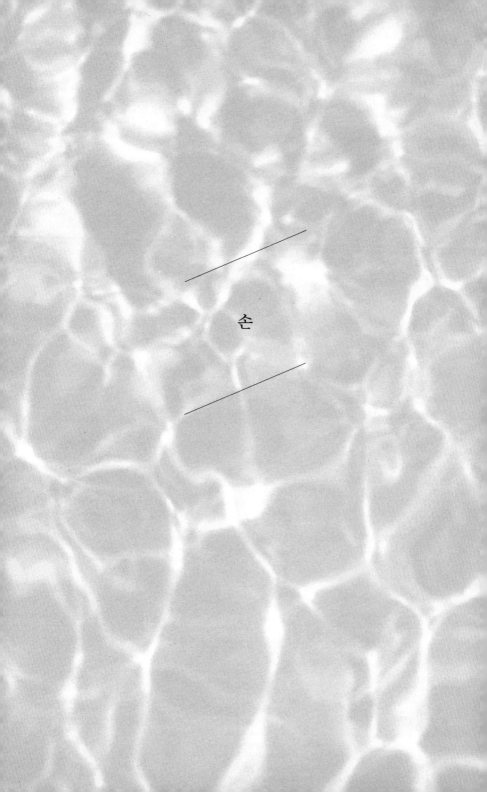

손

동트기 전 어두운 새벽이면 조무래기들 다섯이 몰려와 내 집 근처를 아지트 삼은 지 벌써 한 달이 훨씬 더 지났다. 아이들은 남자가 둘, 여자아이가 셋이다. 하지만 한 번도 그애들을 직접 본 일은 없다. 목소리만 듣고 알게 된 몇 가지 사실이 전부다. 그 사실들은 다음과 같다.

아이들이 어울려 놀기 시작한 것은 비교적 최근의 일이다.

남자아이 하나와 여자아이 하나가 서로 대장 노릇을 하려고 신경전을 벌이곤 한다.

남자아이 둘이 유독 친밀한 관계를 맺고 있다.

그 둘은 형제일 가능성이 높다.

다섯 중 하나는 유독 결속 관계가 약해 나머지 아이들과 섞이지 못한 채로 뒤꽁무니를 쫓아다닌다.

그 아이는 체구가 나머지 아이들과—크든 작든 간에—많이 차이

난다.

내가 아이들에 대해서 알고 있는 것은 이 정도다. 잠들지도 깨지도 못하는 반수면 상태에서 아이들이 떠드는 소리에 귀를 기울이는 시간이 계속되다보니 눈으로는 한 번도 확인하지 못한 것들을 거의 기정사실로 여기게 되었다. 나는 이 아이들을 아주 가까이에서 직접 바라본 것처럼, 꽤 오랜 시간을 두고 그랬던 것처럼 친근감을 느끼기까지 했다.

소리만 듣고도 알 수 있었다. 그애들이 평소보다 가깝게 모여 앉아 있다든가, 어떤 날에는 각기 자신들의 놀이에만 집중하느라 서로에게는 별 관심을 두지 않은 채 미지수가 네 개인 부정방정식 그래프와 같은 모양으로 산만하게 흩어져 있다는 것, 두셋씩 나뉘어 경계를 만들고 실수로 그 선을 넘어서지 않는지 신경전을 벌이기도 한다는 것을. 수군거리는 소리와 토라지는 소리, 쏘아붙이는 소리, 일부러 즐거워지려는 소리와 자신의 몸보다 커져버린 흥분을 견디기 못하고 내지르는 금속성의 탄성 같은 것들이 이 다섯 아이들의 모습을 꽤나 선명하게 눈앞에 그려놓았다.

그날 출근길에 나는 평소 무심히 지나쳤던 화단 앞에서 멈춰 섰다. 꺼림칙한 기분이 드는 무언가가 시야에 들어왔던 것이다. 나는 본능적으로 그것을 보고 싶지 않다고 생각했는데 그 생각을 배반한 채 발은 이미 화단 앞에 놓여 있었다.

내가 본 것은 참새의 사체였다. 하얀 배를 모로 하고 누운 참새는 아주 작았고 밤새 내린 비 때문인지 깃털이 축축하게 젖어 있었다. 익사한 뒤 파도에 떠밀려온 시체처럼 참새는 고단한 여정을 끝내고 마침내 편안한 휴식을 취하는 중이었다. 죽은 참새를 보고 휴식을 떠올린 데에는 당시의 내 상황이 어느 정도 투영되어 있을 것이다. 전날 거의 밤을 새다시피 했으니까.

무덤이라도 만들어줘야 하는 게 아닌가 생각했지만 출근길이 바빴다. 지각을 하고 싶지는 않았기 때문에 그냥 지나쳐버리고 말았지만 회의 시간에도 점심시간에도 근무하는 내내 계속 참새가 생각났다. 부풀어오른 흰 배와 젖어 있는 짧은 깃털의 촉감이─만져보지 않았는데도─생생하게 되살아났다. 오그라든 다리는 땅에 닿지 못한 채였다. 오직 날개만, 단정하게 접은 날개만이 여전히 살아 있는 것처럼 정서를 간직하고 있었다.

아이들 짓일까? 새벽녘 아이들이 두런거리면서 한 일은 공터의 모래로 성을 쌓아올리고 버려진 물건들로 거기에 장식을 다는 일이 아니라 비에 젖은 참새에게 못된 장난을 치고 가엾은 목숨을 빼앗는 일이었을까? 그러고 보면 오늘따라 아이들의 목소리는 다른 날과 달리 진지했다. 아이들에게 무슨 일이라도 있었던 걸까? 그래서 참새에게 화를 풀려 든 것일까? 원하는 대로 할 수 있는 것이 거의 없는 시기의 울분을 자기보다 힘이 약한 존재에게 돌리고 만만한 화풀이 대상으로 삼은 것일까?

아니다. 그럴 리 없다. 이것은 완전히 그른 판단이다. 참새를 죽인 게 아이들 짓일 리 없다. 나는 아이들의 내면에 다른 생명이 고통을 받으며 죽어가는 과정을 즐길 정도의 잔인한 무엇이 있다고 생각하지 않는다. 아이들의 잔인함은 무지에서 나오는 것이지 타인의 고통을 즐기려는 이유로 행사되지는 않는다. 나는 아이들의 목소리를 다시 빌라의 공터로 안전하게 되돌려주었다. 그리고 그들에게 어울리는 다른 놀이를—집 뺏기나 모래 굴 만들기 같은 것을—함께 내려놓았다.

죽어가는 참새를 바라보면서 즐기는 시선은 성인의 것이다. 다른 사람들의 곤경을 바라보며 킬킬거리는 성인들, 다른 이들에게 수치심을 주면서 우월감을 느끼는 성인들 말이다. 불필요한 질서를 만들고 거기에서 벗어났다는 이유로 엉뚱한 적의를 뒤집어씌워 제물로 삼는 성인들 말이다. 나는 먹잇감을 찾아 쓰레기봉투를 들쑤시는 길고양이처럼 매일 빌라 앞을 서성이는 6층 남자를 떠올렸다. 그 남자는 내가 보기에 딱히 직업이 없었다. 다른 일을 구하기 위해 쉬는 중인지 아니면 인생의 남은 시간을 더이상 노동에 할애하지 않아도 될 정도로 상당한 액수의 저축을 해놓은 건지는 모르지만 그에게 일정한 직업이 없다는 사실만은 명확했다. 그의 유일한 취미는 드라마 시청이었다. 그 외에는 아무것도 하지 않았다. 그는 나를 만나면 드라마 얘기부터 꺼냈다. 마치 드라마 속 사건이 실제로 일어난 일인 듯 흥분하며 그전날 시청한 내용에 대해 토론하기를 원했다. 그가 최근 빠져 있는 것은 미국의 범죄 드라마였는데 각기 다른 결점을 가진 세 명의 형사가 협력함으로써 아슬아슬하게 수수께끼를 풀어가는 구조였다. 그 드라마는 매번 비슷한 흐름으로 전개되는 것 같았는데 그 점이 그에게는 치명적이었다. 매회 유사하게 반복되는 드라마의 익숙한 리듬이 그에게 상당한 안도감을 주었던 것이다.

그는 드라마의 등장인물들이 어떤 말을 하고 어떤 표정을 지을지까지 완벽하게 알 수 있다고 털어놓았다. 한 회를 열 번도 넘게 다시 본다는 것이다. 대사를 외울 수도 있다고 했다. 앨리라는 이름의 형사가 어떤 부분에서 얼마만큼 쉬었다가 다시 얘기를 시작하는지를 흉내내고, 또 레이나라는 형사가 웃음을 터뜨리기 몇 초 전에 코끝을 찡그리는지 타이밍을 정확히 맞출 수 있다고 자랑할 때 나는 그가 어떤 면에서는 부러웠다. 그가 완전히 예측 가능한 세계 속에 살고 있다는 점 때문이었다. 나는 최근 사무실에서 꽤 친하게 지내던 박이 퇴사 처리를 하지도 않은 채 회사를 떠나버린 일에 큰 충격을 받았다. 내 손으로 박의 퇴직 신고를 했고 박을 보지 못한 지 이 주일이나 더 지났지만 박의 그림자에서 벗어날 생각조차 하지 못했다. 그는 여전히 내 동료였고, 문제가 닥치면 그가 내게 어떻게 조언했을까를 추측해 답을 찾았다.

6층 남자는 드라마 속 세계에 의지하고 있었기 때문에 조금도 위험하지 않았다. 드라마의 영상 파일은 컴퓨터의 하드드라이브 안에 안전하게 저장되어 언제든 컴퓨터를 켜고 노란 서류봉투 모양의 아이콘만 클릭하면 어제와 정확히 같은 것을, 완전히 동일한 장면을 다시 볼 수 있었기 때문이다.

하지만 다음 장면이 완전히 예측 가능한 드라마의 화면은 아무것도 그려지지 않은 흰 벽과 같이 결국 그를 못 견디게 만들었고 그는 또다른 취미생활을 개발해냈다. 그는 아무도 요청한 적 없는 빌라의 보안관 역할을 자청해서 수행했다. 특유의 목적 없는 표정으로 단지 곳곳을 기웃거리다가 자기가 생각하기에 질서를 흐트러뜨리는 일이 발생하면, 그게 아무리 작고 사소한 일이더라도, 아니 작고 사소하면 할수록 더더욱 열과 성을 다하여 사명감을 발휘했다.

6층 남자는 그날도 빌라 입구에 서 있었다. 무슨 이유에서인지 잔뜩 화가 나 있었고 입안에는 아직 튀어나오지 않은 욕설이 흥건히 고

여 있었다. 나는 그를 피하고 싶었지만 그는 내가 지나가야 하는 동선에 서서 나를 기다리고 있었다. 나는 불필요한 감정을 교환하는 걸 즐기지 않았지만 불필요한 갈등 또한 원치 않았으므로 그와 인사를 나누는 수밖에 없었다.

그가 화난 이유는 어떤 이가 재활용 봉투를 사용하지 않고 폐기물을 버렸기 때문이라고 했다. 그는 볼멘 얼굴로 드라마 대신에 분리수거 얘기를 쏟아냈다. 그는 아직 삼십대였다. 인생에서 중요한 한 시기를 그런 종류의 일에 몰두해 보낸다는 것이 나는 놀라웠다. 나는 그런 그의 행동을 자학이라고 이해했다. 스스로를 우스꽝스러운 한량으로 만듦으로써 자신의 처지와 자책감을 잊으려는 것이라고 말이다. 나는 당장 2층에 있는 내 집으로 올라가고 싶었다. 나는 불필요한 데 에너지를 쓰는 자를 신뢰하지 않았다. 인생이 길다고 여기는 자들과는 어울리고 싶지 않았다.

나는 남자와 내가 이야기를 나누고 있는 장소가 아침에 참새의 사체를 발견한 곳이라는 생각을 하고 있었다. 6층 남자에게 출근길에 마주친 죽은 참새에 관해, 물에 젖은 채로 먼 나라의 꿈을 꾸었던 작은 새에 관해 물으려다가 어리석은 짓인 것 같아 그만두었다.

그가 참새를 봤을까?

그가 만약 참새를 봤다면 죽은 참새를 어떤 쓰레기통에 분류해야 하는지 고민했을 거다. 죽은 참새는 음식물쓰레기가 아니고 일반쓰레기도 아니고 재활용도 되지 않으니까 그에게 혼란을 주었을 것이다. 그의 상상력은 협소하기 그지없어 참새가 죽기 전에는 살아 있었다는 것조차 생각지 못했을 것이다.

"무슨 수를 써서라도 잡아낼 겁니다."

그때 헤드라이트 불빛이 우리 두 사람을 비추었다. 눈을 감았다가 다시 떴을 때 6층 남자는 반가운 소식을 들은 것처럼 얼굴에 생기가 돌았다.

"오늘은 드디어 꼬리를 잡을 수 있겠습니다."

남자의 목소리가 목울대를 울리며 가늘게 떨렸다. 코란도의 등장이 그에게 희열을 준 모양이었다. 나는 6층 남자를 따라 코란도에서 내리는 한 남자를, 이십 년 전에 유행했던 갈색 무스탕을 입고 재킷과 동일한 색으로 머리카락을 염색한 사십대 초반의 남자가 습관인 듯 미간을 찌푸린 채 차문을 잠그는 모습을 보았다.

6층 남자는 나에게 인사도 하지 않고 무스탕을 뒤따라갔다. 6층 남자가 그토록 집중하는 모습은 처음 보았다. 그는 신령 같은 것에 홀려서 보이지 않는 것을 따라가는 것처럼 보였다. 나 또한 무스탕을 보고 있었고, 무스탕은 분명히 실재하는 사람이었지만, 그게 6층 남자가 뭔가에 홀렸는지 아닌지를 판단하는 기준이 될 수는 없었다.

분리수거에 집착하는 6층 남자가 그리웠다. 그토록 꼴 보기 싫어했던 그 모습을 다시 보길 원했다. 분리수거를 향한 별 볼 일 없는 집착이야말로 그를 이 세계에 붙들어주고 있었다. 잘못된 자리에 놓인 얇고 반투명한 비닐봉투들이 유일하게 그가 좇고 싶어하는 허황된 어떤 세상으로부터 그를 현실에 붙잡아두고 있었다. 무스탕의 뒤를 따르는 6층 남자의 걸음걸이는 소름이 끼칠 만큼 가벼워서 도저히 땅을 딛고 있는 것으로는 보이지 않았다.

이제 박의 자리에는 박이 아닌 다른 이가 앉아 있다.

그의 이름은 '하'라고 했다.

중키에 마른 체구의 남자였다. 사장은 새로 입사한 직원이라며 그를 내게 소개시켜주었다. 박이 떠났다는 것을 받아들이지 않으면 안 되는 시점이었다. 나는 되도록 친절해지려고 애썼지만 불편한 감정은 어떻게든 드러나게 마련이어서 나와 악수를 나누는 하의 얼굴은 밝지 않았다. 주고받은 다정하고 예의바른 말들에 비해 우리 두 사람의 어깨는 너무 딱딱했다. 둘 다 입꼬리를 올리고 미소를 짓고 있었지만 눈빛은 허공에서 엇갈렸고 마주잡은 두 손은 나사가 풀린 경첩처럼 헐거웠다.

하가 손을 거두어갈 때 나는 작은 물고기가 유연하게 몸을 움직이는 것을 연상했다. 그 부드럽고 유연한 감각은 수면 부족으로 흐려진 정신을 깨울 정도로 낯설고 강렬했다. 각지고 날카로운 인상과 달리 그의 손은 지나치게 부드러웠다. 전혀 예상하지 못한 곳에서 쾌감을 느끼자 나는 당황스러웠다. 그에게는 아무런 의도도 잘못도 없다는 걸 알면서도 속았다는 생각이 들었다.

하의 손은 계속 나의 시선을 이끌었다. 그는 박의 후임이었으므로 내 옆자리에 앉았는데 보지 않으려고 방향을 바꾸어 앉아도 자꾸만 그의 손이 시야 안에 들어왔다. 하의 손은 근육이 거의 없는 것처럼 보였고 손톱을 어찌나 바싹 깎았는지 손톱의 끄트머리에 붙은 살에 벌겋게 성이 나 있었다.

나는 다음주에 진행할 외부 행사의 배치도를 작성하고 있었지만 신경은 온통 하의 손이 움직이는 경로에 붙들려 있었다. 그는 책상 위에

330밀리리터짜리 핸드크림을 세워놓고 십오 분에 한 번씩 손등에 발랐다. 손이 건조해서 그러는 건지 심리적인 이유 때문인지는 알 수 없었다. 바닐라 향이 코끝에서 근질거릴 때마다 나는 온 신경을 하에게 빼앗겼다. 나중에는 그가 일부러 그런 짓을 하는 건 아닌지 의심스러웠다. 겨우 집중을 해서 일을 시작하려 치면 그는 타이밍을 정확히 알아챘다는 듯 핸드크림을 집어들었다. 코끝으로 밀려드는 바닐라 향에 긴장이 풀어지면서 겨우 모니터로 되돌려놓은 의식을 다시 빼앗겼다. 나는 이상한 종류의 고문을 받고 있다고 느꼈다. 그가 치졸하고 손쉬운 방법으로 나를 무력하게 만들고 있다고 여겨 마음속으로 하를 두려워하게 되었다.

하에 대한 불합리한 의심은 박에 대한 그리움 때문일 수도 있었다. 다른 사람들은 박을 뻔뻔스러운 범죄자 취급했지만 나는 박에게 나쁜 감정을 가지고 있지 않았다. 그에게는 요즘 사람들에게서는 좀처럼 보기 힘든 곤조라는 것이 있었다. 그는 적어도 다른 이들이 허튼소리를 지껄일 때 그 허튼소리를 지껄이는 이들이 다수거나 자기보다 높은 지위에 있다는 이유로 동조하지 않았다. 그는 자기가 아니라고 생각하는 일에 무심코 고개를 끄덕이는 일이 없었다. 단 한 번도 없었다. 단 한 번도라는 점은 상당히 중요하다. 그 사소한 태도가 박에 대한 거의 모든 것을 말해주었다. 나는 박의 굳건한 의지를 존경했다. 그것은 지금도 마찬가지다.

물론 그가 무책임한 행동을 했고 그 행동이 법에 위배되었으며 그로 인해 다른 사무실 사람들에게 피해를 입혔다는 사실을 부정할 생각은 없다. 나 또한 그를 미워할 수 있게 되기를 바랐다. 하지만 내 안에서 박은 여전히 요지부동으로, 견고하고 흔들림 없는 안락의자에 고상하게 다리를 꼬고 앉아 있었다. 나는 그를 어떻게 일으켜세워서 어디로 몰아내야 좋을지 몰랐다. 내면의 혼란한 감정을 정리하는 데에는 시간이 필요했다. 지금 당장 박을 몰아내기에는 박에게 기대고 있는 부분이 너무 많았다. 나는 박을 미워해야 한다는 걸 알면서도 박을 몹시 그리워했고 그러면서 그 그리움에 대해 죄책감까지 느끼고 있었다.

나는 박이 내게 했던 말, 그가 나중에 회사를 차리게 된다면 나를 실장 자리에 초빙하고 싶다고 말했던 것, 그의 사업 계획과 그 계획이 어떻게 오 년 안에 실행될 수 있는지 근거를 들어가며 설명했던 것, 경험을 쌓기 위해 이 회사를 견학중일 뿐 절대 여기서 끝이 아니라고 했던 유쾌한 호언장담 같은 것을 떠올리면 내가 어떻게 그런 뻔하고 손쉬운 장난에 놀아났는지 어이가 없었지만, 그를 허언증 환자에 공금을 횡령한 범죄자라고 인정할 용기는 없었다. 그건 나 자신에 대한 사망 선고와도 같았으니까.

하에게 업무를 설명하는 일은 내가 맡았다. 그가 처음 시작해야 하는 일은 회원 접수를 받고 전체 인원의 변화 추이를 정리하는 일이었다. 일이 지루할 수도 있다고 조언하자 그는 단순한 일이 오히려 좋다고 했다. 혹시 저녁에 공부하는 게 있느냐고 물었더니 하의 얼굴이 붉어졌다. 몸이 약한 편이어서 다른 사람들처럼 자기 계발이나 취미생활 같은 걸 따로 하지는 못한다고 대답했다. 그 말을 할 때 하는 나에게 미안해하는 것처럼 보였고 그 점 때문에 그에 대한 신뢰가 떨어졌다.

하에 대한 불합리한 감정이 점점 커져가는 것과는 별개로 그에 대한 사소한 것들을 몇 가지 알게 되었다. 어떤 질환을 앓고 있는지는 모르겠지만 식사 시간 전에 알약을 챙겨 먹는다는 것—비타민제 같은 영양제일지도 모른다—, 점심식사로 도시락을 싸오고 테이크아웃 커피 대신 사무실의 티백 커피를 이용할 정도로 살뜰해 무리한 용돈 지출은 절대 하지 않는다는 것, 오 년 이상 사귄 여자친구가 있다는 것 정도였다. 꼬박꼬박 존대를 하기에 사귄 지 얼마 안 되었거나 상대가 연상이라고 생각했는데, 그게 아니라 긴장감이 풀리는 것을 방지하는 의미에서 일부러 존댓말을 사용한다고 했다. 여자 쪽에서도 하에게 존대를 하는지 묻자 하는 멋쩍게 웃으며 그건 제 쪽의 원칙일 뿐이지요, 라고 대답했다.

아이들은 매우 흥분한 상태였다. 무얼까. 그애들의 입에서 연신 터져나오는 고음은 무얼 뜻할까. 저희들끼리의 작은 난장판에서 어떤 일이 벌어진 걸까. 그게 뭔지는 모르겠지만 분명히 무언가 달라졌다. 아이들이 다른 아이들에 대해 간섭을 시작했다. 전에 그애들을 연결시켜주던 느슨하고 평화로웠던 연대감이 어떤 이유에서인지 서로를 불쾌하게 하거나 놀라거나 당황하게 만드는 쪽으로 변질되었다. 거칠게 내지르는 명령, 반감을 참지 못하고 쏟아내는 어설프게 흉내낸 욕설, 어색함을 감추기 위해 더욱 소리를 높여 되돌려주는 분노 같은 것들로 공터는 포화 상태였다.

우두머리 역할을 하던 아이가 밀려났을 수도 있다. 한 아이가 다른 한 아이를 대하는 방식이 달라지면서 그 일이 기존에 다섯 아이들이 만들어놓은 질서에 다른 파장을 일으켰는지도 모른다. 조숙한 두 아이가 서로에 대한 감정을 확인했을 수도 있다. 어쨌거나 예기치 않은 순간에 내지르는 괴성은 아이들이 스스로 감당하지 못할 양의 자극을 받고 있다는 걸 의미했다.

아이들이 만드는 불유쾌한 소음이 자제력을 앗아가버렸다. 나는 더이상 참을 수 없었다. 실은 그렇게 판단하기도 전에 몸부터 일으켰다. 당장 밖으로 나가서 으름장을 놓고 아이들을 쫓아낼 생각이었다. 하지만 방을 나서려고 문고리를 붙잡는 순간 모든 소리가 멈췄다. 마치 내내 나를 지켜보고 있었다는 듯 내가 더이상은 참지 못한 그 순간을 기가 막히게 알아채고 아이들이 사라져버렸던 것이다.

그날 아침 화단 앞에는, 파헤쳐진 흙더미 위로 죽은 참새가 떠올라 있었다. 누군가 참새의 무덤을 파헤친 것이다. 부패한 참새는 처음에 봤던 참새와 같은 것이라고 생각하기 어려울 정도로 손상되어 있었다. 전체적인 형태는 겨우 유지하고 있었지만 썩기 쉬운 부분만이 누군가 골라 떼어낸 것처럼 움푹 패어들어갔다. 손상된 피부 위로 흩어져 있는 깃털은 오히려 참새를 초라하게 보이게 했다. 형태가 뭉그러진 사체는 요전날 보았던, 죽은 참새가 지니고 있던 어떤 품위를 완전히 잃어버린 채였다. 나는 그것을 보고 싶지 않았고 불쾌한 냄새가 코를 찌르기 전에 시선을 거두었다.

나뭇가지를 하나 꺾어 땅을 파기 시작했다. 파고들어갈수록 흙은 축축했고 겉흙과 달리 희끄무레한 알갱이나 불순물 같은 것들이 섞여 지저분했다. 파묻기 적당해 보이는 깊이에서 멈추고 나뭇가지로 참새의 사체를 밀었다. 사체가 구덩이에 들어간 순간 긴 한숨이 터져나왔다. 긴장을 했기 때문인지 냄새를 맡고 싶지 않았기 때문인지 모르지만 꽤 오랫동안 숨을 참고 있었던 것이다.

역시나 아이들의 짓일까. 괴성인지 환호성인지 구별할 수 없는 아이들의 폭발하는 목소리가 떠오르며 간밤의 모든 추측이 허망하게 무너져내렸다. 저희들끼리의 반목이나 위계 변화, 전쟁 같은 것은 없었다. 아이들은 나무막대기 같은 것으로 흙을 파내 부패한 참새의 사체를 끄집어냈다. 자신들이 발견한 게 무엇인지 알아보기까지는 시간이 걸렸다. 그게 엊그제 저희들이 묻어놓은 참새라는 것을, 한때 전깃줄 위에 앉아 있었고 공터 위에서 파닥거렸던 새라는 것을 확인하고 그 애들은 질겁을 했다. 거기에는 동화책에서 읽은 고귀한 영의 세계 같은 것이라고는 흔적도 찾아볼 수 없었고 단지 고약한 냄새가, 아름다움과는 거리가 멀어 보이는 파손된 형태만이 남아 있을 뿐이었다. 아이들은 그들이 정복한 땅에서 보물 대신에 냄새나는 작은 오물이 기다리라는 걸 전혀 상상해본 적이 없었다. 소리를 지르며 그애들은 달아났을 것이다.

하와 나 사이에 갈등이 시작되기까지는 그리 오랜 시간이 걸리지 않았다. 하는 일주일 만에 나에게 반기를 들었다. 박이 그다지 효율적으로 일을 처리하지 않은 것 같다고 말했다. 사무실에 출근한지 팔 일째 되는 날이었다. 그가 대체 박에 대해서 무얼 제대로 알 수 있었을까. 박이 작성한 서류 몇 장을 들춰보고 무얼 알 수 있었을까. 하는 박이 한 장의 시트로 해결할 수 있는 작업에 열 장의 시트를 이용했다고 비아냥거렸다. 예의 그 점잖은 얼굴과 말투였지만 그것은 명백히 나에 대한 도전이었다.

같은 시기의 결산서를 각각 다른 내역으로 기록한 세 개의 엑셀 파일을 발견했을 때 하는 승리감에 젖어 있었다. 그는 자기가 회사의 회계를 바로잡았다는 듯 의기양양했다. 하지만 회사에서 그를 고용한 이유는 전임자의 실책을 찾아내기 위해서가 아니었다. 그는 그 사실을 모르는 모양이었다. 결산이 제대로 되어 있지 않다, 반영이 되어 있지 않다, 관리가 전혀 되어 있지 않다, 않다, 않다, 않다, 않다. 하는 계속해서 불만을 토로했다. 나는 전임자를 불명예스럽게 만들어서 그가 얻고자 하는 것이 무언지 궁금했다. 내가 알게 된 것, 알 수 있는 유일한 사실은 하가 일할 생각이 없다는 것, 남의 탓을 하며 시간을 보내는 것에나 관심을 갖고 있는 인물이라는 점이었다.

며칠 뒤에 하는 말을 바꿨다. 박의 업무 능력에 문제가 있는 것이 아니라, 그가 회사에서 필요로 하는 용도 외에 뭔가 다른 목적을 위해서 서류를 여러 개 작성한 게 분명하다고 말했다. 어이가 없어서 웃음을 나올 지경이었다. 그건 박이 사기꾼이라고 말한 것에 다름 아니었나. 하는 웃어넘길 일이 아니라며 신지하게 대응했다. 수금한 영수증이 남아 있는데 통장에는 그 액수가 입금되어 있지 않은 경우도 발견했다는 것이다. 나는 그 돈이 다른 경로로 입금되었을 거라고 말했지만 하는 내 말을 믿지 않았다.

하는 사장에게 직접 말하고 싶다고 했다. 나는 그가 무슨 꿍꿍이를 갖고 있는지 예상조차 할 수 없었다. 박의 실수로 자신이 피해를 입을 것에 대해 염려하고 있는 것일까. 그는 내게 자기가 하게 해달라고 요청했다. 요청이라는 단어를 썼지만 그건 요청이 아니라 협박이었고 나는 신입 사원이 내게 그런 부당한 짓을 하도록 순순히 당하고 있을 수만은 없었다.

"내가 말합니다. 그리고 그 이야길 언제 할지도 내가 결정합니다."

나는 사장에게 보고하는 것은 내 일이라는 걸, 그가 끼어들 문제가 아니라는 걸 강조했다. 하는 고개를 끄덕였지만 내 말을 수긍하는 것 같지는 않았다.

이후에 하는 전보다 내게 깍듯이 예의를 갖추었고 업무에 대한 질문이나 박의 업무 실책에 대한 지적이 현저히 줄었다. 무슨 생각을 하고 있는지는 모르겠지만 더이상 의견이 부딪치는 일도 없었다. 물론 그것은 속이 텅 비어 있는 평화였다. 날이 맑은데도 불구하고 나는 일부러 이렇게 말했다. "이따 비가 온다는데 우산을 안 가져왔네요." 그러면 그는 자기도 예보를 들어놓고 깜빡했다고 대답했다. 그런 식이었다.

그는 박이 수금한 돈이 회사 통장에 들어있지 않다는 사실 외에 다른 여러 가지 문제들, 몇몇 거래처에 관련한 내역이 결산서에서 지속적으로 제외되어온 것이나 예산에 잡혀 있는 직원 복지 금액이 월급에 전혀 반영되지 않았다는 사실 등을 분명히 더 알았을 텐데도 그에 대해 내게 말하지 않았다.

대신 그는 전혀 근거도 없는 걸 물었다. 내가 혹시 박에게 돈을 꾸어준 적이 있느냐는 것이다.

"그럴 리가요."

나는 최대한 정확하게 발음하려고 노력했다.

하지만 하는 다른 얘기를 들은 얼굴이다. 마치 내가 자신에게 어떤 새로운 사실을 고백했다는 듯이, 내 입에서 나온 소리가 '네, 내가 박에게 돈을 줬습니다'라는 문장이라는 듯 두 눈을 반짝이며 천천히 고개를 끄덕였다.

나는 하에게 내 프라이버시를 침해하는 질문을 하지 않았으면 좋겠다고 말했다. 앞으로 그런 식의 질문을 한다면 대답하지 않겠다고도 했다. 내가 발끈하자 하는 당황한 것 같았다. 하는 처음에는 내 목소리 톤이 높아진 데 놀란 얼굴을 하다가 그다음에는 연민에 가득찬 눈빛으로 나를 쳐다봤다. 나는 그가 그런 식으로 나를 쳐다보는 걸 견딜 수 없었다. 아마 그가 조금만 더 지체했다가는 내가 어떤 식으로 반응했을지 나도 알 수 없었다.

그가 그런 식으로 나를 바라보는 것은 그가 박을 어떻게 생각하고 있는지를 여실히 보여주었다. 나는 사람들이 박에 대해서 함부로 이야기하는 게 싫었다. 특히 그의 인성을 문제삼을 때는 더 듣고 있기 어려웠다. 박에 대해 함부로 얘기하는 이들이야말로, 박과 같은 처지에 놓였다면 더 심한 짓을 저질렀으리라. 박은 단지 곤란에 처해 있었다. 일부러 우리를 골탕 먹이려 한 것이 아니었다. 박은 위험 신호를 보낸 것이고, 구조되지 못했고, 마침내 안전선을 넘어 침몰하고 말았다.

평소 나는 박을 보면 물에 빠져 있는 듯한 느낌을 받았다. 스스로 해결할 수 없는 문제에 의해 질식하고 있는 것처럼 보였던 것이다. 그가 근무 도중 잠시 정수기에 물을 받으러 갈 때마다, 나는 박이 앉아 있던 의자의 검은 인조가죽 쿠션이 둥그스름하게 눌린 모양을 물끄러미 바라보았다. 한쪽 엉덩이에만 힘을 주고 앉는지 양쪽의 형태가 달랐다. 균형이 맞지 않는 의자의 눌린 형태가 오랫동안 마음을 건드렸다.

박은 정수기에서 뜨거운 물을 받아 믹스커피를 탄 뒤에 복도로 나갔다. 늘 그랬다. 커피를 마시기 위해서가 아니라 전화를 받기 위해 그는 정수기 앞으로 향했다.

점심시간이 되기 오 분 전쯤이면 누군가 박에게 전화를 걸었다. 그는 벨이 울리기 전에 사무실을 나가서 동료들이 눈치채지 못하도록 했다. 한번은 화장실에 가는 척하고 그가 통화를 하는 모습을 엿본 적이 있다. 나는 박이 빚 독촉을 받고 있는지도 모른다고 생각했다. 손으로 입을 가리고 웅얼거리고 있었기 때문에 무슨 얘기를 하는지는 정확히 들리지 않았지만 얼굴이 딱딱하게 굳은 채로 평소에도 굽은 등을 더 깊이 구부리고는 잠자코 상대의 얘기를 듣다가 한마디, 다시 한바탕 쏟아지는 상대의 얘기를 듣다가—듣는다기보다는 견딘다는 표현이 더 걸맞겠다—또 한마디를 겨우 내뱉을 뿐이었다. 호통을 치는지 울분을 터트리는지는 모르겠지만 전화기 건너편의 상대가 매우 격정적인 상태임을 짐작하기는 어렵지 않았다.

박은 어느 시기부터는—사라지기 한 달 전부터였던 것 같다—더 이상 전화를 받지 않았다. 그는 여전히 정수기 앞에서 커피를 탔고 여전히 그다음에 복도로 나갔지만 그의 손에는 핸드폰이 들려 있지 않았다.

핸드폰은 책상 위에 있었다. 박이 나간 뒤 정확히 일이 분쯤 뒤에 책상 위에 올려둔 핸드폰의 램프가 깜빡거렸다. 박은 벨소리를 무음으로 변경하고 그 시간을 피했다. 나는 박이 복도로 나가고 나면 박의 핸드폰 전원을 눌러 껐다. 천정에 붙은 시계가 11시 50분을 가리키는 것을 확인하고 나서 다시 핸드폰을 켰다. 나는 내가 그렇게 한 것에 대해 죄책감을 갖고 있다. 나는 단지 박이 핸드폰에 남아 있는 전화번호를 보고 스트레스를 받지 않기를 바랐을 뿐이었다. 그게 박에게 일어날 어떤 일을 다른 방향으로 진행시켰을지도 모른다. 하지만 나는 복도에서 돌아온 박이 부재중 전화를 확인한 뒤에 짓는 그 표정을 그에게서 지워줄 수 있다면 나는 그보다 더한 일이라도 기꺼이 했을 것이다.

퇴근길 빌라 옆면 벽에는 전에 보지 못했던 종이 한 장이 붙어 있었다. 오늘 아침 현관문마다 붙어 있던 신장개업 중국집의 전단지 뒷장이었다. 사인펜으로 쓰인 서체가 단정했다.

얼마 전부터 쓰레기봉투를 사용하지 않고 무단으로 폐기물을 투기하는 사람이 이 동네에 살고 있다, 어제 CCTV를 확인해 얼굴을 찾았고 그가 어디에 살고 있는지도 확인을 하였으니 자진해서 반성을 하기를 바라고 쓰레기도 당장 다시 가지고 올라가는 편이 좋을 것이다, 그렇지 않으면 용단을 내리겠다, 창피를 주어 동네에서 얼굴을 들고 다니지 못하게 할 것이다, 라는 내용이었다. 할말에 비해 종이의 크기가 작았기 때문이었는지 글씨는 뒤로 갈수록 작아지고 있었다. 'ㅎ'자를 쓸 때 나란하게 직선을 그은 것이 6층 남자와 어울렸다.

벽보를 읽고 있을 때 6층 남자가 옆에 와서 섰다. 그는 활기에 차 있었다. 쓰레기봉투를 사용하지 않은 그 인간을 어떻게든 색출해내겠다고 말했다. 그는 잘못을 저질러놓고 그게 잘못인줄 몰라 오히려 칭찬을 받을 거라고 예상하는 들뜬 어린아이처럼 천진난만하게 미소 지었다. 또 대단한 비밀을 털어놓겠다는 듯 의미심장한 표정을 짓더니 범인을 색출할 때 어린 시절 학교 선생님에게 배운 방법을 사용하겠다고도 말했다. 고난도의 심리전을 펼치게 될 거라면서 마치 근사한 우주선의 설계 모형도라도 되는 듯 자신의 계획을 설명했다.

"학급에서 일어난 불미스러운 일로 쪽지에 의견을 써서 내야 했던 적이 있습니다. 그런데 한 녀석이 규칙을 지키지 않은 겁니다. 의견을 내는 대신 그애는 학급의 어떤 두 아이가 비밀 연애를 하고 있다는 내용을 써서 냈어요. 교실은 웃음바다가 됐죠. 그 녀석의 예상은 거기까지만 맞아떨어졌습니다. 선생님이 그냥 넘어가지 않았으니까요. 노트 검사를 시작했는데, 검사가 끝나기도 전에 구역질을 하면서 교실을 뛰쳐나간 녀석이 있었습니다."

그는 그 불쌍한 동창의 이름까지 떠벌렸으며 그가 공부를 잘했지만 운동 실력은 형편없었고, 그가 쓴 쪽지의 내용을 내가 읽는다면 그가 학급 내에서 규율부장을 맡고 있었다는 게 믿기지 않아 놀랄 거라고 했다.

"무기명이라는 점을 이용해서 그애는 학급의 진지한 회의를 완전히 장난으로 만들어버린 겁니다. 자기 입으로 그게 자기 짓이라는 걸 인정하고 나서는 사흘 동안 병가로 결석을 했어요. 담임에게 분명 이상한 구석이 있었다는 걸 인정하지만 난 그 일을 통해 그애가 정신을 차리길 바랐습니다. 글씨체가 비슷한 다른 아이가 자기 대신 죄를 뒤집어쓰는 요행을 바랄 수 없다는 걸 확실히 알게 되었을 테니까요."

나는 그가 들려준 이야기에서 흥미로운 요소를 조금도 찾아내지 못했고 피로감을 느꼈다.

"코란도를 타고 있었던 그 남잡니까?"

그는 손바닥을 내게 향하고 흔들었다. 손가락은 짧고 뭉툭했고, 손톱이 길고 분홍색의 자잘한 잔금이 많았다. 손바닥을 보면서 나는 내가 그의 이름을 모른다는 사실을 깨달았다. 그리고 어쩌면 그가 말한 그 불쌍한 초등학교 동창이, 단 한 번의 일탈로 우스개로 전락해버린 가엾은 규율부장이 6층 남자 자신일지도 모른다는 생각이 들었다.

사이렌 소리에 잠에서 깨었다. 규칙적으로 커졌다 작아지기를 반복하는 요란한 기계음이 눅눅하게 가라앉은 방안 공기를 깨웠다. 그 소리의 위엄에 좀전까지 꾸던 꿈의 내용이 산산이 흩어졌다. 몸을 일으켜 창가 쪽으로 걸어갔을 때는 가늘게 비가 내리고 있었다. 진눈깨비였다.

경찰차 두 대가 빌라 앞에서 멈춰 섰다. 제복을 입은 사내 네댓이 튀어나와 맞은편 건물로 뛰어들어갔다. 앰뷸런스도 뒤따라 들어왔다.

잠시 후 흰 천에 덮인 운반대에 누군가 실려 나왔다. 건물에서 나올 때는 분명 흰색 천이었는데 바람에 꽃잎이 떨어지듯 순식간에 붉은 핏물이 번졌다. 오른손이다, 라고 나는 생각했다. 핏물이 배어들기 시작한 지점은 누워 있는 사람의 오른손이 놓인 자리였다. 자살인가, 나는 생각했다. 손목에 칼을 대는 방식으로 목숨을 끊으려는 사람들은 실제로는 죽을 생각이 없는 거라고 했던 얘기를 떠올렸다. 인간의 의지라는 것이 종종 다른 모든 조건을 제치고 사건의 결말을 이끌어나가기도 하는 모양이다.

잠바를 껴입은 동네 사람들이 경찰차 주변에 둘러섰다. 남자 셋에 여자가 둘이었다. 그들이 고개를 내밀고 슬금슬금 앞으로 걸어갔다.

"물러서십시오."

작은 동네였고 사람들은 겨우 코앞에 있었는데도 경찰은 확성기를 사용했다. 몰려들던 이들이 한 걸음쯤 비켜섰다. 빌라 주변으로 노란

폴리스라인이 쳐졌다.

수갑을 찬 남자가 끌려나왔다. 남자는 위아래로 옅은 누런색 내의를 입고 있었다. 키가 작았고 둥그스름한 얼굴이었고 엊그제 이발을 한 듯 짧게 자른 머리가 헝클어져 있었다. 그가 저지른 짓이 아닐 거라고 나는 생각했다. 내의가 너무 깨끗했다. 그의 몸에는 피가 전혀 튀어 있지 않았다. 비닐로 온몸을 빈틈없이 감싸고 상대를 찔렀을지도 모른다는 생각이 들자 더이상은 상상하고 싶지 않아서 창을 닫았다.

화단은 또다시 엉망이었다. 작은 쓰레기 더미를 엎어놓은 줄 알았지만 또다시 참새의 사체가 올라와 있었다. 아이들이 또다시 구덩이를 헤집어놓은 것이다. 간밤에 내린 비 때문인지 진흙탕 범벅이 된 참새의 사체는 더이상 참새로 보이지도 않았다. 완전히 훼손되어 그게 무엇인지조차 분간할 수 없는 지경이었고 그나마 날개만이 유일하게 형태를 유지하고 있었다.

지나치다 싶었다. 아이들이 무슨 생각으로 이런 짓을 하는지 알 수가 없었다. 묻으면 도로 파헤쳐놓겠지만 그래도 다시 묻는 수밖에 없었다. 나는 빌라 입구에 세워놓은 플라스틱 쓰레받기에 참새를 담았다. 그때 한 가지 아이디어가 떠올랐는데 참새를 묻는 위치를 바꾸는 게 좋겠다는 거였다. 나는 화단의 오른쪽 끄트머리 쪽 흙을 파헤치기 시작했다. 참새의 사체를 구덩이에 쏟아넣자 역겨운 냄새가 확 끼쳐 올랐다.

서둘러 흙을 덮고 돌아서는데 6층 남자가 뒷짐을 진 채 나를 보고 있었다. 무얼 하고 있느냐고 그가 내게 물었다. 언젠가 무스탕을 바라보았던 그 흥분된 눈빛으로 그가 나를 바라보고 있었다.

"누가 자꾸 화단을 파헤치나 했더니만."

"네, 누가 자꾸 참새 무덤을 파헤쳐놔서요. 제가 도로 묻었습니다."

"참새요?"

나는 말 잘 듣는 학생처럼 고개를 끄덕였다. 그리고 참새의 사체가 놓여 있던 지점을 가리켰다. 하지만 내가 좀전에 참새를 묻었고 방금 묻은 땅은 평평했고 눈에 뜨일 만한 것이, 거기에 참새의 사체가 끄집어내져 있었다는 것을 증명할 만한 것이 아무것도 없었다.

"참새를 묻든 개를 묻든 내 알 바 아니니 원래대로만 해놓고 가쇼."

6층 남자는 다른 종에게 일어나는 일에는 관심이 없는 모양이었다.

"그런데, 오늘 새벽에 일어난 난리통을 혹시 봤습니까?"

동네의 보안관인 그가 그 일을 그냥 지나칠 리 없었다.

"왜 그런 일이 일어났다고 생각합니까?"

갑자기 수갑을 채운 남자의 손이 떠올랐다. 그건 말도 안 되는 일이었다. 나는 그 남자의 손을 자세히 본 적이 없다. 하지만 갈색 털로 뒤덮인 뭉툭한 하얀 손이, 수갑을 찬 두 개의 엇갈린 손이 눈앞에 불쑥 들이밀어졌다.

"남녀 문젭니다."

한 치의 의심도 없이 그가 자신 있게 말했다. 목소리가 생각 외로 밝아서 나는 깜짝 놀랐다. 나는 6층 남자의 얼굴을 바라봤다. 그는 들떠 있었고 두 볼이 상기된 채였고 가슴이 들썩거렸다. 가벼운 조증 상태 같았다.

"하나의 공간을 영역 표시도 없이 두 사람에게 공유하도록 했으니 그런 일들이 일어나는 겁니다. 아무 일도 일어나지 않는다면 거기서 오히려 더 이상한 일이 일어나고 있는 거라고 나는 생각합니다."

그가 방금 읊조린 대사는 그가 매일 반복해서 본다는 미국 드라마의 인용이거나 변주일 것이다. 평소와 다른 차분한 어조는 드라마에 출연하는 형사의 것일 테다. 나는 그 사건에 대해서 그와 더 얘기하고 싶지 않았다.

"벽보는 효과가 있었나요?"

6층 남자의 표정이 진지해졌다. 그는 고개를 천천히 저었다. 그러고 나서 뭔가 확인하려는 듯 흘끗 내 쪽을 봤다.

"내가 생각한 방법에 문제가 있는 것은 아니고, 아직까지 자백을 하지 않는 데는 다른 이유가 있겠지요."

"다른 이유요?"

"이를테면……"

나는 그가 범인이 문맹이라고 말할까봐 순간 두려웠다. 나는 도중에 장르를 바꾸거나 다른 장르의 효과를 차용해서 잔재미를 주는 이야기를 별로 좋아하지 않았다.

"여행을 갔을 수도 있고요. 어찌된 이유인지는 확실히 모르지만, 아직까지 벽보를 읽지 못한 건 분명해요."

이야기가 길어지는 바람에 지각을 했다. 사무실 문을 열었을 때 사람들의 표정이 심각하게 굳어 있었다. 조용히 자리에 가 앉았다. 옆자리는 비어 있었다. 하도 늦는 모양이었다.

—무슨 일이 있었습니까?

나는 메신저를 통해 유대리에게 사정을 물었다.

—박이 어떤 여자를 협박해서 돈을 뜯어냈답니다.

한숨이 나왔다. 박은 이미 이곳을 떠났는데 아직도 그에 대한 이야기는 점점 더 불어나고 있었다. 나는 누군가를 협박하는 박의 얼굴을 떠올려보았다. 그 얼굴에서 험한 말이 나올 수 있을 거라는 생각을 해본 일이 없었기 때문에 나는 그 장면을 상상하는 데 조금 오래 걸렸다.

—그걸 어떻게 알았어요?

—좀전에 어떤 여자가 회사에 찾아왔어요. 그 여자가 박에게 돈을 아주 많이 꿔줬다고 하더라고요. 여기 와서 하소연해봤자 얻을 게 없다는 걸 알 텐데, 어디 가서 말할 데도 없는 모양인지 사정이 딱하게 되었더라고요. 내 생각인데 아마 박의 여자친구 같았습니다.

—여자친구요?

—내 생각에요. 그냥 느낌이 그렇다고요.

자기보다 나이가 어린 나에게 늘 깍듯이 존댓말을 썼던 박과 여자친구에게 돈을 내놓으라고 협박하는 박을 떠올렸다. 이번에는 시간이 좀더 단축되었다. 여자가 돈을 얼마나 꿔줬는지 묻자 동그라미가 일곱이에요, 라는 대답이 왔다.

—큰돈이죠.

—박은 그 돈을 어디에 쓰려고 했을까요?

—글쎄. 그 사람 항상 대출금을 갚느라고 정신이 없어 보였으니까, 아무래도 그쪽 문제가 아닐지, 이것도 제 생각입니다. 그럴 가능성이 가장 높을 거라고요.

알고 있는 얘기가 더 없다면서 유대리가 채팅창에서 나갔다. 나는 다시 채팅창을 열고 대화를 신청했다.

—아침에 찾아온 그 여자 어떤 사람 같았어요?

—그 여자도 완전히 이성을 잃은 상황이었으니까 나도 어떤 사람인지는 모르죠. 하지만 나쁜 사람 같진 않았어요. 그렇게 보였습니다. 제 생각에요. 생각해봐요. 그 돈 모으는 데 얼마나 오래 걸렸겠어요. 나 같아도 가만히 있진 않을 겁니다.

생각보다 액수가 커서 나는 당황했다. 천만원이나 빌려주었다면 그 여자도 나처럼 박을 신뢰했을 것이다. 돈을 뜯긴 것이 나만이 아니라는 사실은 박이 처음 아무 말 없이 사라졌을 때보다 더 큰 충격을 주었다. 나는 내가 박에게—그게 어떤 방식으로든—특별하고 유일한 사람이었다는 꿈에서 완전히 깨어날 수밖에 없었다. 박이 내게 했던 모든 말이 다 거짓일지도 모른다는 생각이 들자 머리가 깨질 듯 아팠다. 나는 그때까지도 박을 믿고 있었던 것이다. 그가 언젠가는 돌아올 것이고 나를 그가 세운 회사로 데려갈 것이고 우리 둘은 전처럼 세상에 대한 많은 이야기를 나누게 될 것이라고 말이다. 그 꿈에서 나는 완전히 깨어나야 했다.

나는 구인구직 사이트에 로그인을 해 지원자들의 이력서를 아무것이나 클릭해서 훑었다. 거기에서 처음 박의 얼굴을 보았던 기억이 났다. 나는 이력서를 모아놓은 파일을 열고 박의 이력서를 찾았다.

당시에는 포토숍 기능을 이용해서 얼굴을 부자연스러울 정도로 손보는 것이 유행이었기 때문에 사진 속의 박은 전혀 박처럼 보이지 않았다. 얼굴에 손을 댄 그 사진을 보고 있으려니 그가 입사하기 전부터 나를 속이기로 작정했다는 생각이 들었다. 나는 이력서 경력 란에 박이 적어넣은 회사 이름을 검색해보았다. 그 회사들은 천차만별의 다른 직종이었고, 연도가 맞지 않는 경우도 있었다. 박이 2001년부터

재직했다고 한 회사의 창립연도가 2003년이거나 하는 식이었다.

오후에 박이 담당했던 거래처에서 전화가 왔다. 이 주 넘게 기다렸는데 물품을 보내지 않는 건 너무하지 않느냐, 다음주까지도 보내주지 않는다면 거래처를 변경할 생각이니 선수금을 돌려달라고 했다. 명단에 없는 곳이었다. 박이 새로 거래를 뚫은 곳인가 했지만 기록에는 남아 있지 않았다. 나는 그 사람의 이름과 직위, 사무실 전화번호를 받아 적은 뒤에 전화를 끊었다.

박은 내게 정수기를 출입문 바로 옆에 설치한 건 아주 잘못된 배치라고 말했다. 커피를 탈 때마다 그대로 회사를 떠나버리고 싶은 충동을 느끼기 때문이라고 했다. 문득 하의 책상 위를 확인했다. 핸드크림이 없었다. 하가 지각을 하는 것이 아니라 아주 돌아오지 않을 수도 있겠다는 생각이 들었다.

자리에서 일어나 정수기 앞으로 걸어갔다. 바구니에서 믹스커피를 하나 꺼내 절취선을 따라 뜯어내고 커피 알갱이를 종이컵에 쏟아부었다. 알갱이들이 컵에 쏟아지자 달콤한 냄새가 코를 간질였다. 컵에 뜨거운 물을 붓고, 전에 박이 그랬듯이 껍데기를 돌돌 말아 커피를 저었다. 주머니에 손을 넣어 휴대폰이 있는지 확인했다. 나는 박이 되어보려는 중이었다. 잔을 들고 천천히 현관을 향해 걸었다.

문을 밀었을 때 복도 쪽에서 어이어어어, 하는 낯익은 음성이 들렸다. 사무실로 들어오려던 누군가가 문에 부딪힐 뻔했다. 하였다. 그는 전주보다 더 활기에 차 있었다. 그의 뒤를 따라 사장이 들어왔다. 나는 하와 사장을 번갈아 바라봤다. 사실이 아닌 것에 대해서는 더이상 생각하고 싶지 않았기 때문에 나는 두 사람에게 급히 인사를 건넨 뒤

자리에 돌아와 앉았다.

뒤숭숭한 분위기를 추스르고자 하는 취지에서인지 사장은 꽤 비싼 음식점으로 직원들을 데리고 갔다. 사장은 우리가 의기소침해질 이유는 아무것도 없다고 했다. 박은 다만 몇 주간의 업무 차질을 발생시켰을 뿐이라고 말했다. 물론, 안 그랬다면 더 좋았겠지만, 이라고 얼버무리려는 순간 하가 그게 분명하냐고, 퇴사 처리를 밟지 않은 것 말고 박에게 문제가 없었느냐고 물었다. 사장은 웃었다. 웃으면서 어떤 문제가 더 있느냐고 되물었다. 하는 또박또박 정확한 발음으로 말했다.

"저는 한 사람의 사적인 관계, 특히 친밀한 관계에서 일어나는 일들이 그저 사생활이라는 이름으로 덮여서는 안 된다고 생각합니다. 사적 관계에서 문제를 일으킨 사람이 업무에서 비슷한 문제를 일으키지 않으리라고 어떻게 장담하지요? 사람이라는 게 그렇게 선으로 그어 생각할 수 있을 만큼 명확하게 구분됩니까?"

사장은 약간 심기가 불편해 보였지만 박의 일로 더이상 쓸데없이 에너지 소비하지 말자는 뜻이라며 너털웃음을 지었다.

나는 하를 예의 주시했다. 다른 곳을 보는 척하고 있었지만 그가 하는 이야기를 놓치지 않으려고 온통 그쪽에만 신경을 썼다. 회식의 분위기가 하가 사장에게 박의 실책들을 고하기에 아주 적절하게 흘러가고 있었기 때문이다. 하는 자기가 한 말이 어떤 파장을 불러일으킬지에 대한 고민이 없었고 단지 자신이 합리적이고 논리적이라고 보이는 데만 관심을 갖고 있는 인물이었다.

종업원이 야채와 고기가 담긴 그릇을 들고 왔다. 이제 고등학교를 막 졸업했는지 아직 어린 티를 벗지 못한 중키의 남자였다. 얼굴은 노르스름했고 유행하는 스타일의 커트머리를 했지만 어딘가 세련되지 못하고 순수하다는 느낌을 줬다. 그릇을 들고 와 내려놓는 솜씨가 영 서툴러 보였다.

종업원에게 잠시 눈을 돌린 사이에 하가 박의 이야기를 꺼냈다. 아까 하려다 참은 말인데 회사 안에서도 피해를 입은 사람들이 더 있을지 모른다고 말했다. 내가 박에게 돈을 꾸어준 사실을 하가 알 리 없었는데도 나는 식은땀이 났다.

사장은 박과 가장 많은 시간을 보낸 것은 내가 아니냐며, 평소에 이상한 점을 발견하지 못했느냐고 물었다. 나는 갑자기 머리가 텅 비어버렸다.

"뭐 이상한 점은 없었느냐고요."

사장이 다시 물었다. 이번에는 사장의 질문이 끝나기가 무섭게 대답이 튀어나왔다.

"제출한 이력서에 적힌 경력 사항이 전부 거짓말이었습니다."

"뭐라고요?"

"이력서에 쓰여 있는 경력이 죄다 사실이 아니라고요."

나는 그 회사들은 실제로 있는 회사들이지만 박이 진짜로 일한 것 같지는 않다고 말했다. 실제로는 다닌 적이 없는 회사 이름으로 경력란을 일단 메우고 보자는 생각이었던 것 같다. 인터넷에서 검색한 회사 이름을 그냥 갖다 썼을 수도 있다고 설명했다.

좀처럼 여유를 잃지 않는 사장의 미간이 일그러지며 눈빛이 날카롭게 빛났다.

"경력이 죄다 거짓말이라고?"

그때 종업원이 소리를 지르며 주먹 쥔 손을 황급히 뒤로 감추었다. 다들 종업원을 향해 시선을 돌렸다. 종업원은 한 손은 여전히 등뒤에 가린 채, 다른 한 손을 흔들며 찡그린 얼굴로 우는 것 같은 웃음을, 억지 미소를 지어 보였다.

"아니, 아무것도 아닙니다. 전 괜찮아요. 냄비 손잡이에 살짝 덴 것뿐이에요."

그는 다시 불판에 고기를 올리고 송이버섯의 꼭지를 세워 둘레에 올렸다. 얼굴과 말투가 앳된 것에 비하면 손은 나이가 들어 보였다. 거칠고 거무스름했다. 검지손가락 측면으로 길게 하얀 선이 도드라져 보였다. 그 선이 점점 두꺼워지더니 금세 물집이 부풀어올랐다. 덴 손을 보자 불판 위의 고기가 익어가는 모습이 괴이하게 느껴졌다. 붉은 기를 머금은 고깃덩어리가 점점 하얗게 변하며 통통하게 몸을 세우는 것이 매우 이상한 일처럼 느껴졌다.

회식은 일찍 끝났다. 기분이 언짢아진 사장이 먼저 일어나자 하나둘씩 자리를 뜨기 시작했다. 마지막까지 남은 것은 하와 나였다. 식은 불판 위에서 딱딱하게 굳은 고깃덩어리를 젓가락으로 들척이며 나는 당신 덕분에 내가 계획했던 것보다 회사에 더 오래 다닐지도 모르겠다고 말했다.

그날도 6층 남자는 두 손을 뒤로 모아 뒷짐을 지고 공터를 오가며 혼자 중얼거리고 있었다. 가까이서 보니 얼굴이 발갛게 달아올라 있었다. 어떤 사소한 작은 일이 또다시 빌라의 질서를 흐트러뜨린 모양이었다. 전단지를 누가 떼어가기라도 했나 싶어 빌라의 벽면을 살폈지만 전단지는 여전히 붙어 있었다.

"무슨 일이 있습니까?"

내가 물었다. 끔찍한 광경을 보았다는 듯 그가 고개를 흔들었다. 무슨 일이 있다는 것인지 그렇지 않다는 것인지 알아들을 수가 없었다.

"왜요, 뭐 이상한 거라도 발견했습니까?"

그가 내 앞으로 한 걸음 걸어왔다. 어려운 일을 당한 뒤에 동정을 구걸하는 노인처럼 그가 나에게 힘없이 손을 내밀었다. 나는 그 손을 못 본 척 고개를 들고 그에게 어서 말을 해보라고 채근했다.

"화단에서 이상한 걸 봤어요."

6층 남자는 평소보다 말하는 속도가 빨랐다. 그는 평소와 달리 주눅이 들어 보였고 내게 의지하고 싶어했다.

"참새 아닙니까?"

남자가 무슨 소리냐는 듯 나를 쳐다봤다.

"저도 얼마 전에 죽은 참새를 봤습니다. 바로 저 자리요."

나는 화단 쪽을 가리켰다.

"참새요?"

그가 벌게진 얼굴로 너무 정직하다 싶을 만큼 정확하게 고개를 가로저었다.

"참새가 아니에요."

그가 진저리를 치며 내게 속삭였다.

"누가 땅에 손을 묻어놨다고요."

그의 눈빛은 너무 간절해서 내가 그를 구원이라도 해야 한다는 듯, 그럴 의무가 내게 있다는 듯 보였다. 누군가 우리 둘을 봤다면 그가 내게 자신의 죄를, 도저히 용서받을 수 없는 엄청난 죄를 털어놓는 줄 알았을 것이다. 그는 그 한마디를 내게 던진 뒤 우리가 대단한 비밀을 공유했다는 듯 강한 연대감을 느끼는 것 같았다. 그는 내 손목을 잡고 화단을 향해 끌어당겼다.

그가 멈춰 선 곳은 정확하게 내가 죽은 참새를 발견한 그 지점이었다. 또한 아이들이 죽은 참새를 묻었다가 다시 파헤친 곳이기도 했고 땅속에 묻힌 참새가 다시 올라온 곳이기도 했다. 어두웠지만 참새의 사체는 한눈에 띄었다.

6층 남자가 손전등으로 화단을 비추었다.

파헤쳐진 흙더미 위에 참새의 날개 뼈가 나란히 늘어서 있었다. 날개만은 여전히, 참새가 살아 있을 때와 같은 위치에, 고스란히 놓여져 있는 날개 뼈를 보며 나는 안도했다. 그저 날개 뼈가 나란히 놓여 있었다는 것이, 일렬로 배열된 그 모양이 내게 안도감을 주었다. 그간에 일어난 모든 일들을 다 해결한 듯 나는 마음이 편안해졌다.

"참새잖아요."

나는 다시 들여다보라고 6층 남자의 등을 밀었다.

"내가 저번에 말했잖아요. 전부터 여기에 참새가 있었어요."

6층 남자가 너무 긴장을 하기에 나는 일부러 여유로운 태도로 웃어 보였다.

"바로 이 부근이었습니다. 요전날에 내가 도로 묻어놓은 걸 누가 또 파헤쳤나보네요."

6층 남자가 나를 보며 인상을 찌푸렸다.

"다시 잘 봐요, 참새예요."

나는 다시 한번 강조해서 말했다. 나는 이런 상황에서는 정확한 말이 의외의 힘을 발휘한다는 것을 알고 있었다. 6층 남자는 이게 어딜 봐서 참새냐며 이제 완전히 나를 이상한 사람 취급했다. 이상한 건 남자였다. 빌라 근처를 벗어나지 않은 지 몇 개월이나 지났을 것이다. 매일 똑같은 드라마를 반복해서 보더니 결국은 정신이 어떻게 된 모양이었다. 현실과 환상을 구분하지 못하는 인물들이 종종 미국 드라마의 익숙한 소재가 된다고 들은 적이 있었다.

"정신 차려요. 당신 지금 드라마 찍습니까?"

나는 눈앞에 있는 것을 못 보고 딴소리를 하는 남자의 허약한 정신에 짜증을 느꼈다.

"아마 아이들이 파헤쳐놓은 걸 겁니다. 새벽마다 단지를 놀이터로 삼는 그 어린애들 말예요."

남자가 나를 노려봤다.

"당신이야말로 지금 무슨 소릴 하는 겁니까?"

6층 남자가 내 가슴을 거칠게 떠밀었다. 그 일이 있은 뒤 다들 제정신이 아닌 모양이라고 툴툴거렸다. 그는 바닥에 침을 뱉은 뒤에 내게 인사도 하지 않고 슬리퍼를 끌며 사라졌다. 그는 절뚝거리며 걸었고 몸이 조금 왼쪽으로 기울어져 있었다. 계단을 올라가는 그의 뒷모습을 보면서 나는 그가 말년이 되기 전에 제대로 걷지 못하게 되리라는 생각을 했다.

오 년 전
이 거리에서

이십 쿼터 자동식 반죽기를 구입하느냐 마느냐를 놓고 윤과 나는 일 년 반 동안 의논했다. 반죽기를 들이는 게 어떻겠느냐고 제안한 사람은 동업자인 윤이었는데 정작 내가 그 의견에 동의했을 때 다시 생각해보자고 한 것이 윤이었고, 한 달쯤 지나서 윤 역시 반죽기가 우리 가게에 필요한 것 같다고 결단을 내렸을 때는 내 쪽에서 마음을 정하지 못했다. 자동식 반죽기가 없어도 피자 가게 운영이 불가능한 것은 아니었으니까 반죽기를 구입하는 것은 사치가 아닌가, 괜한 목돈을 들였다가 정작 돈이 필요할 때 곤란에 처하지는 않을까 하는 염려 때문에 선뜻 구입하지 못하고 망설이다가 일 년 반이면 이제 결정을 내릴 때도 되었다고 생각하고 종로에 있는 주방 기기 판매점을 찾아갔다.

매장을 돌아다니다보니 내게 필요한 것은 반죽기만이 아니라는 생각이 생겼다. 자동 반죽기를 들이는 김에 화덕을 최신식으로 바꾸면 어떨까 싶었다. 머릿속에 가게를 그려넣고 가상의 도면 구석구석에 새 주방 기구들을 배치하면서 전시된 물건들을 구경하는 동안 마음이 점점 들떴다. 두 달 전부터 이것이 좋겠다, 아니다 저게 더 낫다며 고르고 고른 모델명을 적은 쪽지는 코트 주머니 속에 넣어둔 채로 머릿속의 가게 안에 새 기구들을 하나둘씩 채워나갔다.

막상 마주한 반죽기는 생각보다 컸는데 나는 그게 트로피 같다고 생각했다. 내 지난 이십 년간을 응원해주는 거대한 은컵 말이다. 나는 눈물이 나올 뻔했지만 주변 사람들의 시선을 의식해서 꾹 참았다. 다만 트로피를 선택하는 순간을 조금 지연해도 좋겠다고 생각했다. 내 이름을 건 가게를 얻게 되고 그 안을 하나둘 채워나갈 때마다 희열감을 느꼈는데 나는 기쁨을 맞이하는 그 순간을 조금이라도 뒤로 미루고 싶었다. 구두쇠도 일종의 변태, 라고 놀리는 윤의 목소리가 들려오는 것 같았다. 만족의 순간을 끊임없이 지연시키면서 즐거워하는 것도 병이라는 것이다.

반죽기 앞에서 어정거리고 있을 때 박이 나타났다. 박은 이 주방 기구 매장의 주인으로 이 년 전 피자 가게를 열 때 화덕을 구입하면서부터 알던 사이였다. 주방 용품들을 사러 올 때마다 가게 구석 자리에 서서 자판기 커피를 홀짝이며 대화를 나누곤 했다. 나는 박이 마음에 들었는데 그와 대화하는 것이 즐거웠기 때문이다. 그는 틀린 주장을 하고 그것이 맞는다고 우기는 데 선수였다. 그러고 나서는 맨 끝에 가서 역시 내가 틀렸소, 역시 그래, 틀린 것은 틀린 것이고 끝끝내 맞을 수가 없는 거요. 틀린 것은 틀린 것일 뿐이고 끝까지 밀고 갈 수가 없지, 하며 결론적으로는 패배를 인정했고 그 점을 나는 좋아했다. 뚜껑 없는 주전자를 보면 박이 생각났는데 이유는 확실치 않다.

가게 오픈 초반에는 새로 구입할 물품들이 많아 꽤 자주 이용했는데 포크와 나이프 세트를 교체하고 나서 벌써 반년이 흘렀다. 내 목발을 보더니 다리는 어쩌다 그랬느냐고 제법 다정하게 물었다. 박의 가게에서 적어도 오천만원 이상의 매상을 올려주었기 때문이겠지만 박은 내게 호의적이었다. 내가 뭔가 또 굵직한 판매 수익을 내주리라 기대하고 있는 듯도 보였고 내가 진짜 염려된다는 눈빛 같기도 했다.

방금 전에 말했듯이 나는 박의 가게에 들락거린 지 반년이나 되었는데 박이 이제 와서 그걸 궁금해하는 건 새삼스러운 일이다. 전부터 궁금했는데 이제 그 정도 이야기는 나눌 사이가 되었다고 생각한 것일까. 박의 심경을 자세히는 모르지만 나는 내 다리 얘길 하는 걸 원하지 않았다. 자신의 핸디캡에 대해 떠드는 걸 반길 사람이 세상에 어디 있겠는가.

"어릴 때부터 그랬던 겁니다. 내가 어릴 때만 해도 소아마비라는 게 있었지요."

박은 나보다 나이가 십 년 정도 아래였는데, 그때에도 소아마비 예방접종 같은 게 있었는지는 모르겠지만 우리 때는 낮지 않은 발병률 때문에 주사를 맞곤 했다.

쓸데없는 얘기는 집어치우고 박에게 전 과정이 자동으로 진행되는 반죽기를 어서 보여달라고 했다. 주머니에서 꺼낸 쪽지를 내밀자 박은 금방 가지고 올라오겠다면서 창고로 들어갔다. 그러나 박이 창고에서 꺼내온 기기는 윤과 내가 고른 제품이 아니었다. 나는 이십 쿼터짜리를 달라고 했는데 박이 꺼내온 건 사십 쿼터짜리였다. 박은 내가 그걸 사지 않고는 못 배길 거라는 듯 당당했다. 전 과정 자동에다 신

소재로 만든 최신 제품이라며 구매하고 일 년 동안은 무상 수리를 해줄 뿐더러 부품 교체시에도 따로 돈을 받지 않는다고 했다. 박이 추천한 반죽기는 내가 준비한 비용보다 백만원이 더 비쌌다. 초기 비용이 부담되겠지만 오 년 후쯤 돌아보면 오히려 득이 될 거라며 이걸 들이는 쪽이 분명 현명한 선택이 될 거라고 꽤 자신 있게 추천했다.

윤과 다시 의논해야 하는 게 아닌가 망설여졌다. 인지도가 높은 회사에서 만든 제품이 아니라서 판매량이 많지 않을 뿐 박은 이쪽 제품이 월등히 사양이 좋다며 자기를 믿으라고 했다. 회사 AS가 제대로 되지 않으면 자기가 책임지겠다고도 했다. 박은 내 눈치를 보더니 지금 가져가면 화로 연료를 서비스로 얹어주겠다고 했다. 두어 달 전부터 인터넷에서 거의 모든 제품의 사양을 확인하고 사용 후기까지 꼼꼼히 읽고 체크를 해뒀기 때문에 선뜻 결정하기가 어렵기도 했지만 박의 앞에서 브랜드 운운한 것은 가격을 좀 깎아볼 수 있지 않을까 해서였지 사실 머릿속에는 가게 주방 회로 안쪽에 벌써 반죽기를 설치한 뒤였다. 나는 조금씩 흥분하고 있었다. 밀가루와 물을 넣자 스테인리스 봉이 재료를 섞었고 곧 말랑말랑한 도우가 만들어졌다. 자기 말 들어서 손해본 적이 있느냐며 박이 "이걸로 결정하시지요?"라고 물었고 나는 말 잘 듣는 어린아이처럼 고개를 끄덕였다.

박이 차나 한잔 하고 가라고 해서 사무실로 들어갔다. 사무실이라고 해봤자 영업점 내부에 패널을 세워 독립된 공간이라는 표시를 해둔 곳이었다. 따뜻한 녹차를 마시는 동안 박은 내게 가벼운 푸념을 늘어놓았다. 집주인이 세를 올려달라고 했다는 것이었다. 그런데 그 세라는 것이 이전에 지불하던 금액의 다섯 배가 되었다고 했다.

"이제 어떻게 하실 건가요?"

박은 말이 없었다.

"그럼 이 가게는 어떻게 되는 겁니까?"

역시나 대답은 돌아오지 않았다. 이제 머지않아 박의 가게와도 안
녕이구나 싶었다. 그런 식으로 이 거리의 상점들이 하나둘씩 쫓겨나
는 일이 매달 일어났다. 그리고 이제는 박의 차례였다. 녹차는 겨우
한입 마셨는데 차갑게 식어 있었다. 나는 종이컵을 들고 뜨거운 음료
를 식힐 때처럼 입김을 불었다. 어쩐지 그렇게 하는 것이 예의 같았
다. 그 예의라는 것이 누구를 향한 것이냐고 묻는다면 대답할 수 없었
다. 박을 향한 것도 아니고 나 자신을 향한 것도 아니었지만 끝까지
그렇게 했다. 뜨거운 것을 마시는 양 조심스럽게 컵을 쥐고 후후 불면
서 컵을 비웠다.

이쯤에서 부끄러운 고백을 하나 하자면, 박이 쫓겨나게 된 와중에
도 나는 내 반죽기 생각에서 벗어날 수 없었다. 새 기기를 구입하고
들뜬 마음이 바람 빠진 풍선처럼 쪼그라들기 시작했다. 박이 오 년간
일하고 가꾸어온 생활의 터전을 잃게 되었기 때문이 아니라 내 반죽
기가 만약에 고장났을 경우, 그런데 회사에서 AS 처리가 되지 않을
경우에 내가 받게 될 불이익 때문이었다.

아까 박이 호언장담했던 말, 그러니까 반죽기 제조사에서 AS가 되
지 않을 경우에는 자기가 알아서 처리해주겠다는 약속을 지킬 상대가
사라진다는 뜻이었으니까. 박의 가게의 수명은 내 반죽기보다 짧아진
게 분명했고 박과 나 사이에 구두로 오간 약속 같은 것은 보장받지 못
할 가능성이 높았다.

반죽기를 설치하기도 전에 나는 반죽기가 고장나는 상상을 먼저 하게 된 셈이다. 그래서 내 돈을 들여 반죽기를 수리하는 상상을 해야 했고 그런 상상을 하고 나자 기분이 몹시 나빴다.

반죽기가 배달되기로 한 이튿날에는 오전 내내 일이 손에 안 잡혔다. 윤에게는 이십 쿼터 대신 사십 쿼터 반죽기를 주문했다는 말을 아직 하지 못했고 통장을 확인하니 출금이 잘못되었다는 윤의 말에 오후에 박과 다시 통화를 해보겠다고 일단 둘러댔다.

박은 몇시쯤에 기기를 보내면 좋을지 오전에 연락을 주고 적어도 세시 전까지는 물품을 배송하겠다고 약속했는데 열두시가 지나도록 연락이 오지 않았다. 화로에서 꺼낸 하와이안 피자에 파인애플 토핑을 얹지 않았다는 사실을 깨달은 것은 열두시 십오분이었고, 이십분에는 콤비네이션 피자를 주문했는데 페퍼로니 피자가 도착했다는 항의 전화가 왔다. 나는 그 몇 가지 일들이 내게 곧 닥칠 불행의 전주곡이라는 것을 예감했다. 점심시간이 지나고 손님들이 썰물처럼 빠져나간 뒤에도 박은 전화하지 않았다.

박의 전화번호를 눌렀을 때 전화를 받는 목소리가 밝았지만 나는 그 목소리가 억지로 꾸민 것이 아닌가 의심스러웠다. 평소랑 다르게 사투리를 흉내내려는 듯 끄트머리를 올렸다가 내리는 억양이 어색했다. 대체 무슨 속셈으로 그런 유치한 짓을 하는지 몰랐지만 나는 겨우 화를 참으며 도대체 내 반죽기는 어떻게 된 건지 물었다. 박은 시치미를 뗐다. 지금 뭐라고 했어요? 방죽기라고요? 난 그처럼 뻔뻔스러운 작자를 이전에는 본 일이 없었고 그가 다른 사람인 척 전화를 받고 불과 이틀 전에 내가 주방 기기를 구입한 사실을 모르는 척할 때 어떻게 대응해야 할지 몰랐다.

하지만 나는 아까 말했듯이 불찰을 만들어 불행을 크게 만들고 싶지 않았고 소심한 목소리로 늦어도 세시까지는 반죽기를 받았으면 좋겠다고 말했다가, 세시까지는 꼭 받아야 한다고 바꿔 말했다. "세시까지 반죽기가 오지 않으면 가게로 찾아가서 단단히 망신을 줄 테니 알아서 하시오!"라고 외치고 대답도 듣지 않고 끊어버렸다.

세시에는 불고기 피자 전화 주문이 왔고 3번 테이블에서 식사를 하던 커플 중 남자가 피클을 좀더 갖다달라고 했으며 화로가 잠깐 꺼지는 사고가 나서 피자 테두리에 넣은 치즈 일부가 흘러나왔다. 또 이런 일이 있었다. 직원 중 한 사람이 팬에 손가락을 데었고 내가 보기에는 별 대수롭지 않은 상처인데도 그걸 핑계로 조퇴를 했으며 창고에 쌓아둔 피자 케이스가 토마토소스 단지 안으로 빠졌다. 좋은 일도 있었다. 라디오에서 내가 좋아하는 편의점 광고 시엠이 두 번이나 흘러나왔고 창밖으로 참새 열댓 마리가 한꺼번에 날아올랐다. 동시에 날개를 파닥거리는 그 소리는 마치 비 내리는 소리와 흡사했고 조급한 내 마음을 진정시켜주었다. 그러나 세시가 되어도 끝끝내 내가 기다리고 있던 그 일, 반죽기가 배달되어 가게에 설치되는 그 일만은 일어나지 않았다. 세시. 박이 내게 약속한 시간이 되었다. 박은 어떤 이유에서인지 모르지만 내게 한 약속을 지키지 않았다.

박에게 전화를 걸자 어떤 여자가 전화를 받았다. 박을 바꿔달라고 하니까 여자는 전화를 끊어버렸다. 나는 다시 전화를 걸었고 당신이 들고 있는 건 박의 핸드폰이고 당장 주인에게 돌려주는 게 좋을 거라고 했더니 이번에도 역시 끊어버렸다. 가게로 찾아가 따지는 수밖에 없었다.

　박의 주방 기구점은 없었다. 사라졌다. 박의 가게가 있던 자리에는 프랜차이즈 커피숍이 있었다. 불과 삼 일 전에 주방 기구점이었던 장소가 커피숍으로 바뀌어 있었다. 갓 개점한 커피숍은 사람들로 붐볐다. 그들은 토피넛 라테나 그린티프라페를 마치 생명수처럼 손에 쥐고 있었다. 아메리카노나 아포가토를 연인의 이름을 부르듯 주문했다. 케냐AA나 캐러멜라테가 담겼던 컵을 이미 지난 생처럼 쓰레기통에 버리고 있었다. 그들 중 주방 기기를 사려는 사람은 아무도 없었다. 주방 기기에는 관심조차 없었고 그들의 머릿속에는 오로지 커피뿐이었다.

　집에 돌아오는 길에 나는 윤을 보았는데 윤은 나를 보고도 모른 척했다. 나는 그것이 반죽기 때문이라고 생각했다. 내가 그와 상의도 하지 않고 가격이 두 배나 되는 물건을 주문했으며 그래서 그 돈을 몽땅 날렸다는 사실을 윤은 알고 있는 것 같았다. 아마 윤은 당분간 나랑 대화도 하기 싫을 것이다. 얼굴도 보고 싶지 않으리라. 그래서 내게 아는 척하지 않았으리라.

　내가 궁금한 것은 윤의 옆에서 나란히 걷고 있는 다른 두 여자가 누군지가 아니었다. 그것은 윤의 사생활이었고 우리는 그런 부분에 대해서는 굳이 묻지 않았으니까. 내가 궁금한 것은 윤이 어째서 고작 몇 시간 만에 그토록 피곤한 얼굴을 하고 있는가였다. 윤은 좀전에 내가 가게를 나올 때보다 이 년은 더 늙어 보였다. 하긴 그는 늘 지쳐 있었다. 너무 많은 피자를 화로에서 끄집어내느라 얼굴이 벌겋게 익었고 어깨는 굽었으며 허리에는 파스를 붙이고 있었다. 그러나 과로 때문이라고 하기 의아할 정도로 안색이 좋지 않았다.

삽시간에 늙어버린 윤은 무심코 내 곁을 지나갔다. 윤의 옆에서 걷던 여자도 나를 의식하지 않았다. 세 사람은 대화에 열중해 있었고 나는 윤의 옆에 있던 여자가 "조상의 은덕 때문에 그래도 당신이"라고 말하는 한 구절과 그녀의 옆에 있는 다른 여자가 "한순간에 사람의 인생이 손바닥 뒤집히듯"이라고 말하는 구절만을 알아들을 수 있었다. 그 말을 할 때 여자는 윤을 가리켰다.

세 사람 중 가운데 있던 여자가 그들을 떠났고 윤과 다른 여자는 인도의 끄트머리에 섰다. 나는 그들의 행색이 유난히 검소하다는 걸 알아보았다. 윤은 평소와 달리 머리를 짧게 잘랐고 늘 가지고 다니던 보스턴백 대신 어깨에 멘 가방은 그의 취향이 아니었다. 옆에 있던 여자는 염색을 하지 않았고 액세서리 같은 것도 달지 않았다.

두 사람이 내 쪽을 향해 걸어오기 시작했다. 여자 쪽이 내게 "공덕이 많아 보이세요. 그런데 다리가 많이 불편하신 것 같아요"라고 말을 걸었을 때 나는 고개를 푹 숙인 뒤에 지하철역 입구로 뛰어들어갔다.

반대쪽 출구로 나오자 건물 입구에 커다란 천막이 쳐져 있었고 거기에 트로피가 그려진 게 눈길을 끌었다. 거기는 토스트 가게였는데 나는 햄치즈샌드위치나 신메뉴 불고기샌드위치 대신 가게 간판 아래 붙여놓은 금색 트로피 사진에 이끌렸다.

트로피를 보니 마음이 몹시 편안해졌다. 그 트로피들의 모양이 반죽기를 연상시켰던 것이다. 내친김에 햄치즈토스트를 주문하고 기다리는 동안 다시 트로피 사진을 바라봤다. 연간 토스트 판매 순위 1위,

연간 토스트 인기 순위 1위라고 쓰여 있었는데 인쇄된 트로피는 내 (그러나 내게 아직 도착하지 않은) 반죽기와 같은 반짝이는 은빛이었고 환하게 아가리를 벌린 채 빛을 반사하고 있었다.

이해할 수 없는 일은 그뒤에도 계속 일어났는데 내가 카드를 건네고 직원이 결제를 하고 내가 사인을 하고 영수증을 받았음에도 나는 엘리베이터를 내려오는 동안 두려운 기분에 휩싸였다. 반죽기를 못받은 것처럼, 뭔가가 잘못되었다는 불안감 때문이었다. 그 알 수 없는 불안감은 이윽고 현실이 되었고 내가 가게를 나왔을 때 내 손에는 햄치즈토스트가 아니라 바닐라라테가 들려 있었다. 되돌아온 그 건물에는 토스트 가게가 없었고 대신 그 자리를 차지하고 있는 건 박의 가게가 있던 자리에 들어선 그 프랜차이즈 커피숍이었다.

불과 이십 분 전 토스트 가게는 거기에 있었다. 간판은 디자인이 촌스러웠고 먼지가 앉아 더러워 보였지만 분명 제 이름을 달고 당당하게 그 자리에 있었다. 그러나 지금 토스트 간판이 있던 자리에는 놀랍게도 프랜차이즈 커피숍이 있었다. 내가 정신적으로 문제가 생겨서 프랜차이즈 커피숍의 환각을 보는 증상을 겪고 있는 것이 아닌가 두려웠다.

나는 주머니에서 좀전에 직원이 건넨 영수증을 꺼냈고 손가락을 떨면서 거기에 쓰여 있는 전화번호를 눌렀으나 커피숍 광고가 흘러나왔으며 그 달달한 시엠송은 삼 년 후의 크리스마스를 축복하고 있었다. 올해가 아니라 2021년의 크리스마스를 노래하고 있었다. 나는 정신을 똑바로 차리지 않으면 집에 무사히 돌아가기 어려울지 모른다고 생각했다. 내가 목격한 것은 상점들이 사라지고 그 자리에 프랜차이즈 커피숍이 들어서는 괴현상이었는데 그 일은 분명 내가 어제까지 알고 있던 이 세계에서는 불가능한 일이었다. 나는 궁중로45길을 걷고 있었고 표지판에는 내가 수없이 걸었던 궁중로45길과 같은 이름이 적혀 있었다. 하지만 나는 그 거리가 낯설었고 내가 내 가게에 무사히 당도할 것이라는 믿음을 조금씩 잃어버리기 시작했다.

믿음은 중요하다. 당연하고 평범한 일일수록 그 일은 믿음에 의지하고 있을 확률이 높다. 의자가 단단하다는 사실만으로는 부족하다. 의자가 무너지지 않을 거라는 믿음이 무사히 의자에 앉는 행위를 완성시킨다. 박의 가게가 사라질 거라는 두려움이 박의 가게를 사라지게 했던 것과 마찬가지로 길을 잃어버리고 가게에 도착하지 못할지도 모른다는 생각이 들자 정말로 그렇게 됐다. 자꾸만 엉뚱한 장소로 이동했고, 거기서 이해할 수 없는 장면을 만났다.

길을 걷다가 이번에 나는 윤이 기타를 메고 벤치에 앉아 있는 것을 보았다. 윤은 그사이 무슨 일을 당했는지 왼쪽 가르마 주변이 부분 염색을 한 것처럼 뭉텅 희었다. 윤이 입은 셔츠의 주머니에는 납작한 안경이 꽂혀 있었고, 평소에 과학 잡지를 좋아했는데 이제는 시사주간지를 쥐고 있었다.

윤은 늘 그랬던 것처럼 오른쪽 발목에 힘을 빼고 앉아 있었다. 그 자세만은 변함이 없었다. 활처럼 휜 등의 곡선도 윤의 것이 맞았다. 나는 빨리 가게로 돌아가고 싶었다. 돌아가서 윤에게 말하겠다. 당신이랑 똑같이 닮은 사람을 봤다고. 그 사람은 마치 오 년 뒤의 당신 같았다고. 오 년 뒤의 당신이 어떨 거 같으냐고 묻겠다. 내가 본 윤은 머리를 짧게 자르고 붉은색으로 염색을 하고 무지개색 니트를 입고 있었다고 말해야지. 그리고 상상도 못하겠지만, 기타를 메고 있었고, 그래, 내가 보기에 윤은 가수가 된 것 같았다.

윤은 기타를 무릎 위에 올려놓더니 앰프에 마이크를 연결했다.

내가 그의 노래를 듣기 위해 천천히 다가가자 윤이 나를 보았다. 그리고 내 모습을 본 윤은, 혹은 윤을 닮은 그 사람은—그게 어찌된 일인지 모르겠지만, 일어나서는 안 되는 장면을 대면한 사람처럼—비명을 지르기 시작했다.

윤은 비명을 질렀고 나는 비명 소리에 놀라 그 자리에서 뛰기 시작했다. 나는 도망쳤다. 물론 나는 그가 공포를 느낀 것에 대해 억울한 마음이 없지는 않다. 윤이 기타를 바닥에 내동댕이치고 자리에서 일어나 입을 벌렸을 때 정작 비명을 지르고 싶은 것은 나라고 생각했다. 매일 걷던 길을 잃고 헤매는 나야말로 소리를 지르고 싶은 지경이다. 내 상황을 좀 보라. 반죽기에 대한 희망은 산산이 조각났고 수년간 저축해 모아온 천오백만원이 스물네 시간이 지나기도 전에 사라졌다. 멀쩡하게 서 있던 상점들이 사라지고 또 이십 년을 함께 해온 동료는 나를 거부하고 있다. 나는 점점 미로에 빠져들었다.

너무 억울한 마음이 들어 나는 다시 윤에게로 돌아갔는데 어찌된 일인지 그 자리에 윤은 없고, 바닥에 내동댕이친 기타와 쓰러진 마이크만 나를 기다리고 있었다. 벤치 위에 놓여 있던 전단지가 바람에 한 장 한 장 마치 거대한 낙엽처럼 굴러가고 있었다. 나는 전단지를 집어들었고 윤이 부르려고 했던 노래, 그러나 나를 보고 놀란 나머지 부르지 못한 노래의 가사를 읽을 수 있었다. 노래를 부르는 작은 영웅이 사람들이 쫓겨나 비어 있는 거리를 지킨다는 내용인데 나는 후렴 중에서 '지니, 너를 대신해 오 년 전 이 거리에서'라는 구절이 눈에 들어왔다. 내 이름의 마지막 글자가 '진'이었고 노래 가사의 '지니'가 나를 지칭하고 있다고 생각했기 때문이다. 바람이 세차게 불었고 전단지가 마치 날개를 퍼덕거리는 듯한 소리를 내며 하늘로 날아올랐다.

나는 결국 가게로 돌아가지 못했다. 가게로 가는 길을 결국 찾지 못했기 때문이 아니었다. 미로 속을 부유하듯 막힌 골목을 몇 번이나 되돌아나오면서 결국 내 가게가 있던 자리에 도착했다. 하늘은 보랏빛이었고 해는 모습을 감추었지만 산기슭마다 붉은 기운이 아직 남아 있었다. 나뭇가지 사이로 그 붉고 따뜻한 기운이 내게 전해졌다. 나는 눈을 게슴츠레하게 뜨고 나뭇가지에 걸린 보랏빛 하늘을 바라봤다. 나는 그 장면을 아주 오래 함께 일한 동료의 얼굴처럼 친숙하게 떠올릴 수 있었다. 등이 축축하게 젖었고 다리는 녹초가 되어 있었지만 산의 정상에 올라 시내의 풍경을 내려다보는 이들처럼 나는 환하게 미소지었다. 거기가 바로 내 가게 앞이라는 것을 확신할 수 있었으니까. 거리의 모든 건물이 바뀌었어도 내 자리를 찾을 수 있었다는 사실에 깊은 안도감을 느꼈다.

윤과 나의 피자 가게가 있던 자리에는 박의 가게가 있던 자리, 여행사가 있던 자리, 또 이곳에 걸어오면서 강박증처럼 반복되던 프랜차이즈 커피숍이 있었다. 다른 사람들의 가게와 마찬가지로 내 가게 역시 사라져버렸다. 3층 건물 전체가 그 커피숍이었는데도 테이블마다 사람이 거의 다 차 있었다. 나는 아까 오후에 가게를 나서면서 판에 꽂아둔 몇 개의 주문 쪽지를 떠올렸다. 나는 쪽지에 써둔 번호를 기억해낼 수도 있을 것 같았다. 핸드폰을 꺼내 그 전화번호를 누르고 싶은 충동을 느꼈다.

나는 전화를 거는 대신 프랜차이즈 커피숍에 들어갔다. 나는 커피숍에서 또다시 윤을 보았다. 나와 이십 년 동안 함께 일했고 함께 울고 웃었던 내 동업자를. 그는 어떤 사람에게 뭔가를 설명하고 있었다. 목소리는 나지막했지만 어딘가 초조해 보였고 가끔 다리를 떨었다. 그는 더이상 가수로 보이지 않았다. 입고 있던 옷은 단정하고 밋밋한 디자인의 평범한 양장이었고 고상한 색깔은 눈에 띄지 않았다. 그는 화려해 보이지 않았고 신뢰감을 느낄 수 있었다. 윤이 마주앉은 사람에게 책자를 건네고 뭔가 설명을 시작했고, 설명을 하다가도 상대방이 뭔가 말하려는 기색이 보이면 입을 다물고 경청했다. 나는 그가 상대에게 적지 않은 금액의 물품을—월 9,900원에 대여해주는 소형 정수기였다—판매하고 있다는 걸 알 수 있었다.

상대방의 상체가 점점 더 윤 쪽으로 쏠렸고 윤이 내민 책자를 성경을 받아들 듯 자신의 품에 안았다. 윤은 잠시 숨을 내쉬었고 커피숍을 둘러봤다. 천천히 움직이던 그의 시선이 마침내 나를 향한 채 멈췄다. 윤은 이제 나를 모른 척하지도 않았고 소리를 지르거나 당황해하지 않았다. 윤은 마치 구름의 무늬를 일일이 확인하듯이 내 얼굴을 바라보았다. 마치 내 얼굴의 세포 하나하나를 알아본다는 듯이 천천히 내 얼굴을 바라본 윤의 눈에 눈물이 고이기 시작했다. 그리고 천천히 그의 얼굴이 밝아졌다.

나는 윤에게 묻고 싶었다. 왜 우리 가게가 사라졌고 그 자리에서 윤이 뭔가를 팔고 있는지에 대해서. 우리 둘에게 어떤 일이 일어난 건지

를. 하지만 윤의 미소. 그의 눈가에 물결처럼 퍼져나가는 무늬를 바라
보면서 깨달았다.

단지 시간이 흘렀다는 것을.

내가 가게로 돌아오기까지 오 년이라는 시간이 흘렀던 것이다. 나
는 윤에게 눈인사를 하고 계단을 내려왔다. U자형으로 구부러진 계단
을 돌아내려오다가 자석에 붙들린 듯 멈춰 섰다. 복도 한구석에서 거
대한 은색 트로피를 닮은 사십 쿼터짜리 자동 반죽기를 발견한 것이
다. 반죽기는 반죽을 하는 용도로 쓰이는 대신 장식품 역할을 하고 있
었다. 반죽기는 플라스틱으로 만든 가짜 원두로 가득 채워져 있었고
그릇과 연결된 부위를 초록 실로 감침질한 붉은 리본으로 둘둘 감겨
있었다.

화장실을 청소하고 나오던 직원이 나를 보더니 반죽기를 한번 쳐다
보고 "역시 이상하지요?"라고 물었다. 아무도 그걸 주문한 일이 없는
데 도착한 애물단지라고 설명했다. 택배 회사에도 알아보았지만 어찌
된 일인지 그걸 누가 보냈는지 알 수가 없더라는 것이다. 갖다버리기
는 어쩐지 꺼려져서 고민하던 중에 직원 중 한 사람이 복도에 놓고 장
식품으로 사용하자는 의견을 냈다고 했다.

"하지만 보시다시피 영 어울리지 않아요. 난 이걸 여기 놓는 걸 반
대했죠. 하지만 내 의견은 받아들여지지 않았어요. 지나다니면서 이
걸 볼 때마다 마음이 찜찜할 뿐이죠. 이걸 보면 무슨 생각이 드시나
요?"

"피자요."

나는 자신 있게 대답했다.

"이건 반죽깁니다. 피자 도우를 만들 때 쓰죠."

"하지만 점장님만은 그렇게 생각하지 않았고 어떻게든 쓸모를 만들어보려고 애썼지만 보시다시피 결과는 끔찍합니다."

"난 이 반죽기 때문에 거의 모든 걸 잃어버릴 뻔했어요."

"이 쓸모없는 물건 때문에요?"

"쓸모없다니요? 이건 반죽깁니다. 십오 분 동안 구십 개의 도우를 만들어낼 수 있어요. 엄청나지 않습니까?"

"우리 매장에선 피자를 팔지만 그건 손바닥만한 크기고 완성품으로 배달되기 때문에 레인지에 돌리기만 하면 끝이에요. 우린 도우를 안 만드니까요. 우린 이 반죽기가 필요 없어요."

"도우는 아주 중요한데…… 그건 내장 기관을 보호하는 근육과 피부거든요."

"그 말 전에 들어본 적이 있어요. 이 커피숍이 들어서기 전에요. 오년 전쯤 이 자리에 피자 가게가 있었거든요. 그 피자 가게가 내건 모토가 그거였죠. 도우는 아주 중요하다. 근육과 피부처럼."

"그 가게에 가본 적 있어요?"

점원이 오른쪽으로 고개를 기울인 채 한참을 있었다.

"그러고 보니 오 년 전에도 저는 바로 이 자리에 있었어요. 오 년 전 이 거리에 그 피자집이 있었으니까 그런 셈이죠. 테이블은 겨우 세 개인가 네 개 정도 밖에 안 되는 작은 가게였는데 맛이 괜찮다는 소문을 듣고 가봤죠."

점원의 이야기가 얼마나 흥미진진했는지 입안에 침이 고였다.

"근데 그 자리에 가게가 없었어요. 합판을 세워 건물을 막아놓고 그 위에 천막까지 쳐서 아무도 그 안을 못 보게 만들었더라고요. 건물주와 가게 주인이 붙은 거예요. 그 가게 주인이 크게 다쳤다는 얘길 그날 거기서 들었어요."

"다쳤다고요?"

"네, 그 사람 다리를 잃었다고 했어요."

"다리요?"

"네, 아저씨처럼요."

점원이 내 목발을 가리켰다.

"아, 난 다치지 않았어요. 내 다리가 이렇게 된 건 선천적인 이유입니다."

"죄송합니다. 어쨌든 내가 하고 싶은 이야긴 이겁니다. 사람들은 그게 자해극일 수도 있다고 했어요. 그즈음 이 골목 사람들은 만나면 그 얘길 했어요. 그가 다친 것이 아니라 스스로 자신을 그렇게 만들었다고요. 난 그들이 왜 그런 이야길 지어냈는지 알아요. 그 사람이 당한 일을 받아들일 수 없었던 거예요. 왜냐하면 그 이야기가 마치 자기네들을 협박하는 것처럼 들렸으니까요. 그 이야길 믿으면 자신도 다리를 다친다는 걸 믿는다는 거나 마찬가지였으니까요. 차라리 그의 괴팍한 마음이 자신의 몸을 망가뜨렸다고. 세상 이치를 몰라 고집을 부린 자의 자업자득이라고 믿는 편이 당장에는 도움이 되는 것처럼 느꼈을 거예요. 그래서 사람들은 거짓 이야길 꾸며댔죠. 자기가 스스로 자기 다리를 그렇게 만들었다고요. 다들 용기가 없었고 그게 사람들이 이 거리를 지키지 못했던 이유예요. 난 그 이후로 거짓말을 하고 다녔죠. 붉은 모자를 쓰고 붉은 옷을 입고 역시 붉은 신발을 신은 사람들의 떼거리가 그 사람에게 몰려들어 작정하고 그 사람 다리를 분지르는 것을 내 눈으로 목격했다고 했어요."

"거짓말을 했다고요?"

"네. 물론 나는 보지 못했어요. 하지만 그게 뭐 그렇게 중요한가요? 난 보지 않았지만 그 사람이 스스로 자기 삶을 망가뜨릴 리가 없다고 믿었어요. 그래서 당당하게 말했어요. 그 장면을 내가 봤다고요. 그렇게 떠들어대자 기자들이 몰려왔어요. 정말 그 장면을 목격한 게 확실하느냐고 물었어요. 난 한 치의 망설임도 없었어요. 고개를 끄덕였죠. 기자들은 내가 봤다던 그 장면을 설명해달라고 했죠. 그래서 나는 그렇게 했고요."

나는 마치 다른 사람의 이야기를 듣는 것처럼 담담했다. 그다음에는 어떤 장면이 마음속에 떠올랐다. 그 일은 아주 자연스러웠다. 언젠가의 내가 윤과 나의 피자 가게를 신식 주방 기구들로 가득 채운 공상으로 한껏 부풀어올랐던 것처럼 그때 내 마음속에 떠오른 그 장면은 실제로 일어난 일인 듯 생생했다. 너무 생생해서 숨이 막힐 것 같았다.

세시였다. 라디오에서 내가 좋아하는 편의점 광고 시엠이 두 번이나 흘러나왔고 창밖으로 참새 열댓 마리가 한꺼번에 날아올랐다. 그리고 저벅저벅 걸어들어오는 사람들의 무리가 골목을 메웠고 곧이어 누군가 비명을 질렀고 그들이 돌멩이를 들고 창문을 부수기 시작했다. 주문판이 쓰러졌고 직원이 머리에 피를 흘리며 넘어졌다. 가게 안으로 밀고 들어온 사람들은 눈에 보이는 것은 모조리 문 앞으로 집어던졌다. 나는 누구에게랄 것 없이 달려가 그들을 저지하려고 했지만 몸이 말을 듣지 않았다. 누군가가 내 어깨를 거칠게 잡았다. 그 손이 매우 따뜻했다. 또 누군가가 내 머리통을 후려쳤다. 나는 뒤돌아 그의 얼굴을 보려고 했지만 내 몸은 누군가에게 붙들려 있었고 꼼짝도 할 수 없었다. 그래도 나는 다시 뒤돌아 그 얼굴을 보려고 했다.

이번에는 내 다리를 향해 무언가 아주 단단한 것이 감겨들었다. 나는 더이상 발을 딛고 서 있을 수 없었다. 다음 순간 허공에 들어올려졌고 그대로 가게 밖으로 내던져졌다. 나는 바닥에 고꾸라졌다. 나는 마치 내 몸이 허깨비처럼 비어 있다고 느꼈다. 그다음 순간 내 몸이 불처럼 완전히 뜨거운 것으로 가득찼다고 느꼈다. 그다음에는 나는 내가 아주 까맣게 되어버렸다고, 완전히 검게 타버렸다고 느꼈다. 눈을 뜨고 무엇을 보고 있긴 한데 내가 보고 있는 것들이 눈앞에 있다는 것만 알 뿐 그것들을 보고 있는 나는 무엇인지 알 수 없게 되어버렸다.

그다음에는 더이상 아무것도 보이지 않았다.

"다리를 다쳤다는 그 사람은 당신한테 고마워했을 겁니다."

나는 되도록 정확하게 발음하려고 애썼다.

"아니요. 그 사람은 내 얘길 듣지 못했어요. 내가 한 거짓말을 듣지도 못하고 병실에 있어요. 오 년째 깨어나지 못하고 누워 있다고요."

계단 쪽 사각 테이블에 앉아 있는 손님이 점원을 불렀다. 점원이 곁을 떠나자 갑자기 몸이 노곤해졌다. 아주 오랫동안 여행을 하고 현관에 들어섰을 때처럼 일시에 피곤이 몰려왔다.

잠시 눈을 감았다가 뜨자 이번에 나는 삼인실 병동의 가운데 침대를 차지하고 누워 있었다. 창밖으로는 낮은 산이 서너 겹 펼쳐져 있었고 드문드문 비듬처럼 흰 눈이 흩뿌려져 있었다. 침대 발치에서는 회전식 전기난로가 돌아가고 있었고 음을 소거한 티브이 화면에서는 기모 레깅스를 지금 주문하면 하나를 더 준다는 글귀가 떴다.

보랏빛 꽃배추 화분이 놓인 창문 앞에 어깨가 굽은 사람이 서 있었다. 그는 창밖을 바라보고 서서 가끔씩 몸을 흔들었는데 울고 있는 것 같았다. 좀더 지켜보니 우는 것은 아니었고 조그맣게 노래를 웅얼거리고 있었다.

그 노래 가사를 알고 있었다. 전에 그 노래를 어디선가 들어본 적이 있었다. 그가 부르고 있는 소절의 다음에 올 소절이 떠올랐고 되도록 정확하게 발음하려고 노력했다.

오 년 전 이 거리에서.

어깨가 굽은 사람이 천천히 뒤를 돌았다. 나는 그가 그다음에 어떤 표정을 지을지 알고 있었다.

모든 것을
제자리에

습진이 아직도 안 나았나보네, 율씨는.

캐비닛에서 카메라를 꺼내고 있는데 과장이 물었다. 질문인지 혼잣말인지 모를 건조한 어조다. 갑자기 매미가 울기 시작해 대답할 타이밍을 놓친다. 9월이었는데도 이따금 매미가 울었다. 숨이 멈춘 듯 잠시 정적이 흘렀다가 일제히 귓가로 쏟아져 들어오는 매미 소리를 들으면 내 속의 것이 비워지는 듯 시원했다.

여름이 가면 좋아지지 않겠습니까.

매미 덕분에 이도 저도 아닌 답변으로 때운다.

여름 내내 습진을 앓은 바람에 손바닥에는 마치 몸집이 작은 동물이 지려놓은 오줌 자국 같은 갈색 흔적이 군데군데 남아 있었다. 피부가 갈라지면서 붉은 새살이 올라오는 데도 있었고, 노란 진물을 달고 돌기들이 솟아오르는 데도, 이도 저도 아닌 채 아직 통증은 없이 파충류의 피부처럼 표피만 흉측한 모양으로 변해버린 데도 있었다. 젊은 처자의 손이 그렇게 되어버려서 어디 쓰겠냐고, 신경을 좀더 쓰고 관리를 해야 하는 거 아니냐고 과장은 잔소리를 했다. 약을 꾸준히 먹고 간간이 주사를 맞으며 아침저녁으로 매일 소독을 하는데도 쉬이 낫질 않았다. 상처가 거의 다 아물라 치면 다시 번지기 시작해 딱지가 앉았다가 떨어져나간 것도 세 번이 넘었다. 간지러움과 찌르는 듯한 통증, 열감을 동반하며 부어오르는 일련의 증상들에 차츰 무뎌져가고 있었는데 과장의 한마디에 다시 참을 수 없는 가려움증이 일었다.

L시의 건물들이 전염병에 소 쓰러지듯이 픽픽 무너지기 시작한 건 작년 여름부터였다. 등 쪽에 큼지막한 흰 글씨로 '한국 건설'이라고 쓰여진 검은 점퍼를 입은 한 무리의 사람들이 동원되어 멀쩡하게 서 있는 건물들을 폐가로 만들어버리고 나면 한동안 그곳은 아무도 얼씬거리지 않아 흉물스러운 채로 방치되어 있었다. 살던 이들은 말도 없이 떠났고 몇 달 지나지 않아 새 건물이 들어서 마치 아무 일도 없었다는 듯 간판을 바꿔 달았다. 붕괴된 건물들의 내부 영상과 이미지 파일을 자료로 보관하는 작업을 진행한다기에 별생각 없이 지원했는데 덜컥 붙어버리고 말았다. 사람들을 상대하는 데 조금 지치기도 했을 즈음 조용한 폐건물에서 홀로 작업하는 것을 장점이라고 생각했는데 근무 시간의 대부분을 혼자 지내며 파괴된 건물의 구석구석을 들여다보는 일은 생각보다 만만치 않았다.

과장과는 의식적으로 적당한 거리를 두고 일과 관계 없는 이야기는 되도록 삼갔다. 사담이 시작된 것은 습진 탓이었다. 습진은 다른 사람의 눈에 띌 정도로 번져나갔고 같은 사무실을 쓰면서 알은 척을 하지 않을 수 없었을 것이다. 문제는 그런 식으로 시작된 사담이 영역을 넓

히지는 못한 채 계속해서 같은 내용만을 반복했다는 점에 있었다. 과장은 붙잡은 쥐를 놓지 않는 고양이처럼 습진에 대해서 묻고 또 물었다. 이 대화가 반복되는 것이 점점 나를 못 견디게 했다.

서랍에서 연고를 꺼내 손바닥에 바른 뒤에 가방을 메고 자리에서 일어났다. 사무실의 뒷벽에 붙여놓은 외근 장부에 붉은색으로 10:00~13:00이라고 적었다. 5층 건물이라니까 두 시간 정도면 끝이 날 테지만 예상치 못한 상황을 대비해 한 시간 정도를 넉넉히 잡아두면 편했다. 예상에 맞추어 작업이 끝나더라도 한 시간 정도 수당을 더 받는 것을 두고 탓하는 사람도 없어서 대개는 한 시간을 늘려 적었다. 가끔 적어놓은 시간보다 작업이 늦어지는 경우도 있었으니까, 그런 경우를 더하고 뺀다면 결국 이익도 손해도 아닌 정직한 결과가 나오는 셈이었다.

버스를 타고 포장마차에서 산 김밥을 입안에 넣고 우물우물 씹으면서 스쳐지나가는 창밖 풍경을 보니 마치 소풍이라도 가는 기분이다. 햇볕 아래 화사하게 제 형상과 색상을 드러낸 건물들이나 사람들 쪽으로 시선을 두면 일순간 마음이 밝아졌다. 그러나 몇 정거장이 채 지나기도 전에 눈앞의 풍경은 서서히 빛을 잃어가기 시작했다. 이 일을 시작한 이후로 가끔 있는 일이었다. 주변이 조금씩 어두워지고 탁해지다가 마침내는 제 색깔을 완전히 잃어버리는 환영에 시달리는 것이다.

당시에 나는 많은 자극에 노출되어 있었다. 붕괴된 건물이야말로 사람이 없는 조용한 건물이며 죽어 있는 곳이라는 애초의 생각과 달리 건물은 사람들이 득시글거리는 L시에서 가장 시끄러운 곳이다. 아무도 보이지 않았지만 많은 사람들의 목소리가 곳곳에서 튀어나왔고 온전한 형상은 없는 채로 세상의 거의 모든 것이 다 있었다. 최근에는 불에 그슬린 흔적들도 종종 발견했는데 잿빛으로 뒤덮인 사물들에서 나는 너무 많은 것을 보았다. 붕괴된 건물은 마치 나를 기다리고 있었던 것처럼 달려들어 제 말을 쏟아놓았고 나는 비지땀을 흘리며 그것들을 카메라에 담았다. 덕분에 주말에는 아무도 만날 수 없었다. 음악조차 듣지 않은 채 불을 끄고 방안에 드러누워 있었다. 창문 바깥에서 이따금 새의 울음소리가 들려오거나 바람이 불어 커튼이 날리는 정도를 제외하면 아무 소리도 움직임도, 듣거나 보고 싶은 생각이 없었다.

과장은 과장대로 히스테릭해져가고 있었다. 현장의 모습을 직접 보는 것도 스트레스였지만 사무실에 앉은 채 거의 엇비슷한 폐가의 모습을 계속해서 보는 일 또한 쉽지는 않았을 것이다. 최근에 나는 그에게서 좀 이상한 낌새를 느꼈는데 작업한 영상과 사진 이미지들을 검토한 과장이 뭔가 기분 나쁜 눈초리로 나를 흘깃흘깃 쳐다보는 것이다. 그 사진과 비디오 파일 속에서 일어난 일들이 모두 내가 저지른 일이라도 되는 것처럼 말이다.

사진은 그저 기록일 뿐 예술가의 작품이 아니라는 것을 과장은 아마 잊고 있는 모양이다. 사진에서 그가 어떤 꺼림칙함을 느꼈다면 그것은 당연하다. 왜냐하면 그 사진들은 모두 잿빛으로 그을었으며 형태는 무너져 있고 또 가지런하게 그들이 지켜온 질서에서 벗어나 있기 때문이다. 그 사진 속에 사람은 없고 사람의 흔적이 있으며 그러나 그 흔적 또한 파괴되어 있기 때문이다. 그러나 내가 없는 걸 만들어낸 것은 아니다. 그것은 나의 창조물이 아니다. 그것은 L시다. 혼란 그 자체다. 내가 찍은 사진을 보며 나를 짐작하려 드는 팀장 쪽이, 의심스럽기는 나보다 더 의심스러운 사람이다. 나는 재난의 기록사이지 이 장면을 연출한 감독이 아니다. 하지만 과장은 자꾸 내가 건넨 파일에서 내 의도를 찾으려고 한다. 마치 내가 위대하고 고상한 L시의 이미지를 망가뜨리려는 의도라도 가지고 있는 불순분자인 양 영상을 뜯어보며 나를 미심쩍어 한다.

사진 이미지를 한 번, 또 내 얼굴을 한 번, 자기가 알지 못하는 희귀 동물을 구경하듯 쳐다보면서 그는 팔짱을 낀다. 내가 찍은 영상들이 어딘가 잘못되어 있다는 듯이. 그가 보고 있는 장면들이 마치 내가 연출한 것이라는 듯이.

그는 모니터에 얼굴을 들이밀고 고개를 젓는다. 그러고 나선 뭔가 대단한 걸 알아내겠다는 듯이 천천히 내게 묻는 것이다.

"그런데 율씨, 그 손은 언제 낫는다고 합니까?"

건물에 들어가기 전에 편의점에 들러 컵라면까지 챙겨먹은 것은 진짜로 배가 고파서는 아니었다. 건물에 들어가기 전에는 어김없이 속이 쓰렸는데 아마 작업을 하러 들어가기 싫은 마음이 솔직한 토로는 못하고 진심을 빙 돌려 배가 고프다고 느끼게 하는 모양이었다. 잘못 느끼는 허기라는 것을 알면서도 나는 꼬박꼬박 편의점에 들러 가장 빨리 배를 불릴 수 있는 컵라면을 사 먹었다. 사람 얼굴만한 둥그런 플라스틱 뚜껑에 꼬불꼬불한 인스턴트 면을 담아 제대로 씹지도 않고 목구멍 안으로 후루룩 넘기고 나면 일시적으로나마 마음이 든든했다. 수프에 첨가된 화학조미료는 기분을 돋우는 데 도움이 되었다. 용량이 작은 스테인리스 병에 도수가 높은 술을 넣어 가지고 다니며 작업하는 내내 홀짝이는 동료가 있다는 이야기도 들은 적이 있지만, 알콜 분해 효소가 없는 나 같은 이에게는 컵라면이 최고였다. 낮술을 걸친 사람처럼 기분이 살짝 좋아져서는 마치 초청장을 받고 축제 장소에 들어서는 사람처럼 당당한 어깨로 문을 통과할 수 있게 되는 것이었다.

일단 문 앞을 통과할 수 있게 되면, 그건 절반은 성공한 것이나 마찬가지다. 다른 모든 일이 그런 것처럼 이 일 역시 시간과의 싸움, 체력과의 싸움인 것이다.

가장 먼저 렌즈를 들이대는 곳은 출입구다. 붕괴 현장의 경우 대개는 출구 쪽의 난간이 부서져 있고 혈흔이 남아 있는 경우도 꽤 되었다. 출구를 보면 대충 건물의 전반적인 피해 정도를 예상할 수 있다. 이곳의 피해도는 중상이었다. 부서진 경첩과 반쯤 탄 채 안쪽으로 날아간 발털개를 찍고 난 뒤 그을음에 시커메진 유리창 앞에 선 채로 바깥 풍경을 짐작해보자면, 들어올 때 분명 지나쳤을 텐데도 그 풍광을 좀처럼 떠올릴 수 없다. 하지만 그을은 유리창을 앞에 두고 멋대로 떠올린 장면은, 내 머릿속에서만큼은 영영 지워지지 않은 채 오히려 더 선명한 기억으로 남았다.

하얀 도화지를 계속 보고 있으면 색이 조금씩 달라지는 것을 본다며, 주변 사람들은 종일 그 잿빛 건물 안에서 일을 하는 것이 정신 건강에 좋지 않다고 말렸다. 하지만 이 일을 해본 적이 단 한 번도 없는 그 사람들이 이 일이 어떤지 알 도리가 있을까? 붕괴 건물을 백지에 비유한다는 것 자체가 일단 어불성설이었다.

일상의 풍경들이 삽시간에 회색의 폐허로 무너지는 것과는 정반대로 일을 할 때는 그렇지 않았고 온통 잿빛인 공간에 오히려 자꾸만 색깔이 덧입혀져서, 잿빛의 건물 속에서도 나는 무지개를 만나곤 했다. 때때로 그을음 사이를 비집고 들어온 햇빛 조각이 폐허에 만든 조명들은 눈이 부실 정도로 찬란하고 아름다웠다. 형상들이 무너진 암흑의 공간에서 그렇게 새로운 이미지들이 태어나는 것을 나는 넋을 놓고 바라보고는 했다. 부서진 계단 위로 떨어져내린 햇빛 조각을 바라보며 나는 한 칸 더 위층으로 올라갈 힘을 얻을 수 있었다.

머리에 수건을 동여맨 여자 둘이 인조가죽 소파에 앉아, 한 사람은 티브이를, 다른 한 사람은 그보다 더 지루한 일이 없다는 듯한 표정으로 잡지를 넘기고 있었다. 미용사는 초등학교 고학년으로 보이는 여자아이의 머리를 잘라주고 있었다. 커트요, 라고 볼일을 알리고 소파 끄트머리에 앉았다. 가윗날이 부딪는 소리와 머리카락이 바닥으로 가볍게 떨어지는 소리가 마치 이 세상의 모든 것들이 아주 가볍고 가는 것들로만 이루어진 건 아닌가 하는 상상을 하게 했다. 여자아이의 주변으로 우물 벽 같은 검은 동그라미가 만들어졌다가 미용사가 그 위를 밟고 지나가면 검은 동그라미는 쉽게 흐트러졌다.

손은 왜 그래요?

여전히 티브이에서 시선을 떼지 않은 채로 여자가 묻는다.

습진이에요. 여름이면 늘 손이 말썽이어서요.

습진?

여자가 내 손 쪽으로 슬그머니 시선을 두었다가 별로 흥미가 없다는 듯 다시 티브이로 고개를 돌렸다.

습진이라고 분명하게 말을 박아야겠다는 생각에 나는 정확한 발음을 하려고 애썼다. 그러나 이내 가는 곳마다 설명을 해야 하는 것이 귀찮아져서 괜히 관심도 없는 패션지를 집어들었다.

다 됐다.

미용실 여자가 아이의 어깨에 두른 목받침을 떼어낸다. 아이가 의자에서 일어난다. 일어나니 아이의 체구가 더 작아 보인다. 이제 내 차례다. 어깨에 천을 두르고 그 위에 목받침을 두른 뒤에 미용사가 가위를 든다.

어떻게 자르시게?

아주 짧게요.

아주 짧은 단발?

아니요, 커트요. 숏컷.

미용사가 뭔가 더 설명을 필요로 하는 것 같아 나는 붕대를 감은 손을 가리켰다.

머리를 감는 게 영 불편해서요.

미용사의 얼굴이 찌푸려진다. 분무기로 머리를 적신 뒤 미용사는 마치 정육점에서 고기의 부위를 나누듯 머리를 여러 구역으로 나눈 뒤 한 움큼씩 잘라낸다. 툭툭. 가벼운 것으로만 이루어진 세계가 시작된다.

아까 그 아이 통 머리를 빗질 않나봐. 머리끝이 다 엉켜서 어찌나 고생을 했는지 몰라. 머리를 손질하러 온 게 아니라 엉킨 걸 풀러 온 모양이지 뭐예요.

툭.

툭.

머리카락 한 움큼이 또 바닥으로 떨어진다.

근데 손은 어쩌다 그랬대?

미용사는 아까 뒤에서 여자들과 내가 나눈 이야기를 듣지 못했나보다.

칼에 베였나? 나도 전에 사과 깎다 베인 손이 낫질 않아 고생한 적이 있었는데.

아, 아니에요. 그냥 습진이에요.

아까는 복도에서 율씨 바로 뒤에 있었으면서 율씨를 못 알아봤지 뭡니까. 다른 사람인 줄 알았습니다.

과장은 나를 못 알아본 것이 영 아쉬운 눈치다.

요새는 짧은 머리 여자들이 많지만 율씨는 숏컷을 하니 완전히 다른 사람처럼 보여요. 게다가 손까지 그렇게 칭칭 감고 있으니까 뒤에서는 생판 딴사람으로 보이지 뭡니까. 난 다친 학생 하나가 건물을 잘못 찾아들어온 모양이라고 생각했지, 그게 율씨일 거라곤 짐작도 못했습니다. 그런데 머리를 그렇게 잘라놓으니까 나이를 영 짐작하기가 어렵습니다. 요즘 애들은 성장이 빨라서 초등학생들도 키는 성인만한 경우가 있으니까요.

과장의 말은 듣는 둥 마는 둥 했던 이유는 눈앞에 펼쳐진 파일 때문이었다. 영상을 담는 과정에서 실수를 깨닫는 경우도 있지만 촬영을 할 때는 몰랐는데 사무실에서 필름을 감다가 드러나는 실수들도 있기 마련이다. 어떤 층을 빼먹는다던가, 특정 장소의 비중이 너무 높다든가 하는 실수를 저지르곤 한다. 그런데 어젯밤 녹화분을 검토하던 중 실수라고 설명하기에도 불가능한 실수를 발견했다. 어제 현장은 6층 건물이었는데 위층으로 올라가지 않은 채 계속해서 2층을 반복해서 찍었던 것이다. 건물은 6층이고 나는 옥상에 올라가보기까지 했는데 카메라상으로는 6층에 올라가기는커녕 2층에서 멈춰 있었다. 2층. 암전. 그리고 다시 2층. 다시 암전. 그리고 다시 2층.

나는 과장이 뭘 하나 힐끗 쳐다보았다. 과장은 신제품 과일 젤리를 시식하고 있었다. 사무실에서 종종 볼 수 있는 과장의 평화. 그의 간식 시간이었다. 얼굴에는 잔잔한 미소를 띤 채 부지런히 숟가락을 놀리는 모습을 바라보자 이상하게 안도감이 들었다.

플레이 버튼을 다시 눌러보았지만 계속해서 똑같은 장면만 나왔다. 카메라에 이상이 있는 건 아니었다. 2층의 형상은 반복될 때마다 아주 조금씩 구도와 흐름이 달라졌다. 그러니까, 그냥 같은 곳을 계속 찍고 있었다는 이야기였다.

벌써 세번째 반복되는 2층의 그을린 천장을 바라보며 나는 식은땀을 닦아내었다. 그을린 천장과 그을린 벽, 넘어진 테이블과 화분, 가재도구들, 그리고 깨진 바닥 타일. 화면은 똑같은 것들을 계속해서 다른 구도로 보여주고 있었다.

과장이 나를 쳐다보지도 않고 물었다.

이거 신제품인데 썩 괜찮네. 율씨도 맛 좀 보겠어요?

과장의 질문이 나를 고역 속에서 건져내었다. 등뒤에서 땀이 나며 따끔따끔 뭔가로 찌르는 듯한 통증이 느껴졌다. 이 따끔따끔한 통증을 기억하고 있다. 손에 느껴졌던 통증이 등에서 느껴지는 것이다. 잘못된 감각이라는 것을 알았지만 등은 계속 따끔거렸다.

나는 소독액을 꺼내 손바닥 위에 눌어붙은 누런 진물을 닦아낸 뒤에 연고를 발랐다. 손바닥 한가운데가 가뭄에 마른 땅처럼 쩍 갈라져 있었다. 손의 흉터는 언뜻 무언가 흉측스러운 외양의 생명체가 입을 벌린 모습 같기도 했다. 이러다 정말 그 안에서 뭔가 나올지도 모르겠네, 라고 나는 혼자서 농담을 중얼거렸다.

가방에 카메라를 넣고 외출 장부에 붉은 글씨로 9:00~14:00라고 적었다. 과장은 오늘은 벌써 나가느냐고 묻고, 내가 그렇다고 하자, 딱히 할말이 없는지 습진은 좀 괜찮아졌는지, 아직도 전혀 차도가 없는지 물었다.

혹 습진이 아니라 다른 병인 것은 아니겠지요?

나는 과장이 무슨 병을 생각하는지 알 수 없었다.

더 큰 병원에 가서 제대로 된 진단을 받아보는 게 낫지 않을까 해서 한 말입니다. 벌써 10월입니다. 다들 건조해서 크림을 수시로 발라대는 계절에 습진이라니, 무언가 좀 이상하지 않습니까, 율씨?

나는 습진이 더 심해진 것은 아니고 점차 나아지고 있다. 다만 나도 모르게 자꾸 물에 담그게 되는 것을 방지하기 위해서, 즉 나 자신에게 그 손이 투병중임을 상기시키기 위해서 일부러 붕대를 감았노라고 알려주었다. 과장이 별꼴이라는 듯 입을 삐죽였다. 나의 사고방식을 도저히 이해할 수 없다는 표정이었다.

다음날에는 녹화분을 넘겨야 했기 때문에 나는 어제와 같은 건물로 향했다. 건물까지 가는 동안 몇 가지 실수가 있었다. 버스를 잘못 타는 바람에(한 번은 전혀 다른 번호의 버스를, 또 한번은 반대 방향으로 가는 버스를 탔다) 두 번이나 다시 갈아타야 했고 편의점에서 컵라면으로 배를 불리고도 들어갈 마음이 나질 않았다. 그날은 화학 수프도 아무 기능을 하지 못했다. 일단 건물에 들어가기만 하면 되는데 출입문을 통과할 엄두가 나지 않았다. 배 한가운데가 뻥 뚫린 듯 힘이 없었다. 조금 쉬고 나서 다시 시도를 해보자고 생각했지만 건물 앞 화단 근처에서 한 시간을 보내고 난 뒤에도 용기가 나질 않았다.

근처 상점들을 기웃거리다가 작은 옷가게 하나를 발견했다. 분위기는 어딘가 종교적인 데가 있었다. 소수의 사람들이 공동체를 만들어 함께 산다는 이야기를 들은 일이 있었다. 도시 외곽에 살면서 시내에 상점을 몇 군데 운영하며 직접 만든 상품들을 판매한 수익으로 공동체를 운영하고 있다고들 했다. 단정한 디자인에 천연 직물로 만든 것들이었는데 남녀 공용인 상품이 절반이나 되었다. 색깔은 전부 밋밋한 베이지 계열이나 그레이, 흑색과 백색. 원래는 독특한 패턴이나 색상이 아니면 거들떠보지도 않았는데 은근함의 미덕이란 이런 것인가, 하며 기본 디자인의 상품 몇 장을 바구니에 넣었다. 갑자기 닥친 가을에 긴팔 옷이 몇 벌 필요한 차였다. 사무실에 두고 다닐 카디건 한 장, 면바지 한 장, 셔츠 두 벌이었다. 계산을 할 때 직원이 멤버십 카드가 있느냐고 물어서 없다고 했더니 만들면 적립금을 모아 결제 금액에서 제해준다고 했다. 그러마 하고 카드를 작성하다가 왠지 꺼림칙한 기분에 전화번호 끝자리를 부러 달리 적었다.

그런데, 손은 왜 그러셨어요?

206

직원이 안됐다는 듯 물었다.

나는 미용사를 떠올리며 사과를 깎다가 베였다고 말했다.

저도 곧잘 베여요. 손바닥을 베인 적은 없지만. 주로 손가락을 다쳤는데 그래서 늘 밴드를 감고 다녔죠.

나는 손바닥을 물끄러미 쳐다보았다. 오른손 전체를 감싼 붕대는 과일을 썰다 베인 상처 치고는 면적이 넓었다.

혹시 남편분이 마른 체격이신가요? 저희 상품이 다른 데 사이즈보다 조금씩 작게 나와요. 전부 미디움 사이즈를 고르셨던데, 보통 미디움을 입으시는 분들이 라지를 가져가시는 경우도 있어서요. 다시 한번 생각해보시겠어요?

아니에요. 괜찮아요.

점심시간 이용해서 쇼핑하시나봐요. 요즘 그런 분들이 많아요.

직원이 내 상황을 알 리 없으니 그저 고개를 끄덕이면 되었을 텐데 나는 굳이 반박하고 싶어졌다.

오전에 반휴를 냈어요. 저희 회사는 종종 그렇게 하거든요. 몰아서 쉬어버리면 회사에서 곤란해지니까 직원들한테 그걸 권장해요.

직원이 종이백에 옷가지들을 넣어 영수증과 함께 건넸다.

저기,

내가 망설이자 직원은 다시 환하게 웃었다.

라지로 바꿔드릴까요?

아니, 그게 아니라, 아까 말한 사과요, 잘못 기억하고 있었어요. 사과가 아니라 단호박이었어요. 단호박이 너무 딱딱해서 칼이 엇나갔어요.

모는 내가 그 공간을 장악하지 못했기 때문에 그런 일이 일어난 것 같다고 말했다. 공간을 장악하는 것이 무엇인지 묻자 그는 설명을 꺼리고 머뭇거렸다. 아마 그 자신도 뜻을 정확히 알지 못한 채로 막연히 짐작하고 있을 뿐인 듯했다. 그래도 그는 성의를 보이며 더듬더듬 나를 납득시키려고 애썼다.

요즘 내가 수련을 하고 있다고 말한 적이 있었나? 우리들은 눈을 감은 채로 자기 자신의 몸을 들여다보는데 그러고 나면 공간을 들여다보기 시작해. 공간을 파악하고 난 뒤에 다시 우리 자신의 위치를 파악하지.

모는 잠시 말을 멈추었다. 내가 설명을 알아들었는지 확인하는 모양이었다.

네게는 그런 종류의 감각이 결여되어 있는 것이 아닌가 해서. 내가 생각하는 너는, 그러니까, 내 말 오해하지 말고 들어.

나는 수련 같은 걸 해본 일이 없었고 공간을 파악한다는 게 뭔지 몰랐다. 또 눈을 감고 자신을 본다는 것도 무엇인지 몰랐다. 그 점을 궁금해하자 그는 다만 우리가 눈, 그러니까 이 동공이라는 렌즈를 통해서만 세상을 보는 것은 아니니까, 라며 말끝을 흐렸다. 그러다가 번뜩 생각났다는 듯이 목소리를 높였다.

수련을 하는 친구 중에는 눈을 감은 채로 주변 어디쯤에 무엇이 있는지 맞히는 이가 있어. 그가 뒤통수에 제3의 눈을 가진 게 아니라면 그는 공간을 장악한 거지. 아마 그런 걸 거야.

'공간의 장악'은 내가 경험으로 습득한 단어가 아니지만 그런 방식으로 내가 처한 상황을 설명한다는 것이 새롭고 흥미로웠다. 나는 그 설명에 매력을 느끼기까지 했다. 모의 이론에 따르면 그것은 수련, 즉 어떤 기술적인 훈련을 통해서 내가 겪고 있는 문제 상황에서 벗어날 수 있다는 뜻으로, 이는 분명 낙관적인 설명이었다.

어쨌거나 위층의 기록이 누락된 것을 채우기 위해서 내가 다시 건물로 돌아가야 한다는 것은 기정사실이었다. 다음날 아침까지는 과장에게 파일을 넘겨야 했다. 모와 헤어지고 난 뒤 나는 다시 건물로 향했다. 한낮에도 용기가 필요했는데 한밤중에 그곳에 혼자 들어가야 한다고 생각하니 엄두가 나지 않았다. 하지만 해야 할 일은 해야 할 일이었고 나는 말 안 듣는 말을 호숫가에 끌고 가듯 결국은 건물 앞에 도착했다. 그리고 어떻게든 출입구를 통과했고, 볼펜으로 손바닥에 숫자를 적어가면서 한 층 한 층 딛고 올라섰다.

다음날 아침 출근했을 때 과장은 내 자리 앞에 서 있었다. 거기 서서 빈 책상을 물끄러미 바라보고 있었다. 내가 들어간 것도 눈치채지 못한 채 한동안 무슨 생각인가를 하는 듯하던 그는 일부러 큰 소리로 인사를 하자 그때에야 고개를 돌렸다.

율씨, 왔군요.

죄송해요. 지각을 했네요. 아침에 늦게 일어났어요. 죄송합니다.

아닙니다. 그럴 수 있죠. 일 년 넘게 근무하면서 처음 있는 일인데요. 다행이에요. 나는 율씨가 오지 않는 게 아닌가 생각하고 있었습니다. 그런 식으로 떠나버리는 사람들도 있으니까요. 어느 날 아무 말도 하지 않고 그냥 오지 않는 겁니다. 다행입니다.

과장은 그런 곳에서 일하는 게 쉬운 일은 아닌데 잘 버티고 있다고 뜬금없는 칭찬을 했다.

내가 얼굴을 붉히자 과장의 두 눈이 반짝 빛났다. 그는 내가 평정심을 잃은 것으로 생각했는지 매가 사냥감을 발견한 듯이 강한 흥미를 보이며 천천히 내 쪽으로 걸어왔다.

그런데 율씨, 그 손 말이에요. 진짜로 병원에 가보기는 한 거지요?

참새 우는 소리가 멀지 않은 곳에서 들려왔다. 열린 창문으로 바람 한줄기가 들어와 인사처럼 머리카락을 들었다가 내려놓는다. 교과서에 등장해도 손색이 없을 것 같은 청명한 아침이다. 과장도 평소보다 기분이 좋아 보였다. 편의점 봉투에 든 간식을 책상 위에 올려놓는 과장의 뒷모습을 보면서 문득 내가 건물에 들어갈 때마다 느끼는 두려움을 그는 사무실에 들어올 때마다 느끼는 게 아닌가 생각했다.

과일 젤리의 뚜껑을 벗겨내며 과장이 입을 열었다.

면접을 볼 때 나는 율씨가 아주 시원시원한 성격인 줄 알았지요.

과장은 먼 과거의 일을 회상하듯 고개를 들더니 곧 젤리를 떠서 입안에 넣고 우물거렸다.

그리고 어제 넘긴 파일 말인데,

과장이 말을 마칠 때까지 기다리기 어려웠다.

아, 녹화분 영상이 지워졌어요. 그래서 밤에 다시 촬영을 하는 수밖에 없었습니다. 근무 시간을 이미 사용했으니까 다시 시간을 달라고 요청하기가 뭣해서요. 근무가 끝나고 밤에 다시 가는 수밖에 없었습니다.

미리 얘길 했으면 일정을 조정해주었을 겁니다. 율씨 말대로 시간과 조명이 다르기도 하긴 한데, 그게 아니라 뭔가 이상해서 말입니다.

과장이 내 손을 바라봤다.

근데, 그 손 아직 그대롭니까? 아직도 낫질 않았어요?

나는 히죽 웃는 시늉까지 하면서 괜찮아요, 신경쓰게 해드리고 싶지 않은데, 라고 말꼬리를 흐렸다. 과장이 계속 설명했다.

혹시 그날 그곳에서 무슨 일이 있었습니까, 율씨?

네?

과장의 말이 무슨 뜻인지 몰랐다.

그 건물에서 무슨 안 좋은 일이라도 있었느냔 말입니다.

나는 뭐라고 대답해야 할지 몰랐다.

너무 깨끗해서요. 거기 갔을 때 진짜 그랬어요? 정말 3층만 그렇게 아무 일 없었다는 듯이 말끔히 치워져 있었습니까?

과장은 입술을 뽀로통하게 내밀더니 고개를 좌우로 한 번씩 갸우뚱했다.

나는 퍼뜩 정신이 들었다.

네, 과장님. 3층 말이지요? 3층이 좀 이상하지요? 저도 그랬습니다. 저 역시도 이상하다고 생각을 했어요. 하지만 제가 그 상황을 연출한 것도 아니고요. 저에게 그걸 설명하라는 건, 저는 그저 기록하는 담당이니까요. 저 역시도 이상하다는 생각을 했지만 제 업무가 촬영이었으니까 촬영을 하는 수밖에 없었습니다. 그냥 하라는 대로요, 그곳을 기록했을 뿐입니다. 저는 촬영기사잖아요. 연출 감독이 아니에요. 전그냥 그곳을 촬영하는 수밖에 다른 방법이 없었……

말을 할수록 나는 불안해졌는데 그건 늘 내 얼굴을 기분이 나쁠 정도로 빤히 쳐다보던 과장이 이번에는 내 쪽으로 고개 한번 돌리지 않았기 때문이다. 나는 그가 일부러 시선을 피한다고 느꼈고 그래서 불안해지기 시작했다. 나는 더 견딜 수가 없었다. 그래서 계속해서 같은 말을 반복했고 목소리는 점차 높아져갔다.

과장이 내 쪽으로 고개를 돌리려다 다시 화면을 응시했다. 문득 깨달은 사실은 과장이 나를 쳐다보지 않으려고 노력하는 것만큼이나, 내가 과장이 보고 있는 화면을 보려 하지 않는다는 사실이었다.

나는 더 떠들 말을 생각해낼 수 없었고 과장은 다 먹지 못한 과일젤리를 책상 위에 내려놓았다.

나는 화면을 보지 않았지만 무엇이 잘못되었는지를 알고 있었다. 화면 속에 나타난 건물 안의 모습은 너무 단정하고 깔끔했다. 그곳은 붕괴된 장소이고 파괴된 장소였지만 흐트러진 물건 하나 없이, 모든 것이 제자리에 놓여 있었던 것이다. 벽지는 불에 그슬려 있었는데 테이블과 의자는 가지런했다. 잿더미 위에 깨진 타일들은 일렬로 흐트러짐이 없이 줄 세워져 있었고 줄기가 꺾인 꽃다발은 깨진 화병에 담겨 있었다. 부러진 테이블 다리는 소파 위에 나란히 올려놓았다. 누가 보더라도 누군가 그곳을 촬영 직전에 정리했다는 걸 한눈에 알 수 있었을 것이다.

그날밤에 내가 한 일에 대해서 말하겠다. 나는 그 일에 대해서 아무런 부끄러움을 가지고 있지 않다. 누구나 자신이 맡은 일 외에 다른 일들을 더 하게 될 때가 있고, 그게 사리에 맞지 않은 경우를 제한다면 이것은 그냥 일반적인 상황, 사람들이 매번 맞닥뜨리고 그 일들을 해결해나가는 일반적인 이야기에 불과하다고 생각한다.

나는 3층을 정리했다.

처음부터 그럴 생각을 한 것은 아니었다. 나는 쓰러져 있는 소파의 쿠션 사이에 끼어들어가 있는 옷자락을 발견했고 그걸 끄집어내자 치마가 나왔다. 나는 굳이 그 치마를 찍을 필요는 없다는 생각이 들었다. 어차피 이곳의 모든 사물들이 자료화되는 것은 아니다. 어떤 것은 누락되고 어떤 것만이 선택된다. 그런데 굳이 그 치마를 화면에 담아야 했을까. 나는 치마의 주인이 그것을 원치 않을 거라고 생각했고 그게 빠진다고 해서 이 작업에 아무런 문제도 일어나지 않을 거라고 생각했다. 그래서 나는 쿠션 사이에 끼여 있는 그 치마를 내 카메라 가방에 넣었던 것이다.

그런데 치마를 끄집어내고 나니 그다음에는 테이블 위에 같은 인물의 것으로 보이는 모자가 있었다. 나는 치마를 숨긴 와중에 모자를 드러내는 것이 무슨 소용 있을까 하는 생각을 했고 이번에는 모자도 가방에 넣었다. 그다음에는 찢어져내린 커튼이 불필요하게 상황을 그로테스크하게 만든다고 느꼈고 그래서 커튼을 일정한 간격으로 접어 바닥에 떨어져 있는 전선을 사용해 묶었다. 소파가 쓰러진 것을 일으켜세우면 조금 나아 보일 것이라고 생각했고 그래서 그렇게 했다. 그러니까 소파는 어차피 반쯤 난도질이 되어 있었고 그래서 굳이 쓰러져 있지 않더라도 상황을 전달하는 데는 아무 문제가 없다고 생각했다는 뜻이다. 그렇게 하고 나서 나는 테이블 위의 유리 조각들을 모아 쓰레기통에 버렸고 바닥에 널린 것들도 모두 치웠다. 그런 식으로 하나하나 진행이 된 일이었다. 나는 딱히 어떤 의도를 가지고 있지는 않았다. 그렇게 3층의 흐트러진 것들을 모두 다 깨끗하게 치우고 정리했다.

물론 나는 현장을 정리하라고 보내진 게 아니었다. 내가 할 일은 단지 현장의 모습을 영상에 담아 오는 것뿐이었다. 만일 거기서 이상한 장면이 나타난다면 그대로 화면에 담는 것이 내가 할 일이라는 것을 모르지 않았다. 하지만 나는 그렇게 할 수 없었고 현장의 모습을 담기 위해서 일단 그곳을 정리해야 했다.

당시에 내 머릿속에 들어있는 단 한 가지 생각은 모든 것을 제자리에 놓아야 한다는 것이었고 방을 다 치우고 난 뒤에 나는 거의 탈진 상태였다. 하지만 가능한 한 그 집이 전의 모습을 되찾을 수 있도록 노력한 결과물이 눈앞에 펼쳐져 있었고 나는 그게 내가 정말 하고 싶었던 일이라는 것을 알았다. 당장이라도 쓰러질 것 같았지만 나는 안도의 숨을 쉬며 그제야 카메라를 집어들었다.

영상을 다 찍고 나서 나는 무엇 때문인지 모르지만 다시금 불쾌한 기분에 휩싸였다. 심상이 빠른 속도로 뛰면서 나에게 주변을 좀더 둘러보라고, 어딘가에 자리를 이탈한 것이 또 있다고 말해주었다.

나는 무릎을 짚고 자리에서 일어나 방의 출입구에서부터 시계 방향으로 천천히 돌아다니면서 어딘가에 잘못 놓인 그것을 찾기 시작했다. 내 심장을 충동질하고 있는 그것을 말이다. 하지만 3층은 이제 완벽했다. 가능한 모든 것이 제자리에 놓여 있었다. 그것들 중 무엇도 이제 더이상 내 손이 닿음으로써 나아질 기미는 없었다. 나는 이제 간절히 건물에서 나가고 싶었다. 체력은 완전히 바닥나 있었고 탈진하기 직전이었다.

카메라를 넣으려고 가방을 열었을 때 나는 그 안에 든 치마를 보았다. 카메라를 집어넣으려면 그 옷가지를 어딘가에 버려야 했다. 나는 일단 치마와 모자를 꺼냈다. 그리고 그걸 쓰레기통에 넣었다. 가방 안에 카메라를 담기 위해 집어들었을 때 다시 심장이 고동치기 시작했다. 무언가 잘못되었다고, 제자리에 있지 않다고 소리치고 있었다.

나는 고개를 떨구어 카메라를 들고 있는 손, 붕대로 감긴 내 오른손을 보았다.

나는 카메라를 내려놓고 붕대를 풀기 시작했다. 내 오른손. 그것은 분명히 내 몸에 딸려 있었으나 더이상 나 자신에게 속한 육체가 아니었다. 사진기를 든 손에는 갈색 얼룩이, 작은 동물의 배설물의 흔적을 닮은 그 얼룩들이 보이지 않았다. 그것은 습진을 앓는 손이 아니었다. 그 손은 군데군데 흉터와 상처가 많고 검게 그을린 내 손이 아니었다. 그 손은 새하얗고, 상처 하나 없이 매끄러우며, 손톱을 바싹 깎아 끝이 뭉툭한 손이었다. 내 손보다 삼 센티미터 정도는 더 길었고 마디가 굵은 손가락 역시 내 손과는 거리가 멀었다.

그것은 내 손이 놓여 있어야 할 자리에 잘못 놓인 다른 사람의 손이었다. 그것은 어떤 남자의 손이었다. 나는 그 남자가 누군지 몰랐지만 그 남자의 손은 내 손목에 붙은 채로 분명하게 살아 움직이고 있었다.

해설
황현경(문학평론가)

．
．
．

이야기 더하기 이야기

평소와 다를 것 없는 아침, 집을 나서는 당신의 목에 무언가 와 감긴다. 실, 당신의 목을 조르기엔 터무니없이 가는 실이 헐렁하게 걸렸다. 어찌된 영문이며 누구의 짓인지는 모른다. 다만 평소처럼 먹고 자고 생활하며 지금의 체중을 유지한다면 그것이 당신의 숨을 끊는 일은 영영 없을 것이다. 어쩌실 텐가. 아마, 아니 분명 당신은 그 실이 거슬린다. 당신의 온 신경이 그 실에 집중된다. 벗겨내려 낑낑대면서 당신은 하루를 망치기 시작한다. 그런데 왜? 왜 당신은 당최 일어날 리도 없는 일 때문에 거기 그러고 있나. 질문을 바꿔보자. 지금 당신을 조르는 것은 그 실이 맞다. 당신에게 생채기를 남기는 중인 그 손은 누구의 것인가. 최정화의 첫 장편 『없는 남자』(은행나무, 2016)의 한 대목을 조금 바꿔 가져왔다. 첫 소설집 『지극히 내성적인』(창비, 2016)의 '작가의 말'에 그는 이렇게 적었다. "사람들이 살아가는 모습은 나에게 이상하게 보인다. (……) 나는 내가 세상에서 본 그 이상한 모습들을 원고지에 담는다."(272쪽) 아닌 게 아니라 지금 당신은 좀 이상해 보인다. 그걸 이 작가가 본다면 당신도 소설이 될지 모른다.

이런 소설들에 '일상의 균열' 운운은 어중간한 설명이다. 아무 소설에나 적당히 가져다 붙일 수 있는 말이어서도 그렇지만, 지금 문제는 실이 아니라 손이고 더욱이 그 손의 주인은 다른 누가 아니다. 당장 목에 실이 들어온 판에 어쩌겠냐 싶으시려나. 『지극히 내성적인』을 통해 확인했듯 휴가지의 모래사장을 밟고서야 호텔에 두고 왔다는 게 떠오른 상어튜브(「팜비치」)나 가사도우미 면접을 보러 온 이가 벗어놓고 간 낡아빠진 구두 한 켤레(「구두」) 따위만으로도 알아서 제 목을 조르기 시작하는 게 우리다. 그럴 때 저 흔해빠진 것들은 죽을까봐 죽을 때까지 불안해할 운명으로 태어난 우리 불안-기계의 비정상적 급가동을 유발하는 촉매에 불과하다. 뭐든 촉매가 될 수 있다면 뭐기 촉매인지는 중요한 게 아닐 터, 과연 그 소설들의 핀트는 우리가 어째서 불안해하는지가 아니라 어떻게 불안해하는지, 곧 불안의 프로세스에 맞춰져 있었다. 불안이라는 말은 익숙해도 막상 그것이 어떻게 작동하는지는 당사자인 우리도 별로 아는 게 없다는 걸 읽다보면 알게 되는데, 안다고 달라지는 건 없겠지만 모르면 불안한 법이라서 일단 펼치면 어어 하다 끝까지 읽게 된다.

다시 실과 당신. 어쩌면 당신은 오늘 점심을 먹다 남길 것이고, 집으로 돌아오는 큰길가 그간 무심코 지나쳤던 헬스클럽에 등록할 것이다. 아시다시피 그래봐야 며칠일 테고. 뭐 하나에 지치면 다시 새로운 뭔가를 찾아 어슬렁거리며 제법 오래 불안으로부터 도망다니는 인물(특히 「오가닉 코튼 베이브」의 그녀)이 없었던 것은 아니나, 『지극히 내성적인』의 그들은 대체로 당신처럼 금세 손놓고 옴짝달싹을 못하곤 했다. 마냥 그렇게만 살기에는 인생이 너무 길어서 나름의 방법을 개발해내기에 이른 것이 『모든 것을 제자리에』의 그들이다. 요령은 말 그대로 '모든 것을 제자리에' 위치시키는 것. 실 하나 마음대로 안 되는데 어찌 그게 가능할까 싶으시겠지. 된다. 쉽다. '모든 것'을 제자리로 돌려놓으려 애쓸 게 아니라 그냥 '제자리'만 살짝 옮기면 끝. 이를테면 다들 제 눈에만 보이는 실 하나씩은 목에 걸고 다닌다고, 그게 제자리라고 스스로 설득할 수만 있다면 당신은 이제 자유다. 그런 건 거짓말이라고? 아니, 그런 걸 우리는 '이야기'라고 부른다.

*

「푸른 코트를 입은 남자」의 이야기는 두 문단 만에 슬슬 틀어지기 시작한다. 이십 년 지기 친구 진기의 전시회장에서 〈푸른 코트를 입은 남자〉라는 작품에 넋이 팔려 있던 화자 영재는 문득 남편이 곁에 없음을 깨닫는다. 둘러보던 중 소파에 앉아 도록을 읽는 남자를 인지하고, 곧이어 그가 남편이라는 걸 알아차린다. 남자를 인지하는 게 먼저, 남편임을 알아보는 게 나중. 그런 식으로 남편은 몇 번을 새롭게 '발견'되더니, 급기야 지난 십 년간 보아왔던 그의 말투와 행동과 몸집과 얼굴이 하나하나 거슬린다. 타인을 타인으로 느끼는 걸 이상한 일이라고 할 수는 없지만 그렇게 갑작스럽다는 건 이상하다. 그림에 무관심한 것을 넘어 전시에 대한 최소한의 예의도 없어 보였던 남편이 문제인 걸까? 그림에 대해 묻는다며 기껏 그림 속 남자가 누구인지, 애인이라니 직업은 뭐고 나이는 어떻게 되는지, 술자리에 언제 오는지, 이런 한심한 질문을 잘도 던지던 영재의 판단인데 믿어도 될까?

원래 이 정도만 해도 최정화에게는 소설 한 편 분량이다. 실제로 일어난 일이 거의 없다시피 한 이런 가냘픈 이야기가 팔십 매가 되곤 한다는 건 그의 소설에서 이야기를 뺀 나머지가 그만큼 많다는 뜻일 테고. (바로 그런 것들이 소설의 가장 '소설적'인 지점들이기에 그의 소설은 굉장히 소설적인 소설 혹은 굉장히 소설이다.) 알다시피 최정화 소설에서 그것들 대부분은 화자가 '나'나 '그'의 마음속(內)을 직접 살펴(省) 찬찬히 읊어주는 지극히 소설적인 일, 곧 심리 묘사의 몫이다. 때로는 일 초에도 백 년을 가는 게 우리의 마음인지라 그럴 때 마음의 이야기는 현실의 이야기와 비할 수 없을 정도로 길고 복잡하다. 당신의 마음도 여차여차하다 실에 목이 졸리는 아득히 먼 미래까지 순식간에 도달하지 않았나. 영재에게는 한순간에 지난 십 년이라는 과거가 낯선 이와 보낸 시간이 되어버린 셈이다. 그녀가 '신뢰할 수 없는 화자'인 까닭에 남편이 정말 못났는지까지는 우리가 알 수 없지만, 그랬건 말았건 영재에게만은 그게 그대로 진실이다. 말 그대로, 영재 마음이다.

그런데 전과 달리 남은 이야기가 제법 길다. 여기서부터는 말 그대로, 영재 마음대로다. 내 듣기엔 이목구비도 흐릿하고 나이도 키도 모를 그 그림 속 남자의 모델이 애인이라던 진기가 대충 둘러댄 것 같기는 한데, 아무튼 그 시점에서 영재는 최초의 질문에 답을 얻어내는 데 성공한다. '푸른 코트를 입은 남자는 진기의 애인이다.' 그러므로 남편과 함께 간 식당의 옆 테이블 남자가 푸른 코트를 걸친다면 그는 진기의 애인이다. 혹은 남편이든 낯선 행인이든 푸른 코트를 입는다면 그는 진기의 애인이다. 엉터리임이 분명한 이 프로세스가 나름대로 그럴싸하게 느껴지는 것은 일단 화자의 내면을 악착같이 쫓아가는 문장들의 속도감이 우리에게 딴생각 할 틈을 주지 않아서이기도 하지만, 무엇보다 이 논법이 군더더기 없이 깔끔하기 때문이다. 오류를 바로잡자면 '진기의 애인은 푸른 코트를 입었지만 푸른 코트를 입은 남자가 모두 진기의 애인은 아니다'라는 명제가 중간에 끼어들어야 하는데, 보다시피 그러면 논증이 지저분해져서 답이 금방 안 나온다.

궤변처럼 느껴질 테니 「전화」로 다시 이야기해보자. 요약해도 요약하지 않아도 그저 전화를 걸고 걸고 걸고 거는 게 전부인 이 이야기는 '나'와 동창 세중의 술자리에서 시작한다. 세중이 괜히 그러는 것도 같고 '나'의 문제인 것도 같고 혹은 술자리에서의 대화가 보통 그렇듯 어쩌다보니 그렇게 되어버린 것 같기도 한데, 어쨌거나 둘의 대화는 어느 시점부턴가 이상하고 애매한 분쟁으로 흐른다. 웃으며 헤어지긴 했어도 무언가 개운하지 않았던지 '나'는 세중에게 전화를 걸지만 응답은 없다. 통화가 되지 않는 이유를 알기 위해서는 통화가 되어야 한다는 아이러니 덕분에 "내가 마음속에 그린 이 아름다운 그림"(118쪽), 가령 몇 마디 농담과 함께 아쉬움을 주고받고 다음에 보자는 의례적 인사를 나누는 결말은 완성되지 못한다. 아니나 다를까, '나'는 또 마음대로 하기 시작한다.

세 번의 시도 끝에 통화를 포기하는 것으로 마무리된 그날 이후, 다른 술집에서 우연히 세중을 보게 된 '나'의 '그림'은 이렇다. 맞은편에 앉은 여자에게 상체를 기울여 다가가는 모습이 그녀의 감정을 혼란시켜 뭔가를 취하고자 하는 연기라나 뭐라나. 얼굴을 가까이 대지 않으면 대화가 불가능할 정도로 시끄러운 그 술집에서 그런 자세로 이야기를 나누는 게 그들만은 아닌 것을. 단 한 번의 허무한 통화가 성공하기 직전 장면도 같은 맥락이다. '나'는 택시를 잡으려 손 흔드는 세중의 모습이 저를 피하려는 것만 같고, 그렇게 보이고, 느껴지고, 그렇다고 마음대로 생각한다. '나'의 첫 의문은 '왜 세중은 전화를 받지 않는가'였다. 피하려는 의도가 아니라면 그렇게까지 전화를 안 받을 수는 없다는 것이 최적의 답이고, 그게 정답이려면 세중의 행동 하나하나에서 그 의도를 읽어야 하기에 그렇게 하는 중이다.

그러니 세중은 전화를 받아서는 안 되는 거였다. 제 생각엔 그가 자신을 피하고 있는데, 그가 자신을 피해야 저가 맞게 생각한 게 되는데, 그러자면 전화가 연결되지 않는 상황이 지속되어야 한다. "나중에 다시 걸겠다"(133쪽)고 했던가. 해석하자면 'NG'다. '다시 갑(겁)시다.' 푸른 코트를 입은 남자가 진기의 애인이기에, 그래야만 하기에, 그게 유행이라는 말을 들은 영재가 "이제 내가 무엇을 궁금해해야 할지 알 수 없게 되어버리고 말았다"(53쪽)며 당혹스러워하던 장면이 이와 겹친다. 푸른 코트를 입으면 진기의 애인이라 생각하기로 영재가 마음먹은바 진기의 애인은 여럿일 수 없으므로 그걸 누구나 입어서는 안 된다. 그게 유행이라면 '푸른 코트를 입은 남자는 누구인가'는 답이 너무 많아서 정답은 없는 질문이 되니까.

여전히 이상하신가. 뭔가 좀더 깔끔한 설명이 필요하신 것일 테지. 그렇다면 저들은 별스러운 건 아니겠다. 당신처럼 저들도 잘 모르겠는 걸 견디기 힘들어하는 것일 뿐이니까. 무지(無知)의 불안. 누구인지 궁금한데 안 나타나고 왜인지 궁금한데 전화가 안 되니 실증을 통한 해결은 불가능한 상황, 그때부터는 논증으로 넘어가는 수밖에 없다. 뭔가 찝찝한 것만큼 견디기 어려운 게 없기에 최대한 빨리 답을 얻고는 싶은데, 급하게 굴다보니 논증에 오류가 발생하고 결과로 오답이 도출된다. 과정에는 문제가 없었는지 답은 맞는지를 검증하는 과정은 과감히 생략된다. 불안하고 급한데 그런 걸 할 시간이 어디 있겠는가. 속는 이와 속이는 이가 하나인지라 누굴 원망할 것도 없으니 그게 진실이 아니라는 것만 빼면 크게 문제될 것도 없을 터, 저가 그걸 진실이라 믿으면 그것은 아쉬운 대로 제게만은 진실이므로 그것도 이만하면 됐단다. 어쩌겠나. 그게 우리 이야기하는 동물들의 본능인 것을.

이제 「인터뷰」를 감상할 차례다. 이 책에서 유일하게 삼인칭으로 쓰인 이 소설은 신뢰할 수 없는 화자로 말미암은 소설적 효과를 인물과 얼마간 떨어진 화자의 객관적이고도 예리한 해설이 대신한다. 화자가 불안하질 않으니 화자의 안내를 따라 이야기를 통과하게 마련인 우리도 덜 불안하고, 그래서 이 작품에는 '감상'이라는 표현을 쓸 수 있다. 무슨 이야기인지부터 다 말해버리자. 삼 년 전 '그'는 인터뷰를 하다 안경 쓴 여기자의 얼굴을 폭행해 실명시켰다. 커리어가 끊기고 아내와 멀어졌다. 재기는 어떻게 될 것도 같지만 아내와는 어떻게 해도 안 될 것 같다. 누가 문제일까. 아내는 어쩌면 문제고 그는 확실히 문제다. 아내는 다 지나간 일이라고 말한다. "하지만 그는 잊지 못했다. 그는 매일 그 꿈을 꿨다. 그 일에 대해서 스스로에게라도 설명이 필요했다."(12쪽) '스스로'에게라도 '설명'이 필요했다고? 이야기가 등장할 때다.

시작은 평화롭다. '그 일'이 함구되는 동안만 허락된 폭풍 전야의 평화. '그 일'은 어찌 그리된 걸까. 그는 모른다. "진짜 있었던 일"(22쪽)을 몰라 괴롭다면 진짜보다 더 진짜 같은 가짜라도 있어야 될 일, 각방을 쓰자는 제안에 울음을 터뜨린 아내를 펜션에 두고 찾은 해변 호프집에서의 옆자리 커플이 호의를 보이며 돕는다. 그러자 이 문장. "작년에 있었던 인터뷰 사고가 사실은 일부러 저지른 것이라고 생각해봤다."(23쪽) 사실과 허구를 뒤섞어 만든 이야기로 자신을 폭력배, 비열한, 신경증자로 이해하자 무지의 불안이 해소된다. "자신에게서 낯선 괴물을 발견한 대가를 묵묵히 치르는 중년의 남자"(25쪽)라는 치장은 덤이다. 비로소 확실하게 나쁜 놈이 되었다고나 할까. 물론 저 자신과 관객들이 용인할 수 있는 만큼만. 그래서 마지막 문장. "아니, 남자였습니다."(27쪽) 와중에 여자를 때리는 그런 최악의 인간은 아니라는 섬세한 디테일까지! 정말이지 올해의 결말 상을 만들어서라도 주고 싶을 정도의 완벽한 마무리다.

하나만 빼면 실로 완벽한 이야기다. 실명당한 그 여기자. 남자였다 말한다고 남자가 되는 것도 아닐뿐더러 무엇보다 남자건 여자건 간에 그가 누군가의 인생에 큰 상처를 남겼다는 사실은 변함이 없다. 아무리 거듭하여 읽어보아도 '그 일'은 설명이 안 된다. 우리의 독해에 문제가 있는 게 아니라 애초에 설명이 안 되도록 쓰여 있다. 진실이 달리 있는 게 아니라 '설명이 안 된다'가 진실이다. 그러니 만들어진 이야기가 정교하면 정교할수록 '그 일'의 진실에서는 멀어지는 셈이며, 그럴싸하면 그럴싸할수록 그건 더 거짓이다. 진심 혹은 진실을 말하려던 첫번째 인터뷰는 실패로 끝났지만, 삼 년이 지나 진실보다 더 진실 같은 그 거짓에 그가 먼저 속고, 술집에서 우연히 만난 두 인터뷰어가 속았다. 다시금 평화로운 해변의 밤이다.

　우리가 어떻게 불안해하는지가 최정화 소설의 시작이라고 적었다. 그것은 이제 불안해하는 우리가 어떻게 하는지로 나아간다. 답은 이야기다. 저가 저를 속이고 있다는 사실마저 잊을 만큼 매끈한 이야기. 이쯤 되면 우리가 있고 이야기가 있는 것인지 그 반대인지 선뜻 답하기 어려워진다. 간단하게 생각하자면 우리가 이야기를 만들고 그 이야기가 다시 우리를 만든다고 할 수 있겠지만, 그렇게 만들어진 우리가 다시 이야기를 만들면 그 이야기가 다시 우리를 만든다고도, 다시 또다시 같은 과정이 반복된다고도 할 수 있다. 보았듯 그 이상하고 아름다운 연쇄가 만들어낸 꽉 닫힌 모조(模造) 세계 속에서 우리는 행복하다. 속아도 꿈결 속여도 꿈결, 이것은 불행일까 다행일까. 너무 고민할 건 없다. 누구도 거기 영원히 머물 수는 없다는 걸 이제부터 확인하게 될 테니까. 뭔가가 거기서 우릴 *끄*집어낼 것이다. 뭐냐고? 이번에도 답은 이야기다.

*

　「손」은 제 이야기 안에 갇힌 '나'의 소개에서 시작된다. 집밖 아이들의 실체를 그들이 떠드는 소리만으로 재구성하여 "눈으로는 한 번도 확인하지 못한 것들을 거의 기정사실로 여기게"(140쪽) 된 '나'. 그 앞에 빌라의 보안관을 자청하는 6층 남자가 나타난다. 재활용 봉투를 사용하지 않고 버려진 폐기물 따위에 분노하는 그는 무언가 제

자리를 벗어난 상태를 견디지 못하는 것일 테다. 그러시다면 사건이 멋지게 해결된 후 잘못된 것이 바로잡히며 끝나는 범죄 드라마의 예측 가능한 세계에 빠져 있는 것도 무리는 아닐 테고. '나'는 잘 모르는 것 같지만 실은 둘이 별다를 것 없다는 게 우리 눈에는 보인다. '나' 또한 화단에서 발견한 참새의 사체를 그것이 마땅히 있어야 할 곳인 땅속으로 거듭 돌려놓으려 하지 않는가. 이렇듯 "하나의 공간"을 "영역 표시도 없이"(160쪽) 두 사람이 공유하고 있으니 무슨 일이든 벌어질 예정이다.

그런데 이야기가 뜬금없이 '박'이라는 회사 동료 쪽으로 튄다. 6층 남자가 빠져 있는 예상 가능한 세계가 조금도 예상치 못하게 전개된 박의 퇴사를 연상케 했기 때문이라는데 이게 말이 되나? 질문은 더 불어난다. 박의 자리를 '하'라는 이름의 남자가 대신하는 것까지는 당연한 수순, 그러나 '나'의 시선이 하필 그의 손에 붙들리는 건 역시 예상치 못한 전개다. 왜? 악수할 때 느꼈던 그의 손이 지나치게 부드러웠다나. 그때부디는 6층 남자의 손을 거쳐 빌라에서 살해당한 이의 피 흐르던 손, 그 범인의 수갑 찬 손, 회식에서 고기를 구워주던 종업원의 화상 입은 손으로 초점이 옮겨간다. 그 끝은 '나'가 참새를 묻어놓은 자리를 가리키며 거기 묻혀 있는 손을 보라던 6층 남자다. 어떻게 읽어도 이 소설을 손에 대한 이야기라 할 수는 없을 것이다. 그러나 '나'의 의식은 끊임없이 손에서 손으로 옮겨다닌다.

왜 하필 '손'인지를 이해하는 게 먼저다. 소설이 과거형 서술을 기본으로 한다는 것은 그것이 사건을 모두 통과한 화자의 회상이라는 것을 의미하므로 우리가 읽은 이 소설도 일인칭 화자 '나'가 모든 일들을 겪고 난 후 무슨 일이 있었는지를 재구성한 결과물이다. 그렇다면 '나'가 마지막으로 겪은 사건은 묻힌 손을 보라던 6층 남자와의 말다툼, 그것으로부터 회상의 중심에는 손이 위치하게 된다. '코끼리는 생각하지 마!'라고 명령해도 코끼리라는 프레임에 갇혀 코끼리만 생각하는 게 우리거늘 '손을 보라'는 명령에 손 말고 다른 걸 떠올릴 수가 있겠는가. '나'의 시선이 하의 손에 머물렀던 건 그가 십오 분에 한 번씩 손등에 바르던 바닐라향 핸드크림 때문 아니었냐고? 아니, '내 기억에는'이라는 조건이 붙어야 한다. 의자에 균형이 맞지 않게 눌린 자국을 남기던 것은 분명 박이었는데, '나'의 기억 속 마지막 장면에서는 그 불균형이 6층 남자의 것으로 옮겨붙지 않았나. 곧 이것은 지나간 일을 손을 중심으로 재구성하길 본의 아니게 명령한 6층 남자에 의해 편집되고 왜곡된 '나'의 기억이다.

말하자면 손은 촉매다. 뭐든 촉매가 될 수 있다는 말까지 철회할 건 없겠지만, 촉매가 바뀌면 그 반응으로서의 이야기도 바뀐다는 말을 이제는 덧붙여야겠다. 그럴 때 우리와 이야기가 서로를 만드는 공정이 무한히 반복된다는 것은 중요하다. 끝이 없다는 건 다른 무언가가 다시 촉매로 투입되면 그를 통한 새로운 반응이 일어난다는 걸 의미하니까. 실제로는 허언증자에 공금을 횡령한 범죄자일 뿐인 박을 그저 훌륭한 동료로만 인식하던 '나'의 이야기도 바로 그런 식으로 변화한다. 일단 '나'가 그렇게 생각하기로 결정한 이상 하가 아무리 증거를 들이밀어도 좀처럼 철회되지 않던 그 이야기가, 다른 이야기가 우연히 와서 닿는 순간 다시 변형을 일으키기 시작한다. 저와 마찬가지로 돈을 꾸어줬고, 저와는 달리 박에게 책임을 물러 회사로 찾아온

한 여자의 짧은 이야기. 그러자 꿈만 같이 아름답던 '나'의 이야기가
자기 분열해 저절로 사라진다.

「손」이 딱히 함께 있을 이유도 없는 듯한 여러 이야기들이 한데 묶
여 있는 형태인 것이 이제는 이해가 된다. 언뜻 보면 이 소설은 '개연
성'이 부족한 것처럼 느껴지기도 한다. 그런데 본디 개연성이라는 것
은 거기 있을 만한 일들, 곧 인과의 관점에서 합당한 제자리가 있는
사건들이 차례로 맞물린 상태를 설명하는 개념 아닌가. 그러나 이렇
듯 이야기의 접속이 우연히 일어나는 거라면, 어떤 이야기든 서로 접
속할 수 있어 그 어떤 이야기에도 제자리라 할 만한 게 없는 거라면,
그렇게 만들어진 세계에서는 모든 게 개연적이라거나 애초에 그 어떤
개연성도 없다거나 하는 말들이 모두 가능해진다. 그러니 개연성이니
어쩌니까지 갈 것도 없이 이야기상에서 그 일이 그냥 거기 있을 수 있
다면 현실에서도 그 일은 거기 있을 수 있다. 이것은 앞으로 살필 소
설들의 전제이기도 한바, 비현실(unreal)적 장면들에 한 번씩 도착하
게 될 그 소설들은 그래서 아이러니하게도 지극히 현실(real)적이다.
하나의 이야기가 내게만은 현실이라면 이야기'들'은 그냥 현실이다.

「내가 그렇게 늙어 보입니까」를 읽는다. 아들 진세의 유치원 발표
회에 들렀다 나오는 길, 부랑자가 달려들어 '나'의 귀를 문다. 물리는
순간 뜨겁다고 생각했다면 데일 수도 있다던 의사의 말을 참고하지
않아도 귀에 남은 게 어째서 화상인지를 알겠다. 어김없이 범인은 이
야기다. 그런데 앞선 저들이 더 나은 이야기 안에서 행복하게 머물렀
던 반면, 이번 '나'는 자신이 늙어 보인다는 딱히 좋을 것도 없는 이야
기에 사로잡힌다. 왜? 저를 공격했다 경찰에게 제압당한 후 병원에서

사망한 그 예순은 넘어 보이던 부랑자가 알고 보니 저와 동갑이어서, 하여 귀의 화상이 아물지 않아 수술을 앞둔 '나'는 불안하다. 사십 년 인생이 불의의 사고로 마무리되는 것을 보았기 때문에. '나'는 그 부랑자처럼 실직 상태이므로 그것은 어쩌면 '나'의 미래일 수 있다. 만약 자신이 늙어 보인다면, 그 부랑자처럼 제 나이보다 한참 많아 보인다면, 그 미래까지는 얼마 안 남았을 수도 있다.

'나'가 겪고 있는 틱장애처럼 이 불안-회로의 작동은 불수의적이다. 시작은 어찌할 수 없기에 어떻게 대응할지를 고민하는 수밖에 없다는 말인데, 틱은 제어가 안 되지만 불안은 된다. '나'가 먼저 택한 건 자신이 절대로 늙어 보이지 않는다는 걸 증명함으로써 그 회로를 멈춰 세우는 길이다. 그러나 세상 사람 모두에게 다 대답을 들어 확인할 수는 없는 노릇이므로 '늙지 않았다'도 아니고 '늙어 보이지 않는다'를 증명하는 건 불가능에 가깝다. 가능한 길은 자신이 그 부랑자처럼 늙어 보인다는 것을, 자신이 자신이 아니라 다른 사람이라는 것을, 그 이상한 이야기를 순순히 믿는 것이다. 앞서와 같이 이것은 저만 어떻게 하면 되니 훨씬 쉽고 무엇보다도 깔끔하게 딱 떨어지는 이야기다. 저를 보고 다른 사람 같다던 아내의 말에 '나'가 어떻게 반응했는지를 보라. '다른 사람'과 침대에 누웠기 때문에 아내가 불편해한다는 데 생각이 미친 '나'는 그 어느 때보다 편안해 보인다.

질문이 자연스레 등장한다. "그렇다면 나는 누굴까."(109쪽) 대답은 다른 것일 수 없다. '나는 그다.' 돌아보자면 이 소설에는 이야기가 두 개다. 하나는 부랑자의 것, 하나는 '나'의 것. '나'는 두 이야기의 무관함을 증명하려고 애썼지만 사실 그 둘은 애초부터 별 관련도 없는 거였다. 헛된 짓을 한 걸까? 시작은 그랬지만 끝은 헛되지 않다. '나'는 부랑자의 일생을, 그 이야기의 시작과 진행을 전혀 몰랐다. 치료중에 정확한 사인도 없이 죽었다는 게 전부인, 인터넷 신문 기사에 네 줄로 요약된 결말만 알았을 뿐. 그런데 그 두 이야기가 같은 결말을 맞았을 때, 칼을 지니고 있다는 오해를 받는 것으로 사이좋게 마무리될 때, '나'는 부랑자의 이야기에 존재했던 공백들을 제 삶을 통한 실증으로 꽉 채우게 된 것 아닌가. 다시금 대답은 다른 것일 수 없다. '그는 나다.'

이것이 하나의 이야기(그)가 다른 하나의 이야기('나')에 접속할 때 벌어지는 일이다. 우리를 만들기도 하는 게 이야기라고 적었을 때 그것은 우리의 사고방식이나 정체성 등을 형성한다는 의미였지 이런 식으로까지, 현실에서 살아 숨쉬며 움직이는 '나'를 새로 만들기까지 한다는 의미는 아니었나. 그런데 이제는 그것까지도 가능해 보인다. 그의 이야기가 '나'를 그로 만들었으니까. 나아가 아예 현실을 창조하는 것까지, 예컨대 거기 있을 턱이 없는 칼을 거기 있게 만드는 것까지도 가능해 보인다. 누군가는 분명 칼을 보았고, '나'도 그 이야기를 통해 칼을 든 이로 만들어져 제압당하게 될 것이니, 그렇게 되면 정말 이야기가 세계를 만든다는 설명밖에는 없지 않은가. 말하자면 이 소설 속 세계는 거기 사는 이들 모두의 이야기가 마구 뒤엉켜 엉망으로 직조한 하나의 망(網)이다. 모두의 이야기들이 서로 관계하는 그 세계에 누구 하나만의 이야기라는 것은 존재하지 않는다. 여기가 ('나'의) 이야기의 밖이다. 그곳에는 다시 이야기, 모두가 함께 참여해 만든 더 큰 하나의 이야기가 있다.

232

「잘못 찾아오다」를 읽는다. 마찬가지로 이야기는 크게 둘이다. 하나는 재희의 것, 하나는 '나'의 것. 재희의 이야기에서부터 출발하자면, 함께 공인중개사 스터디를 하던 그녀는 다른 멤버의 지갑을 훔치고는 자기 것이라 우겼던 일로 모두와 영영 멀어졌다. '나'의 짐작처럼 "그렇게 말하면 그게 원래 자기 지갑이 된다고 생각했"(65쪽)을 게 분명하다. 공인중개사가 된 '나'의 앞에 그녀는 두 번 더 나타나는데, 처음에는 방을 구하러 왔다 사라지고, 두번째는 그로부터 일 년여의 시간이 지난 뒤 엉뚱하게도 도자기 공예점의 매대에 서 있다. 이번에는 '나'가 공예점의 연적을 훔친 도둑으로 몰려 그 시절 재희와 같은 처지에 놓인다. 어찌된 일일까. 연적이 포장백 안에 있다는 "사실"(81쪽)만은 분명하니 가능한 설명은 이것 하나밖에 없다. 죽어도 저가 한 일이 아니라면 다른 누군가가 한 일이다. 재희? 아니, 나의 짓이다. 이 '나' 말고, '나'의 자리에 있어야 하는 또다른 나.

이사한 '나'의 집에 다른 이를 찾는 사람들이 잘못 찾아온다지 않던가. 망상일까? 그렇게 생각할 수도 있겠지만 '나'는 절대로 그런 게 아니란다. 그렇다면 "내가 이 집에 잘못 머물고 있다"(72쪽)가 정답이다. 이삿날 마주친 그 여자가 원래 이 집에 있어야 하는 이이며, "내가 그 여자의 집을 빼앗았다"(62쪽)고 생각하면 모든 게 자연스럽다. 그 집을 찾아오는 이들 모두에게도 거기 '나'가 머물고 있는 게 더 이상한 상황이라면 더욱 그러하다. 이것이 받아들이기 어려운 현실임은 물론, 그래서 '나'는 '그들'의 얼굴을 마주치지 않기 위해 고개를 숙이고 다닌다. 연적을 훔친 이로 몰리기 전까지, 다른 이의 이야기에 불수의적으로 접속하기 전까지. 마침내 그 모든 일을 통과한 '나'의 모습을 보라. 어쩌면 이제 '나'의 집을 제 것이라고 우기게 될지도 모를 청년을 마주쳤을 때 '나'는 그저 묵묵히 걷는다. 그러자 청년과 제 발소리가 구분되지 않는다. '나'는 어디에 있는가. 비로소 '나'는 저만의 이야기 밖에, 우리 모두가 함께 만든 이야기 안에 있다. 그곳을 우리는 '세계'라 부른다.

*

최정화의 소설에 딱 하나 부족한 게 있었다면 그것은 세계다. 이 문장은 엄연히 과거형이다. 그 어떤 소설도 다른 별에서 써올 수는 없는 법, 그리고 (마치 「푸른 코트를 입은 남자」의 영재처럼) 우리 내면의 불안이 이야기의 형태로 자가 증식하는 모양의 아름다움에만 빠져 있었던 것은 이닐 티이다. 약 76일간 지속되었다 64명의 노조원들이 구속되는 것으로 마무리된 쌍용자동차 농성을 모티프로 한 『없는 사람』의 작가의 말에 그는 이렇게 적었다. "만나서 직접 묻는 대신, 생각하고 생각했다. 직접 묻는다는 것이 나에게는 타인을 손쉽게 이해하는 방법이라고 여겨졌다."(235쪽) '어떤 현실'을 구체적으로 다루는 게 아니라 현실이 어떤 식으로 구성되는 것인지, 그 '현실의 내면'이라 할 만한 것의 모양새를 생각하고 생각해서 이해하는 것이 그에게는 먼저였던 것 같다. 모두의 이야기가 마구 뒤섞인 결과물이 세계라는 답에 이르렀으니 이제는 어디로 갈 것인가. 그 이야기들로 무얼 할 수 있는지가 다음 단계일 것이다.

「오 년 전 이 거리에서」는 젠트리피케이션에 대한 소설이다. 달리 읽을 여지가 없다. 물론 젠트리피케이션의 한 사례를 구체적으로 다룬 소설은 아니다. 그 일은 어떻게 진행되며 그 진행 속에서 우리는 어떻게 길을 잃는지, 그 과정에서 세계라는 큰 이야기와 마음이라는 작은 이야기가 서로 어떻게 관계를 주고받으며 변화하는지에 대한 소설이다. 그래서 이 소설은 두 가지 독해가 모두 가능하게끔 쓰였다. 일단 하나는 지금 '나'가 삼인실 병동의 가운데 침대를 차지하고 누워 있으며, 이 모든 일들이 지난 오 년 동안 하나하나 진행되었다고 읽는 것이다. 이렇게 읽으면 삶의 터전을 자본에 의해 조금씩 잠식당한 한 사람의 이야기가 된다. 이렇게 읽어도 젠트리피케이션에 대한 소설은 맞는데, 그런 소설이라면 하필 최정화가 쓸 이유가 없다.

　나머지 독해는 이런 것이다. 소설의 진행을 순서 그대로 따라가자면 이것은 '나'보다 세계가 앞서가는 상황이다. 잠깐 사이에 시간이 몇 년씩 흐르고, 잠깐 사이에 원래 거기 있던 가게들이 사라진다. 먼저 '나'와 윤의 피자 가게에 반죽기를 판 박의 주방 기구 매장이 사라지고, 불과 이십 분 전만 해도 거기 있던 토스트 가게가 사라지고, 그러다 결국 제 가게가 사라진다. 어째서일까. 읽기에 따라서는 대단히 위험해 보이기도 할 설명이 거기 있다. "박의 가게가 사라질 거라는 두려움이 박의 가게를 사라지게 했던 것과 마찬가지로 길을 잃어버리고 가게에 도착하지 못할지도 모른다는 생각이 들자 정말로 그렇게 됐다"고. "당연하고 평범한 일일수록 그 일은 믿음에 의지하고 있을 확률이 높"기에 중요한 건 "믿음"(183쪽)을 잃지 않는 거라고. 이런 문장들이 있다면 이건 마음에 관한 소설이고, 이런 소설이라면 최정화의 소설이 맞다.

그런데 이게 믿음의 문제라고? 아니, 절대로 그럴 리 없다. 이것은 단지 '나'가 저를 설득하기 위해 만들어낸 이야기에 불과하다. 이 시점에서 '나'는 박의 가게에 주문한 반죽기가 제때 도착하지 않을 것을 염려하는 이일 뿐이며, 고작 그 반죽기가 고장날 경우 알아서 처리해주겠다던 박의 약속이 지켜지지 못할 것에 불안해하는 이일 뿐이다. 말하자면 그 거리에서, 그 세계에서 일어나는 일들과 '나'의 이야기는 철저히 유리되어 있다. 그랬던 '나' 앞에 오 년 치를 미리 늙어버린 윤이 나타난다. "너를 대신해 오 년 전 이 거리"(185쪽)를 저가 지키고 있었다는 노래를 부르며. 이러한 사건을 거치자 나는 "단지 시간이 흘렀다는 것을"(187쪽) 이해하게 된다. 세계의 시간이 앞서 흘렀으니 이제 자신의 시간도 따라 흐를 차례. 그 순간 제 가게를 대신해 들어선 프랜차이즈 커피숍의 점원이 '나'에게 이상한 이야기를 들려준다. 제 기계를 밀어버리기 위해 달려든 이들에게 '나'가 맞서 싸웠다고. 오 년 전 이 거리를 지켰던 건 다른 이가 아니라고.

흥미롭게도 이 또한 거짓말이다. 그러나 직원은 "그 사람이 스스로 자기 삶을 망가뜨릴 리가 없다고 믿었"(190쪽)기에 그 장면을 직접 목격했다고 당당하게 말했음을 덧붙인다. 자기가 스스로 자기 다리를 그렇게 만들었다는 다른 이들의 이야기를 덮어버리기 위해서, "그의 괴팍한 마음이 자신의 몸을 망가뜨렸다"(189쪽)는 그 해될 것 없어 모두에게 믿어지던 이야기를 지워버리기 위해서 그렇게 했다고. 그 이야기를 거쳐 '나'의 시간이 미리 흘러가버린 오 년을 따라잡아 세계의 시간과 같아졌다면 비록 거짓말이라고는 해도 그게 진짜에 더 가까운 이야기일 것이다. 이야기가 세계를 만든다고 하지 않았던가. 그렇다면 세계의 진실은 진실된 이야기를 통해 만들어지는 것일 터, 이 것이 이야기가 세계를 변혁하는 하나의 방식이다. 완전히 새로운 세계를 창조하는 게 아니라 지금 그 세계를 바로 지금 그 세계로 만드는 것, 그래서 그 이야기에 참여하는 모든 이들이 지금 그 세계를 바로 지금 그 세계로 받아들이고 바로 거기서 살게 하는 것, 그것을 가능하게 하는 것이 이야기다.

「모든 것을 제자리에」를 마저 읽는다. 배경은 무너져가는 L시. 살던 이들이 떠나면 몇 달 지나지 않아 새 건물과 새 사람들이 들어선다는 것으로 보아 이 역시 누군가가 누군가를 내쫓는 세계에 대한 소설일 것이다. 거기서 화자인 율은 붕괴된 건물들의 내부를 영상과 이미지 파일로 보관하는 일에 지원해 카메라를 들고 현장을 담는다. 율은 오로지 기록하는 이일 뿐이므로 저가 남긴 자료 또한 제 창조물이 아니라고 생각한다. 물론 그럴 리는 없다. 어느 지점에서 어떻게 카메라를 들이대느냐에 따라 그것은 구도와 흐름을 달리할 수밖에 없으니까. 여기까지만 읽어도 이것은 '재현'에 대한 이야기가 분명하다. 달리 말해 이 소설에서 우리가 읽어 마땅한 것은 이제 막 세계를 이야기하기 시작한 작가 최정화의 창작론이다.

그 이야기에 다시금 '손'이 끼어든다. 카메라를 들고 기록하는 그 손. 습진을 앓는 그 손에 상사뿐 아니라 모두가 관심을 갖는다. 왜 그러냐고, 언제 낫느냐고. 제 손이니 저가 알아서 할 일이건만 끊임없는 간섭이 이어지자 율은 손을 숨긴다. 나아가 사과 혹은 단호박을 깎다 다쳤다며 다른 이야기를 갖다붙이기에 이른다. 그러자 그 손은 정말로 다른 이의 손이 된다. "새하얗고, 상처 하나 없이 매끄러우며, 손톱을 바싹 깎아 끝이 뭉툭"(215쪽)한 남자의 손. 폐허가 된 건물에서 그 녀가 그 손으로 한 일은 무엇이었나. 난도질된 소파의 쿠션 사이에 끼어 있던 치마를 거두고, 테이블 위에 놓인 같은 인물의 것으로 보이는 모자를 치우고, 찢어진 커튼을 묶고, 쓰러진 소파를 세우고, 조각난 유리들과 바닥에 널린 쓰레기를 치웠다. "모든 것을 제자리에"(214쪽) 놓았다는 게 그녀의 판단이다.

아니, 모든 것이 엉망으로 파괴된 원래의 그 상태가 제자리다. 그리고 그것을 기록하고 재현하는 것이 율의 임무다. 저는 여성이고 그 집의 주인 또한 여성이었을 텐데, 그녀가 겪은 피해의 흔적을 치워버리고 없던 것으로 만들어버린 그 손은 여성의 것이 아니다. 다른 남자의 손이 제 손목에 붙어 살아 움직이는 결말이 없었다고 해도 여성의 이야기를 치워버린 그 손은 더는 여성의 손일 수 없다. 그 손으로 기록하고 재현한 무언가가 진실된 이야기일 수 없음은 물론, 그 정돈된 세계를 담은 영상 안에 세계의 진실은 없다. 그 손으로도 이제껏 있는 그대로를 기록하고 재현했으니 할일은 다 한 것 아니냐고? 아니, '있는 그대로'를 옮기는 것이 불가능하다는 것까지 갈 것도 없이 애초에 '있는 그대로'를 옮기는 것이 기록자가 맡은 임무의 전부는 아니다. 율이 자각한 이런 지점들을 여성이면서 '여성 작가'가 아니었던 저 자신에 대한 반성이라 읽어도 무방할 터, 여러모로 이 소설의 자리는 책의 끝자락이다.

친구인 '모'의 말처럼 "공간을 장악"하는 것, 바로 그것이 재현하는 이의 임무다. 이것이 『모든 것을 제자리에』의 결론이다. 지금 우리로서는 그렇게 만들어진 결과물이 어떤 형태인가를 짐작만 할 수 있을 뿐이다. 다만 그것이 "자신의 몸"을 들여다보는 것에서 시작해 "공간"을 들여다보고 파악한 뒤에 "다시 우리 자신의 위치를 파악"하는 수련을 통해 가능해진다는 설명에 기대자면, 그 수련이야말로 최정화가 지금껏 해왔던 일이라고 과장 없이 이야기할 수는 있을 것 같다. 나의 이야기에서 우리의 이야기로, 우리의 이야기에서 세계의 이야기로, 세계의 이야기에서 다시 나의 이야기로. 그 노정은 우리가 확인한 바다. 수련을 하면 "눈을 감은 채로 주변 어디쯤에 무엇이 있는지 맞히"(208쪽)게도 된다고 했던가. 아마도 그것은 세계를 조금은 더 '제자리'에 위치시키는 식으로 세계를 바꿀, 더 많은 이야기들을 감지하게도 된다는 의미일 것이다.

돌아보자면 원래부터 최정화는 이야기꾼이었다. 듣도 보도 못한 이야기를 입담 좋게 풀어놓는 그런 이야기꾼이 아니라, 이야기가 어떻게 만들어지고 작동하는지에 빠삭한 그런 이야기꾼. 우리가 어떻게 불안해하는지에서 불안해하는 우리가 어떻게 하는지로 나아갔다고 적었다. 답은 이야기라고도, 그래서 그 이야기로 무엇을 더 할 수 있는지로 나아가고 있다고도 적었다. 이것은 원래 최정화는 그랬는데 지금 최정화는 이렇다는 의미가 아니다. 있었던 것이 다른 것으로 대체되었다는 게 아니라 하나 위에 다른 하나가 차곡차곡 쌓여왔다는 의미다. 이야기인 소설을 쓰는 작가들이 있다면 최정화는 이야기에 대한 소설을 쓰는 쪽에 가까웠는데, 거기 이야기가 얹어졌으니 이제부터 그것들은 이야기이면서 동시에 이야기에 대한 소설이 될 예정이다. 더 깔끔한 설명도 물론 있다. 앞으로 우리가 읽게 될 그 소설들의 작가는 최정화가 아니라 최정화 더하기 최정화이다.

작가의 말

2017년 12월 쫓겨날 위기에 놓인 궁중족발에 응원하러 가자는 유음출판사 정현석씨의 연락을 받고 몇몇 시인, 소설가들과 함께 서촌을 찾았다. 약도를 보고 찾아간 가게 앞에는 침탈을 막기 위해 커다란 차량 한 대가 지키고 있었다. 문을 두드리자 나를 맞아준 사장님의 얼굴은 족발을 먹으러 온 손님 반기듯 밝았다.

발언대 앞에 선 그녀는 씩씩하고 명랑한 목소리로 "용기를 주는 말을 많이 해주세요"라고 했는데 그 순간 나는 들고 있던 원고를 읽어도 될지 고민이 되었다. 원고는 그 즈음에 쓰고 있던 소설(이 책에 실린 「오 년 전 이 거리에서」라는 작품이다)이었는데 소설집에 실린 결말과 다르게 그때 나는 궁중족발로 상징되는 인물이 죽는 결말을 써갔기 때문이었다. 내 글에는 그녀가 기다리던 용기가 없었고 분노와 두려움과 고통만이 있었다.

당시에 나는 정확한 말의 힘을 믿는다는 말을 자주 했는데 그곳에 다녀와 깨달은 사실은 사람들에게 필요한 건 정확한 말이 아니라는 것이다. 그리고 그곳에 다녀와 내가 달라진 게 있다면 정확한 말보다 상대방에게 필요한 말을 하려고 노력하게 되었다는 점이다.

여기에 내민 글들은 그렇지 못하고 그걸 깨닫게 되기까지 내가 헤맨 흔적이다. 이 흔적에 공감하는 사람들에게는 이 또한 좋은 대화가 되지 않을까 변명하며 조심스럽게 두번째 소설집을 내민다.

*

작가란 글로 세상과 싸우는 사람이고, 의외라고 생각할지 모르겠지만 나는 되도록 세상에 건강한 영향력을 끼치고 싶다. 세상을 살아가는 데 필요한 현명함과 담대함을 전하고 싶다. 사실 나는 그쪽 방면보다는 신경을 자극하는 재미나 흥미를 만들어내는 데 훨씬 더 소질이 많은 사람이지만, 지금도 여전히 당신에게 전할 현명함도 담대함도 가지고 있지 않지만, 앞으로 이야기를 쓰면서 나 또한 내 이야기의 독자가 되어 그것들을 배우겠다.

*

소설집이 나오기까지 애써주신 많은 분들께 감사드린다. 해설을 맡아주신 황현경 평론가, 추천사를 써주신 하성란 선생님, 편안하고 즐겁게 두번째 소설집 작업을 함께해준 김영수 편집자, 스스로도 보지 못했던 모습을 섬세하게 포착해준 김봉곤 감독, 소설과 어울리는 아

름다운 옷을 입혀주신 디자이너 김마리님과 출간을 맡아주신 문학동
네 출판사에 특히 감사드린다.
　글을 쓰기 위해 더 단단한 몸과 마음이 필요했다. 카포에라 무젠자
의 조여종 선생님과 요가문화원의 정승원 선생님께 특별한 감사를 전
한다.

2018년 5월

최정화

문학동네 소설집
모든 것을 제자리에
ⓒ 최정화 2018

초판인쇄 2018년 5월 24일
초판발행 2018년 5월 31일

지은이 최정화
펴낸이 염현숙
책임편집 김영수 | 편집 강윤정 김봉곤 | 모니터링 이희연
디자인 김마리 유현아 | 마케팅 정민호 박보람 나해진 우상욱
홍보 김희숙 김상만 이천희
제작 강신은 김동욱 인현식 | 제작처 한영문화사

펴낸곳 (주)문학동네
출판등록 1993년 10월 22일 제406-2003-000045호
주소 10881 경기도 파주시 회동길 210
전자우편 editor@munhak.com | 대표전화 031) 955-8888 | 팩스 031) 955-8855
문의전화 031) 955-3576(마케팅) 031) 955-2679(편집)
문학동네카페 http://cafe.naver.com/mhdn | 트위터 @munhakdongne
북클럽문학동네 http://bookclubmunhak.com

ISBN 978-89-546-5163-9 03810

* 이 도서의 국립중앙도서관 출판예정도서목록(CIP)은 서지정보유통지원시스템 홈페이지
  (http://seoji.nl.go.kr)와 국가자료공동목록시스템(http://www.nl.go.kr/kolisnet)에서
  이용하실 수 있습니다.(CIP 제어번호: 2018015091)

www.munhak.com